大畫情聖
第二輯
三
利益集團
上山打老虎 著

大畫情聖
II
【目錄】

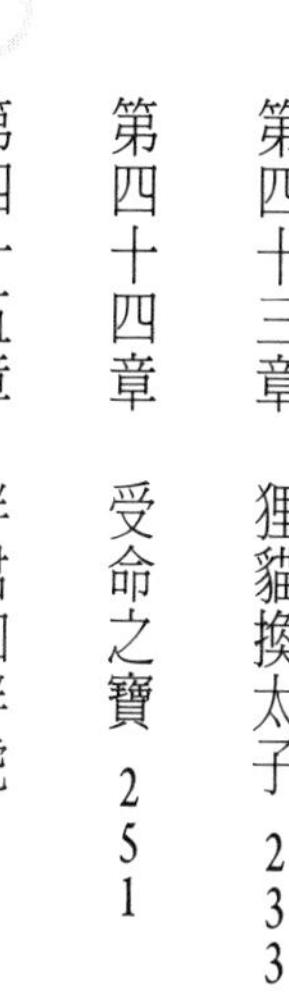

第三十一章 天有不測風雲

沈傲探頭看了那穿著碧衣公服的崔正狼狽的樣子，
不由莞爾一笑，招手叫來個校尉，低聲道：
「去，告訴崔大人，跟他說不要急，
本王知道他新官上任，今日又緊要得很，
可是天有不測風雲，也怪不得他。」

清晨的曙光露出來，晨露在海岸的棕樹上徐徐滴落，海鳥展翅飛起，盤旋不散，沙灘外，一艘艘船擁擠在海港上，一夥敗兵衝上棧橋，連糧草、淡水都來不及補給，便急促促地跳入海中，奔上船去。

後頭偶爾有追兵殺來，又是亂戰；偶爾也有幾艘船從破舊的棧橋處出來，狼狽之極。

到了如今這個境地，還真不知道到底誰占了上風；殺不贏的，實在是沒有了信心，便往海灘碼頭處敗退，奪船而走。

這時候，喊殺聲已經漸漸轉弱，所有人已是筋疲力竭，以崔正爲首的一批人，也早已跳上了船，往泉州方向而去。

只兩天功夫，泉州大批的水軍殺到這裏，殘存在島上的海賊只用了三個時辰便被徹底清除乾淨，接著便是四處出擊，在這附近海域打擊出逃的海賊，倒是對那些臨陣反戈的四大姓商船水手，只要辨明了身分，水軍將他們押解起來，便直接送回泉州去。

一艘哨船飛快進去泉州港，隨即在碼頭處停泊，有人跳上棧橋，立即叫了人取來一匹馬，飛馬向轉運司衙門趕去。

沈傲展開了捷報，大致將事情的來龍去脈瞭解清楚，另外幾份奏報，都是水軍傳來的，水軍的奏報帶著幾分怨言，大意是說弟兄們不辭勞苦地跑了這麼遠，還想立個功勞，結果是這樣的結果云云。

沈傲哂然一笑，水軍憋得久了，好不容易放出去，肯定是有怨言的，倒是一點都不奇怪，抬頭對一旁的博士道：「立即傳令，對海盜斬盡殺絕，至於那些四大姓下頭的水手，全部帶回來，不必爲難，收繳了他們的武器也就是了。那個崔正……」沈傲沉吟了一下道：「若是他回到泉州，叫他來見本王。」

吩咐了一下，沈傲便繼續埋頭看奏報，殺人殺得多了，也該懷柔一下，殺人是爲了讓人畏懼，使他們服從於你的權威，而懷柔則是安撫，安定人心。一味地懷柔不行，一味地殺人更是不能，先立了威，讓人屈服在你的淫威之下，再施以手段，才會讓人感激。

奏報的後頭都是些戰利品的結算，金銀等物不少，其中收穫最大的是一千四百多艘大小船隻，這些船，一部分可以編入水軍，一部分可以轉賣出去，用以籌作軍費。

沈傲如今手握鉅款，相當於數年的朝廷歲入，又得到宮內支持，以郡王的身分坐鎮在泉州，官商、海賊悉數剿滅乾淨，又憑藉這個建立了威信，這時候，他這個海路安撫使若是再不做出一點作爲來，那就真是荒廢了如此大好的局面。

眼下最重要的，是把第一次出海行商的事辦起來，水軍派船拱衛，再讓商船尾隨，南洋那一圈是一條航路，倭島那裡也是一條航路，至於其他的，只能放任，按照沈傲的估算，十艘兵船，只要有三五百條商船跟著，朝廷的成本肯定能收回來，商人們繳了稅，保了平安，海貿生意的風險因素剔除掉一部分，就會讓更多人參與進去。只是這調度的事還要小心謹慎，最好中途不要出了差錯。

至於這筆鉅款，宮裏頭也有了旨意，除了將兩億貫送入內庫做內帑，其餘的，都由沈傲來花銷。

當然，要想貪墨也有機會，只是這個錢，沈傲沒有動的心思，一部分送去蓬萊建新港，一部分訂製戰艦，還有一部分可以做武備學堂的花用，其餘的留一些在手邊，以備不測。

沈傲的身家已經不菲，整個大宋到處都是他的生意，至少有幾百萬貫，再加上每年俸祿，沈傲一家世代富貴都不成問題。如今整個泉州百廢待興，他也不好再裝風流了，只好埋著頭苦幹一下。

水軍凱旋回來，卻沒有喜氣洋洋的氣氛；大有一副蓄勢待發結果卻是空手而歸的沮喪。至於那四大姓的水手人等，也大多回來了，如今四大姓沒了，生活還要繼續，少不得要重新選個生計。年紀大些的，仍舊去海商那兒找點事做，年紀輕的，有人從軍入伍，水師正在大肆招募人手，條件也還算優渥。

崔正膽戰心驚地上了岸，被請到轉運司衙門來，原以爲是那姓沈的還要爲難他，不料人家不是帶他去簽押房，而是直接被帶去了側廳，請他坐下，奉了茶，才見到了傳說中的蓬萊郡王。

沈傲打量了崔正一眼，誇了他幾句識大體的話，才慢吞吞地道：「你從前在崔家做事，是經常出海的吧？」

崔正聽了崔家二字，心裏有點絞痛，不得不道：「是，崔家的商隊，都是小人領著的，有時候百來條，有時候幾十條。」

沈傲頷首點頭道：「調度的事，本王不懂，眼下第一批商船就要下海，就由你來做這領頭羊吧，如何調度船隻，如何選擇航線，你拿個章程給本王看。」

崔正不由地愣了一下，隨即露出一絲感激：「郡王爺……小人……」

沈傲打斷他道：「不要自稱小人，要稱下官，本王已請了旨意，陛下已准許我拔擢一批海運的專才出來，可授七品以下官職，你現在已是官身了，明日到通商衙門去報備，是正式的水運司副使，正八品官員。還有……」

沈傲繼續道：「你切莫以爲本王是要籠絡你，從本心上，本王討厭那些和四大姓有關聯的人，只是本王知道，你精通水路，且是個調度之才，這才肯授你官職，你不必心存什麼感激，好好做自己的事，領自己的俸祿。本官有言在先，若是你出了什麼差錯，一定不會輕饒你。」

沈傲這般說，崔正哪裡還能說什麼，深深行了個禮，道：「敢不從命。」

從前雖說是主事，可畢竟是家奴，現在一下子有了官身，身分就完全不同了，在這大宋，雖說行行出狀元，可是在所有人眼裏，做了官，那才是真正的正途，算是邁入了老爺的行列，俸祿安穩還是其次，最重要的是臉面，以往是你給別人下跪，現在可是別人給你行禮了。就算是遇到了上官，也不必再稱小人，只稱下官即可。

這其中的妙處，崔正這種活了大半輩子的人又豈會不明白。從轉運司衙門出來，回到家裏，家裏人都安好，特意叫人買了酒菜壓驚，他將這番際遇告訴家人，一家子彈冠相慶，又熱鬧了一番。

第二日清早，崔正精神奕奕的去尋了那通商衙門。所謂通商衙門，其實就是從前的市舶司，如今市舶司垮了，張公公也完了，招牌一換，這也算是新政的重要一環。

進去裏頭，來報備領官銜的人還不少，有幾個是崔正認得的，都是些幹練之人，更有一兩個，也是從前為四大姓做事的，大家敘了舊，唏噓一番，真不知該說什麼。

通商使是個年輕的官員，據說是什麼博士，叫劉暢，待人倒客氣，和他們一個個談了話，無非是說將來大家一起辦公，相互照料之類，又說好好地做，這通商衙門乃是海路安撫司下頭直轄的衙門，雖說進來的人官銜都不高，可是有蓬萊郡王這座大靠山，將來總有發跡的一日。

這一番話，連崔正這種心如死灰的人都不由悸動起來。那通商使說的話也不完全是糊弄，蓬萊郡王手眼通天，看這樣子也是很上心海運之事的，只要肯做，人家都看在眼裏，說不準還真有出頭的一日。

領了印綬和碧衣官府，崔正的手都有點兒抖，差點沒接住，換了衣衫之後，頓時覺得腰桿子都直了，也不耽誤，直接到一旁的耳房去，叫胥吏取了文房四寶來，埋首在案牘上寫章程。

其餘的人大致也差不多，他們都不是讀書人出身，卻都被分派了差事，新官上任，立即挽了袖子，各自做事去了。

寫好章程，通商司送了上去，沈傲沒怎麼看直接就批了，後頭還加了個好字。

泉州城裏也熱鬧起來，那海賊說完蛋就完蛋，倒是出乎大家的意料，如今百廢待興，最緊要的還是出海賺錢，通商衙門已經貼了告示，讓打算下月初一出海的海商去報名，到時候好清點人數。

從前海商出海，都是靠自己，或者尋些同鄉一起出去，如今跟在水軍後頭還是頭一遭，於是又是一陣議論。那轉運司新政提的不少，但在商人們看來，只有這樣最實際，算是辦了一件好事，連忙去繳了稅順便報名，就等著出海。

沈傲也在忙著，出海的事是他最揪心的，斷不能出差錯，水軍要立下規矩，商船也要有規矩，順道還要下條子去蘇杭，他特意將曾歲安調到蘇杭去，讓他協助自己在蘇杭推行海政。

曾歲安這個人並不算很幹練，卻是個有操守的人，又是沈傲的心腹兼好友，再說沈傲在泉州殺了這麼多人，早就把蘇杭人嚇得心驚膽顫，連那尚書郎都跟著一起完蛋，又剿掉了海賊，蘇杭人聽了這一樁樁事蹟，既吃驚，又覺得是在情理之中，現在曾大人來了，不聽曾大人的話，那就是引狼入室，蓬萊郡王若是親自來蘇杭，那就不是這麼好說話的了。

因此，沈傲在泉州把海政推行下去，特設了通商司，蘇杭等各處口岸都不敢怠慢，紛紛改頭換面，也都提出了不少官商的舉措。

各口岸的官商也不斷寫家書到汴京去，回信大致都是對沈傲一陣破口大罵，可是罵歸罵，話鋒一轉，便是敦促家人一定要做個良民，千萬不要徇私枉法，朝廷釐清海路，我等世受國恩豈能不支持？沒繳稅的，趕快把稅錢補上。

現在泉州就是標桿，沈傲怎麼做，各大口岸立即跟進，絕不會有人拖延，官商們也乖乖的，就算有怨言，也是躲在自家的書房悄悄地低聲咒罵幾句。

所以沈傲在泉州推行海政，一點都不敢放鬆，各處都要考慮到，想周全了才頒佈出去，生怕泉州出了亂子，其他口岸也跟著亂起來。

宣和八年五月初七，這一日天上下起濛濛細雨，沈傲一覺醒來，心情也顯得有些低落了。這麼好的日子，也不知哪個混賬說是什麼黃道吉日，還說什麼利出行、招財什麼的，結果一大清早竟下起雨來。

「見鬼了。」沈傲的心受到了傷害，有心要把那個神棍揪出來，最好毒打一頓，氣沖沖的從住處出來，立即有幾個校尉過來，給他準備了蓑衣、斗笠。

其中一個道：「大人，要不要去碼頭那裏看一看，再過半個時辰就是吉時，祭拜完媽祖娘娘，就要正式下水了。」

沈傲想說吉個鬼時，終究還是忍住，繃著臉，穿了斗笠蓑衣，踩著泥濘下了屋簷，突然道：「你們若是心情不好時，一般尋什麼去發洩？」

校尉濕答答的挺胸抬頭道：「操練。」

「哦。」沈傲訕訕然道：「本王差點忘了，你們是校尉，可憐啊……」說罷搖頭，高談闊論道：「可惜本王沒你們這福氣，沒有那操練的命，心情不好時，只好悶騷一下，獨自排解了。去，叫那香菱兒來，待本王去送了商隊，教她給本王彈彈琴。」

到了這泉州，一個大男人，若說沈欽差孤芳自賞那是肯定不成的，沈傲的原則是與下面打成一片，順道體察民情，所以風月場所閒暇時也會轉一圈，當然，只屬於輕微的動手動腳的那種，純屬給自己找點娛樂而已。這倒不是沈傲有便宜不占，只是他生來就有一種潔癖。

雖然沒有陷入太深，可是這些事，肯定不能讓夫人們知道。沈傲心眼多，幾次寫家書回去，滿篇家書除了慰問，更多的便是談及自己在泉州的公事，這樣，夫人們一看，便立時想到沈傲憂國憂民、操勞勤懇的身影，哪裡會想到那個臉上含笑，動不動就牽人柔荑的花花公子模樣。

沈傲望著天上淫淫細雨滴滴答答的落在蓑衣上，踩著泥濘，走路生風，穿過了牌坊、長廊、月洞，到了門房處，馬車已經備好了，一個校尉趕過來道：「王爺，今個兒下雨，就不必騎馬了，坐車去吧。」

沈傲想了想，點點頭，從車轅處上了車，解下斗笠、蓑衣，對車夫道：

「望遠樓。」

望遠樓今日的生意火爆非常，從這裏可以眺望到三大灣，數十個碼頭港口，棧橋上，無數如蟻的腳夫光著膀子，濕油油的搬抬著包了氈布的貨物上船，有些船連棧橋都尋不到地方停靠，就遠遠的停泊在外頭，由人用小船將貨物送過去。

沈傲上了望遠樓，立即有人乖乖過來行禮，紛紛道：「王爺安好。」沈傲今個兒心情不好，板著臉懶得去搭理，這些人也不介意。

到了頂層的廂房，沈傲臨窗放眼過去，一邊吃著早茶和糕點，一邊望著碼頭港口處一支支光禿禿的桅杆，心裏頗覺得震撼，這三大灣加上外海處的船不下三千隻，大小都有，大致都在三百料以上，天知道裏頭裝了多少貨物進去，又會帶回多少各國的特產回來。

那水師的兵船，都是刷了黑漆的，顯得鶴立雞群，早就在海灣口擺出一字長蛇等待了，偶爾有隱約的口號聲順著海風傳過來，動人心魂。

站在沈傲身後的校尉，憧憬的望著那遠處兵船的黑點，想必在羨慕那些有機會出海的袍澤。

沈傲靜靜的看著，原本預定是半個時辰之後出海，卻因爲下了雨，棧橋路滑，腳夫們耽誤了功夫，不得不延後，那主管調度的通商副使崔正已經有點兒著急了，停駐在棧橋處，嗓子冒著煙還在大吼：

「還有幾艘船沒有裝貨，還有幾艘？快報過來？」

他這聲音，實在有點兒聲嘶力竭，在靠近望遠樓下頭的棧橋處，就差要一股腦的跳下海裏去，省得留在這裏丟人現眼。對跑船的人來說，吉日吉時是很重要的事，不管是海商還是水手都信這個，要是耽誤了時間，還要錯過祭拜媽祖，那可就真要糟了。

沈傲探頭看了那穿著碧衣公服的崔正狼狽的樣子，不由莞爾一笑，招手叫來個校尉，低聲道：「去，告訴崔大人，跟他說不要急，本王知道他新官上任，今日又緊要得很，可是天有不測風雲，也怪不得他。」

校尉點了個頭，跑到棧橋處去，在雨中和崔正說了幾句話，崔正抬頭，透著漫天的雨絲朝望遠樓的頂層這邊望來，也不知是否看到了沈傲，隨即點了點頭，定了定神，繼續調度。

碼頭外頭前來送別的人也是不少，眼看時間到了，紛紛鼓噪不安，待那些船終於裝好了貨，各船才升帆起錨，在甲板上祭拜了媽祖娘娘，又將祭品拋入海中，燃起了爆竹，這才按規矩魚貫出海灣去。

沈傲遠眺著黑壓壓的船出海的景象，雖然停泊的船多，可是每艘船都沿著自己的水道行駛，並沒有什麼錯亂，不由道：「這個崔正，還真有兩手。」

之後的熱鬧，也沒什麼可看的，沈傲急著回去聽曲兒，這望遠樓是自家的產業，夥計不少都是從汴京調來的，所以這等苟且之事，肯定不能在望遠樓進行，天知道春兒在這裏安插了多少心腹，還是轉運司衙門那兒安全一些。

用過了早點，長身而起，便帶著校尉下了樓，坐馬車原路回去。

這一趟出海的商船其實早就出乎了沈傲的意料，足足三千多條船，六七萬人，再加上三十艘兵船，一千個水兵，這規模，會不會嚇壞諸國的土著沈傲不知道，卻知道絕沒有哪個不長眼的海盜敢去挨近這龐然大物，誰搶誰還不一定呢，就那點小身板，齊頭並進撞過去都足夠他們粉身碎骨的。

整個泉州因爲船隊出海，瞬間也變得安分下來，港口處零星會有商船進出，這些出海的商船是不必保護的，直接把貨物送到流求、澎湖，轉個圈就回來，且都是兩三百料的小船，沒有尾行的資格，就算是跟了過去，航速也追不上人家。

有時也會有番船進港，這些番船登了岸，也規規矩矩，人在異鄉，只爲求財，當然是不肯鬧事的，再說，泉州新來的一個什麼欽差總督實在厲害得緊，殺人如麻，還沒上泉州大家就已聽說了他的匪號——沈閻王，在他地盤上鬧事，要死人的。

沈傲回了轉運司，那香菱兒早就等候多時，帶來了琵琶、古琴，等沈傲進去，便福身行禮，嬌滴滴的道了句王爺金安。

沈傲受不得這嚶聲，如柳下惠坐定，咳嗽一聲，看了這香菱兒姣好的臉蛋兒一眼，清咳了一下道：「姑娘，撫琴吧。」

香菱兒垂首點頭，便放下古琴，先試了音色，隨即纖指撥動，立時便傳出淙淙流水般的悅耳琴音，沈傲此時有些累了，在案邊假寐，心裏卻是淒苦的想：「我是個君子，我是個人格高尚的人，我不能見異思遷，我要憋住，我不是那種人……」

當日夜裏，他俯首案下，正經的在燈下寫起日誌：

「嗚呼，余一身清白，竟糟踐在香菱兒之手，君子當自省矣。」寫罷，悲催的又提筆：「事畢，菱兒小姐卻不肯收吾嫖資，曰：王爺金貴之體，妾身生受，歡喜還來不及，豈能笑納王爺財帛。」

沈傲提著筆，寫到這裏，深吸了口氣，頓覺得風月場所也有出污泥不染的感性之人，感動的熱淚盈眶，不由搖搖頭，繼續落筆：「此奇女子也。」

汴京城裏沒有什麼出奇的事，除了尙書郎猝死在正德，議論了幾日，而後大家也開始覺得無趣起來。

這個時節，可算是朝臣們最是輕鬆的時候，沈愣子去了泉州，雖說還是折騰，至少轉移了戰場，大家眼不見爲淨，連心情都歡愉起來。

當然也有心急如焚的，姓沈的在泉州一鬧，家裏的進項一下子少了一大截，還得忍氣吞聲，不敢說什麼，就差學那尙書郎乾脆撒手人寰了。

有人歡喜有人憂，大批的銀錢運入京師，宮裏頭日日都跟過年似的，趙佶的出手也漸漸變得闊綽起來，宮裏的用度再大也花不完，因而後宮也沒有節省的必要，高興就好。

宮裏毫無節制，當然也有人心理不平衡，門下省接了幾道奏疏，說是天家與民爭利云云，趙佶下了一道旨意大力駁斥，怒氣沖沖地責問那家藏億貫的商賈算是什麼民？其奢靡比之天家，又是哪個門子的民？這般一較真，對方立即啞了火，哪裡還敢再說什麼。

每隔幾日，沈傲就會遞上來一份奏疏。對沈傲的奏疏，門下省不敢保留，直接送入宮去，趙佶也不管是什麼時候，都是第一時間立即讀閱。

奏疏裏大多是一些稀奇古怪的想法，趙佶有時一頭霧水，最終還是准了。反正在他看來，小小泉州就由著沈傲去折騰，出了事也干係不大，若是辦成了，就是一本萬利的事。

四月初九，傳來泉州商船出海的消息，沈傲的奏疏裏具言當時的盛況，只是可惜朝裏的大臣不管新黨舊黨都是不以爲然，商人出他的海，干你這沈愣子屁事，他還真來了勁，越來越上癮了。

趙佶看著奏疏，卻是津津有味，天下畢竟是他姓趙的，如沈傲所說，每趟出海，朝廷都能得到大筆稅銀，一個泉州，賦稅比一路的田畝稅費還要多，若是整肅規範的口岸增加，歲入少不得要翻個番。

古時盛世的標準，主要是體現在歲入和人口戶籍上，歲入大增，又不擾民，對趙佶的吸引力肯定大。像趙佶這種皇帝，既要享受，又好大喜功，兩全其美又何樂不爲？

趙佶看了奏疏心情大爽，去後宮見太皇太后，恰好太后也在宮裏與太皇太后敘話。宮裏的兩隻母老虎，終究覺得再爭下去誰也落不到好，漸漸也拋棄成見，雖然言語之間仍然偶有爭執，但不時偶爾走走串串門，關係亦漸漸好轉。

趙佶問了安，搬了錦墩在下頭坐著，太皇太后見他臉色不錯，微微笑道：「官家氣色這麼好，是不是撞見了什麼喜慶的事？說來我們聽聽。」

太后不甘示弱道：「肯定是泉州來的消息。」

趙佶笑吟吟地點頭，他如今雖是一國之君，可在兩宮太后面前，卻仍是一個孩子。等到趙佶笑吟吟地將泉州的事說了，太后卻皺起眉道：「哀家知道這個事，沈傲這一趟太孟浪了，殺了這麼多人。不知道的，還以爲是官家授意他這般胡鬧的。」

趙佶呵呵笑著解釋：「不殺人，如何整肅海事？吃進肚子裏的東西，難道他們肯吐出來？」

太后聽罷，嘆了口氣，又道：「我看那些海商也怪可憐的，說殺就殺，他們終究還是百姓，官殺民。這是大忌。」

太皇太后此刻卻沉吟道：「這些海商也不是民，這世上還有身家億貫的平民百姓？」

太后愕然：「他們自家的錢財，又有什麼打緊？」

趙佶笑道：「太皇太后說得是，身家億貫雖說也可以叫民，卻只能叫豪民，自古以來，豪強禍國的不在少數。這些人仗著財勢，結交官府，蓄養死士！」

趙佶頓了一下，又道：「母后，兒臣現在想起來還害怕呢，那四大海商，富可敵國，又蓄養萬餘敢死之士，名下的船隻比興化水軍還要多，真要造亂，整個福建路瞬間糜爛，若不是沈傲這一趟冒著清流非議先斬後奏，誰知道這四大姓將來會變成什麼樣子。自來豪強興而天下亂，歷朝歷代都是這樣，朕坐居宮中，不知道外頭什麼樣子，那泉州又是邊陲海疆，遠在天邊，鬧起來，就是天大的事。」

太后聽了，深吸了口涼氣，喃喃道：「只是幾個海商，爲禍能這麼大？」顯得有些不可置信，從前那尙書郎和泉州偶爾也會獻些東西進宮來，欽慈太后對泉洲那幾個海商印象頗好，此時聽了，才知道事態這麼嚴重。

太皇太后道：「漢末張角之亂，那張角也不過是個蠱惑人心的道人，唐末的諸雄也不見得有什麼出身，這種事，一向是寧殺勿縱的。」

太后想了想，也不再堅持，笑吟吟地道：「這麼說，那沈傲還真是無心辦了樁好事。」

趙佶更正道：「這種事如何是無心的？」

太后笑道：「不都說他是愣子嗎？當然是無心的。」說罷，不由失笑，又道：「哀家是說笑的！」

趙佶也是哂然，突然道：「安寧那兒，朕想微服去一趟，也不知她在沈府習慣不習慣，母后要不要去？」

兩個太后都搖頭：「官家去已是胡鬧，再叫上我們，又不知會出什麼是非了。」

第三十二章 有朋自遠方來

雖說「有朋自遠方來」這句話在大宋早已氾濫了，
可是在越國，能聽懂的還真不多。
這使節原本是含恨而來，這時見蓬萊郡王這般客氣，
又如此高看自己，倒是不好意思說什麼了，
立時握住沈傲的手。

泉州。

船隊已經出海半個月，每日清早，沈傲仍舊去望遠樓喝早茶，隨即回轉運司署理公務，如今許多事都步入了正軌，尤其是南洋水師，有興化水軍做架子，泉州的民壯大多好勇鬥狠，招募進去，好好操練一下，保準是一支強軍。

如今已經招募了三萬人進了民團，先操練半年，再淘汰出一批，其餘的全部編入南洋水師去。各口岸的稅金大漲，盈餘的稅金每年注入一些到水師，也完全足夠維護之用。這也算是取之於商用之於商，有了水師的存在，商人們做生意也多了幾分保障。

泉州海疆靖平，壟斷海貨的官商也被清除，各地的商人預見將來海貿必然興旺，因此不少工房跟著興建起來，窯廠、絲綢坊、還有不少精緻的銅鼎器具，這些都是在海外廣受歡迎的商品，蘇杭最大宗的貿易是絲綢，泉州比不過，比較暢銷的主要是陶瓷和一些鐵質器具，還有一些工藝品，因此窯廠愈開愈多，黏土市價也隨之漲了起來，又少不得大肆招募學徒，如今的泉州，水手、學徒工、腳夫都是奇缺，到處都在招募人力，附近的鄉民覷見了機會，紛紛到泉州來尋生計，給人做佃戶和做腳夫、學徒，在泉州賺到的月錢更多些，能領到實打實的大錢。

福建路多山，單靠土地很難尋到生計，所以無所事事的青壯也多。但是針對蘇杭，行商、做工固然生利更快，可是一旦江南的良田荒廢，便會遭遇糧荒，再多的金銀也是空的。

人力流失還是其次，蘇杭更嚴重的問題是廢田種桑，絲綢的大量貿易，使得江南西路的地主大肆種植桑樹，原因只有一個，桑樹養蠶，養蠶生絲，生絲的價格日日攀高，比種地不知多賺多少盈利。可是若引發起這個風潮，後果可就嚴重了。

沈傲立即下了條子，讓人遏制住這個風潮，沈傲的辦法是五一田桑制，就是官府監督，任何人名下的田畝，只能留下兩成的地種植桑樹，其餘的，必須產稻米，若有人違反律令，遭人舉報，一經查實之後立即處以重罪，沒收田產，發配充軍。

這些還都是未雨綢繆的事，沈傲在泉州把許多新的律令推行出去，倒是沒有遇到太多阻力，可是這個時候，一個消息卻讓所有人大跌眼鏡。

泉州港三仔碼頭，海灣外，一艘快船飛快而來。這種快船是水師重要的通信工具，船身輕巧，卻有兩具風帆，下有船槳從船身處探出，全力行駛，速度極快。

這艘船上打著的是南洋水師的旗號，一看便知道是護衛船隊的水師有消息傳回來，這船一出現，碼頭的差役立即引導其餘要入港的船隻暫避，讓出水道教快船先入港，待那快船在棧橋處穩穩停下，舢板搭下來，幾個臉上曬得古銅的校尉冷著臉下來：

「有急報，快，立即準備好快馬，天大的消息要稟報蓬萊郡王。」

這般一說，通商司的差役不敢怠慢，立即引著他們上了碼頭，牽來馬匹，這幾人毫不猶豫上了馬，直往轉運司飛馬過去。

突然在港口裏出現這麼一艘船，又說是什麼急報，再加上那校尉的冷漠樣子，少不得引起許多人的不安，許多附近的商人過來打聽，差役也是奇怪，隨口說了幾句，立即有人黑著臉道：「莫不是船隊在外海遇到了風暴……若是如此，那可全完了。」

海上行船，最忌的就是遇到風浪，一旦遇到，便是一支船隊覆沒也不是什麼稀罕的事。只是這個猜疑也只是空穴來風，要知道，那龐大的船隊，有經驗的水手不計其數，行船本就是看天吃飯，一旦天象變了，多少會避諱一下，尋最近的港口避避風雨。雖說用肉眼去觀測並不一定準確，卻也不致一出海就落到這個結局。

再者說，這幾日泉州港都是風平浪靜，船隊剛剛出海不過半月，怎麼可能碰上如此衰事，到底是什麼消息，令那快船如此緊急，教裏頭的校尉神色凝重至此？誰都不知道，大家都在打聽，只是這時候，誰又能打聽清楚，只能靜觀其變。

幾個校尉策馬到了轉運司，門口的校尉見有人要勒馬硬闖，雖然來的幾個都認得，算是袍澤同窗，這時候也紛紛拔刀出來，大喝道：

「大膽，蓬萊郡王門前，也敢騎馬？」

坐在馬上的校尉大聲喘了幾口粗氣，口裏道：「有急報，快快讓開。」

「先下馬！」門口的衛兵道：「轉運司衙門是重地，再緊要的事也要守規矩，你們在這兒等著，我立即去稟告。」說罷，扭身去了。

過不多時，便有人請這幾個校尉進去。傳報的校尉一臉的疲憊，支撐著進了正堂，見到沈傲恰好從耳室踱步過來，急不可耐的重重呼吸道：

「王爺，出事了！」

沈傲打了個哆嗦，剛才還聽人說船隊有了消息，想不到劈頭蓋臉就來這麼一句，這次船隊出海，事關著整個海路的新政，一旦出了差錯，滿盤皆輸。他深吸口氣：「出了什麼事，慢慢的說，不要急。」

見他們面色凝重，沈傲已做了最壞的打算，若是船隊覆沒，接下來會如何，蔡京會是什麼動作？太子會不會借機滋事，還有那些利益受損的朝臣，難道會坐視不理。實在不行，自己這把嫩骨頭只能去拼一拼，乾脆和他們翻臉了。

沈傲的一雙眼睛看似氣定神閒，深邃的眸子之後，卻也緊張起來。

一個校尉道：「王爺，事情是這樣的，咱們的船隊途經大越國東灣港暫時休整，本想趁機補充一點淡水和食物，也有一些海商要把自己的貨物兜售出去。誰知那港口的越國官員卻以所有船隻都需繳納商稅為理由挑釁滋事。王爺是知道的，停泊和兜售貨物不同，船隊這麼大，有人兜售貨物，也有人不肯就地發賣，希望賣到更遠的地方去。而越國人卻要所有人都繳納商稅，實在沒有道理。」

沈傲頷首點頭，心裏想，今時不同往日，從前的商隊最多只是結伴同行，到一處兜售了貨物便返航，而現在這支船隊卻是史無前例的龐大，更不只到一處販賣，越國人確實貪心了一些，竟因爲幾個商人售貨，就要這麼多人一同繳稅，實在沒有道理。

校尉繼續道：「越國人如此，海商們自然不肯，要南洋水師去和越國人交涉，越國人見是我大宋水師出面，自己也覺得理虧，因而便提出只收取雙份的停泊費用。」

沈傲笑了笑：「停泊費用花費不了幾個錢，給他就是，做生意爲了求財，總不能因爲這個就和人起爭執。」

校尉苦笑道：「一開始，海商也點了頭，後來越國人登船收稅，不知怎麼和一個海商起了衝突，越國人咬定了他是千料大船，那海商說他的船只有八百料。本來大家就對越國不滿，不知是誰喊了一句，殺越狗……」

沈傲差不多已經猜測到了答案，整個人木在那裏，殺你個頭啊，這幫土匪強盜。

校尉繼續道：「後來各船紛紛響應，水手和夥計都抽出了兵器，殺了上船的越國稅吏，這還不肯干休，無數人衝上棧橋、碼頭，殺進了東灣港……」

沈傲的臉色已經看不出表情了，急促的問道：「還有活口沒有？」

校尉雙手一攤：「沒有，當時正在夜裏，咱們這麼多水手、船工發瘋似的衝進去，水師也沒有反應過來，一開始還以爲是越國人圖謀不軌，於是也殺了過去，等發現只是誤會時，整座港口已是屍橫遍野，洗劫一空。」

沈傲深吸了一口氣，再呼氣，如此重複了三次，終於有了幾分氣力，苦笑道：「這麼說，你們殺了人，還搶了東西？」

校尉期期艾艾的道：「反正人都死了……後來還放了火……」

沈傲心裏叫了一句阿彌陀佛，真是不知該如何是好了。他確實疏忽了，原以爲大家集結成團，就可以免受海賊襲擾，可以精誠合作，在外不受人欺負。沒想這個團實在太大，除掉水師也有六七萬人，這麼多亡命之徒聚在一起會發生什麼？

「當初是我太單純了，是我的錯。」沈傲無力地搖頭。

越國乃是大宋番邦，不管怎麼說，平時對大宋納貢稱臣還是很準時的，現在出了這樁事，人家會怎麼想，沈傲不在乎，問題是，人家肯定是會做些什麼的。不說別的，那越王肯定會上奏表，狠狠的哭告一下，甚至還可能乾脆閉關鎖國，往後再不肯讓大宋船隻停泊。

大宋對番邦一向是兩種態度，對西夏和契丹是又頭痛又害怕，可是對南方番邦，卻一向禮敬有加，所謂伸手不打笑臉人，堂堂禮儀之邦，豈能以直報德。情理上說不通，道理上也說不通。

若是那越王來申訴，宮裏頭必然頭痛，朝臣肯定也會群起攻之。沈傲倒是不怕有人敢扯到自己身上，誰不識相，他不介意一巴掌把這不長眼的東西拍死。問題是，人家若只是議論海政，施下壓力，革除海路新政，那可就白忙活一場了。

沈傲捂住臉，真不知道該說什麼才好，如此坑爹的事，竟被自己撞到，也算是時運不濟了。

他立即道：「你們在這兒等著。」

校尉見沈傲離座去耳室，忍不住道：「郡王哪裡去？」

沈傲道：「寫日誌。」

他狼狽的到了耳室，準備文房四寶，蘸了墨水提筆寫道：「嗚呼，噩耗傳來，悲不自勝，余讀聖人書，享聖學教化，若非百密一疏，何至如此……」

這日誌的意思是，這種爛屁股的缺德事可和他沈傲一點關係都沒有，主要的問題是他太過善良，居然相信這個世界還有真情，更相信人心本善，誰知釀下這等事出來，說一千道一萬道，反正這事兒，沈傲先撇清了再說。

等他把日誌寫完了，神色恢復如常，拍拍手，又回到正廳：

「事情已經發生了，還能怎樣，越國也是君子之國，想必也不會追究。你們先回去吧，回去告訴船隊，繼續按計劃航行。」

叫走了傳報的校尉，又將幾個博士叫來，將事情的原委說了，幾個博士也是嚇了一跳，好歹都是讀過聖賢書的，道德上終究還有底線，只是這時候最重要的是，如何將事情的影響降到最低。

一個博士道：「眼下當務之急，是立即上疏請罪，先讓宮裏有個準備。」

另一個道：「不可，不如先壓著，先和越人談一談，許些好處，教他們不要聲張。」

「死了這麼多人，越人哪裡肯干休，依老夫看，這事肯定是捂不住的。」

大家你一言，我一語，爭個不休。

沈傲只是托著下巴沉思，突然道：「人殺了就殺了，兩國邦交，磕磕碰碰在所難免，娘的，本王不怕，那狗屁越王敢去告御狀，看本王如何收拾他！」

這一句話振聾發聵，卻是把博士們嚇了個半死，死了這麼多人，你說的倒是輕巧，還當人家不敢去告御狀，真當越王是好欺的嗎，人家憑什麼聽你的?!

「王爺，萬事還是謹慎周全的好，依老夫看，那越王……」

沈傲擺擺手：「你們不必勸，我有辦法收拾他們。」接著道：「眼下當務之急，是先把消息遞出去，另一方面，立即派人到鴻臚寺去，告訴楊林，藩國有什麼舉動，立即快馬回報，不要耽誤。至於其他的，去他娘的吧。」

沈傲說了一句粗話，很瀟脫的走了。

這消息根本就壓不住，不多時，整個泉州便傳開了，泉州人的議論和士林的清議截然相反，這些人聽了非但不覺得奇怪，反而覺得實在太稀鬆平常，換做是自己在那個什麼大越國港口，肯定是第一個衝上去撈一票的。

泉州民風彪悍，禮節什麼的雖然看重，卻也最重實利，燒殺搶掠算什麼，跑過海的人和見慣了跑海的人若是虛談什麼仁義道德，就和津津樂道從一而終一樣虛僞。

還有一些家眷跟著船隊跑船的，更是越發不可收拾，天天朝鄰里大聲嚷嚷：「我家大順兒腿腳快，這一趟回來，說不準能提攜咱們全家住進騎馬坊去。」

騎馬坊是城中富戶聚集的地方，意思是他家男人這一趟說不準能搶到不少寶貝。

這種議論比比皆是，就是泉州的士子，雖然也會搖頭晃腦幾句：「情何以堪，情何以堪。」背地裏卻又捶胸頓地：「人生當如此，爲何學生沒有隨船去增長見聞。」

由此可見泉州人的民風。所謂一方土養一方人，泉州多山靠海，十個人裏一個是良民，五個是強盜，還有四個大致也是強盜，別看平時這些人老實巴拉，凶悍起來，抄起傢伙什麼事都做得出。

既然轉運司放了話，只當這事沒有發生，泉州又恢復了平靜。正在這個時候，不少宅子裏有人交頭接耳，接著便有人寫了書信，吩咐家人，那些家人立即騎馬出城，以極快的速度朝汴京趕去。有些大戶甚至直接用信鴿傳信，估摸著只用三四天時間，汴京就會有回音傳來。

汴京得了消息，立時鬧哄哄的，從前大家想，不要去得罪沈楞子，好不容易沈楞子去了泉州，眼不見爲淨，就當沒有這個人，管他如何。可是誰知大家不去理會那傢伙，這傢伙居然不斷的來挑戰大家的忍耐極限。如今殺人殺到了番邦，還燒殺搶掠，比之契丹人之於大宋更是凶悍。大家都在等，看那姓沈的怎麼解釋。

泉州傳送奏疏的快騎，是在五日之後進京的，立即引來各方的注意，有的大戶人家門口早有人在通往泉州方向的城門口蹲著，一見泉州加急的快馬到了汴京城，立即回去稟告。

門下省接了奏疏，立即將奏疏傳入宮中。沈傲的奏疏裏，先是讚頌了一下宋越兩國的邦交，接著又褒揚了商隊的克制，大致的意思是說，越國人很好，商隊也很好，爲什麼現在會這樣呢，解釋只有一個，誤會！

殺了這麼多人，就只是一個誤會？趙佶氣得吐血。

奏疏的後頭還引經據典，說是之所以會產生這誤會，是因爲兩國的交往不夠，兩國又是風俗迥異，出現摩擦是預料中的事。這等小事，讓微臣來處置就是了，保準越王滿意云云。

趙佶將奏疏放在案上，氣呼呼地對楊戩道：「這是誤會？哼，這傢伙滿口胡說八道，只是一個誤會，就可以殺這麼多人，可以燒了人家越國第三大港，將人家搶掠一空？就這還只是摩擦？虧得他說得出口。」

楊戩沒有說話，從趙佶的臉上看，陛下倒沒有動真怒，只是抱怨一下罷了，抱怨完也就沒事了。畢竟那越國遠在萬里之外，又是番邦，陛下怕的只是越國人來找麻煩，其他的，才顧不上人家的死活。

趙佶繼續道：「前幾日朕還在後宮說他的好，這才幾天，母后要知道這事，朕都沒這個臉去見她了。越國肯定會來申訴，朝廷也會有人來鬧，這麼折騰下去，朕可吃不消。」

楊戩笑吟吟的道：「陛下，這事說大也大，說小也小，最緊要的，還是壓住越國，是不是要知會一下，暗裏許諾一些好處，叫他們不要滋事？」

趙佶搖頭：「罷了，他自己在奏疏裏說由他來應付就好，朕就放手讓他去辦，看他怎麼弭平這事。」

趙佶又嘆了口氣：「朕要去萬歲山養病，和太醫院說一聲，叫他們來看看。到時候就說，朕近來身體不適，後日的廷議就取消了，至於其他的事，讓蔡太師斟酌著處置，沒有大事，不要報進宮裏來。」

楊戩問：「泉州的海事算不算大事？」

趙佶板著臉：「泉州只是一隅之地，算得什麼大事，大宋的根本是土地，海路不算大事。」

楊戩立即笑嘻嘻的道：「奴才明白了，這就去辦。」

趙佶的心思，楊戩再不明白，就白當了這麼多年的差了，這意思是說，官家打算躲起來，管外面鬧成什麼樣子，至於朝臣群情激奮又能如何，沈傲身爲郡王、太傅、欽差、寺卿、司業，除了皇上，誰能管得住他?!就是蔡京也不能。皇帝不管，就是放縱，這事最多演化成扯皮，吵得再凶，那也是泉州和汴京的角力，隨他們去吧。

趙佶嘆了口氣：「是朕的錯，朕平時太縱容他了。」

楊戩笑呵呵的道：「陛下說得對，是該管教一下。」

趙佶深以爲然：「偷偷下一道中旨，申飭一下還是要的，不要讓他得意忘形。」

趙佶說罷，立即一副病怏怏的樣子：「擺駕，萬歲山。」

門下省總算傳出消息，沈傲奏疏的副本，也不知從哪裡開始流傳出來，不看還好，看了這副本，不知多少人氣得跺腳，原以爲那姓沈的會真心悔過，誰知到了這個份上還在狡辯。誤會?這種事也是誤會?!

另一個消息也教人傻眼，官家病了，去萬歲山了，什麼事都不理會。這是什麼意

思，大家都明白，心裏苦笑，更有人不平的低聲議論，說是有這樣的官家，才會養出沈傲這般的妖孽。

許多人達成了一個共識，那沈傲太不是東西，一定要給他吃點苦頭。一時間，到處都是叫罵的，上奏疏，寫詩詞，還有部堂衙門也參一腳，收拾不了你，還罵不贏你？

沈傲那兒早有汴京的消息每日快馬送過來，自他到了泉州，泉州與汴京之間的快馬遞送就從來沒有間斷過，大大小小的消息，都放在他的書案上。官家去了萬歲山，教他鬆了口氣，他最怕的，還是宮裏頭那老丈人，只要他甩手不管，他也沒什麼可怕的。

趙佶傳遞的訊息再清楚不過，是讓他自己掂量著去辦，不管怎麼說，得把事情的影響降到最低。

有了這分縱容，沈傲的戰鬥力立即爆表，看到一份份罵他的奏疏和清議記錄，沈傲齜牙冷笑，對身邊的一個校尉道：「若是有人罵你，你會怎麼做？」

這校尉挺胸道：「我會扇他一巴掌。」

沈傲心想：「看看，連一個小小的校尉都有這般的覺悟，難道本王連校尉都不如？」這般一想，也就沒什麼顧忌了，撿起一份清議的記錄。這些記錄，都是從邃雅山房遞過來的。

邃雅山房是高級的茶肆，也是許多官員和讀書人聚集的地方，讀書人一多，清議也就肆無忌憚起來。誰也不知道，他們說的話，但凡涉及到沈傲或者敏感問題的，都會被人悄悄記下來，送到沈傲這兒。

沈傲指著一個人名：「這個叫黃寒的，罵得這麼兇，看來很有必要收拾一下。」二話不說，叫人拿來筆墨紙硯，捲起袖子寫了一篇文章，叫人送到邃雅周刊去刊登。

過不多時，邃雅周刊便以獨家報導刊載出來。整篇文章直截了當的說，本王知道有人在罵老子，你們喜歡罵，本王也管不住你們的嘴，可是有人涉及到了本王的親眷，這事兒就別想干休了，罵人本王不在行，殺人倒是略懂一些，誰再罵一句試試看。末尾還加了一句「黃寒，你小子死定了。」

這篇文章雖然直白囂張，卻是文采斐然，文章用的是經義格式，開題便是君子忌口，一通諷刺貶低，將那些背地裏說壞話的傢伙羞辱一番。

至於黃寒是誰，大家倒是都認識，此人在清流中也算是個人物，賜同進士出生，做過一任縣令、推官，據說在泉州，他家也有一點買賣。現在黃寒已經致仕，大概是錢也撈夠了，所以說起話來，沒有官場上那些人委婉。

當著這麼多人的面，斷然威脅一個清流名宿，這還了得，簡直是不把清議放在眼裏，文章登出來，大家罵得更凶。

那黃寒平時也不太出名，此時借了沈傲的文章，反一下子聲名鵲起，後生晚輩見了他，都是九十度鞠躬，乖乖的自稱一句門生。更有不少人請黃寒去赴宴，大爲吹捧。

一開始，黃寒還有點害怕，如今被人推到了風口浪尖，一下子成了汴京的名人，腰桿子一下子也挺直了，捏著鬍鬚，也放出了豪言，說是位卑不敢忘國，姓沈的倒行逆施，他這等聖人門生看不過去，一定要和姓沈的爭一爭，看沈傲能奈他何。

「這傢伙還來勁了。」沈傲沒有預料到是這個結局，原本還想恫嚇他一下，誰知結果竟是這樣，一時間大是惱火，不收拾他，將來還怎麼在汴京做人？

這時，還沒等沈傲佈局，南越國總算有了反應，這麼大的事，身爲番邦也不能輕視，那港口乃是南越第三大港，更不能等閒視之。越王立即上表，派出使臣前往汴京，要討個說法；還派出一隊使臣從海上過來，直抵泉州，要與沈傲交涉。

做出這個決定來，可見越國對宋國的國事一向關切有加，這時候宋皇帝「養病」，真正能談的正主兒只有沈傲，況且沈傲還是鴻臚寺正卿，名正言順的有交涉之權。

上表的一路是刻意做給沈傲看的，是要給他施加壓力；真正談的是泉州這一路，所以這一路使節人數最多，身分反而更高貴，大有一副要和沈傲擺擂臺，不談出結果不甘休的樣子。若是在泉州這邊碰壁，越國人就只能在汴京討要說法了。

越國的使船到了泉州港，先派了一艘哨船通報，原以爲沈傲會置之不理，誰知船到了碼頭，整個碼頭竟是披紅掛綠，一隊隊廂軍拱衛在側，更有鼓樂聲響起，聲震九天。

遠遠的靠近一座高樓，是穿著蟒服的沈傲，他今日穿的是郡王禮服，下身繫著朱裳，雙腿之間是紋三爪金龍的蔽膝，後襟是方心曲領，腰間掛著玉劍、玉佩、錦綬，著白綾襪黑色皮履，戴著進賢冠，頷下還繫著蝴蝶結的金帶，渾身上下貴氣逼人。

他遠遠看到船停靠在棧橋，立即發自內心的歡呼一聲：「來了，諸位隨我去接越國貴賓。」

沈傲的後頭，泉州官員大致都來齊了，大夥兒暫時放下了公務，隨沈傲來充場面。眼見這郡王歡天喜地的模樣，真真是看不慣，「去你娘」是你說的，大家夥兒都聽見了，現在人家來找你算賬，你又是這副嘴臉。

不過，郡王在這裏說一不二，更是一言九鼎，他說的話，比聖旨還要管用三分。既然有王命，誰還敢說什麼，便隨著沈傲一齊上了棧橋，浩浩蕩蕩去船頭接人。

越國使臣下了船，見到這般的隆重也是嚇了一跳，早聽說這個姓沈的不好搞，誰知這般熱絡，連禮服都沒來得及換，只能硬著頭皮下船。

沈傲一馬當先，看到一個面色黝黑，身材矮小精悍，卻是穿著和大宋朝服差不多的越國人，立即明白對方便是正主，二人四目相對一下，沈傲搶先一步一把握住對方的手：「有朋自遠方來，不亦樂乎，早知道越國朋友要來，本王虛席以待，喜不自勝。」

雖說「有朋自遠方來」這句話在大宋早已氾濫了，可是在越國，能聽懂的還真不多。這使節原本是含恨而來，這時見蓬萊郡王這般客氣，又如此高看自己，倒是不好意思說什麼了，立時握住沈傲的手，在腦子裏搜索了一番，也開始咬文嚼字：

「久仰郡王大名，今日一見，三生有幸，蓬蓽生輝。」

沈傲心裏罵，蓬蓽生輝？這是什麼跟什麼！卻是不動聲色，哈哈笑道：「既然來了，本王一定要留你們多住一些時日。」說罷挽著越使，跟在後頭的官員立即讓出一條路，讓二人並肩通過。

「還未請教貴使尊姓大名。」

「鄙人是越國國姓，名亨。」

李亨？這名字倒是漢化得夠徹底的，沈傲立即正色道：「豐亨豫大，好一個亨字。」

李亨朗聲笑起來，突然覺得這沈傲的惡名實在名不副實，如此通達知禮、俊秀手姿的人物，豈是個殺人不眨眼之徒？

「這人很實在。」這是李亨對沈傲的第一印象。

第三十三章 叢林法則

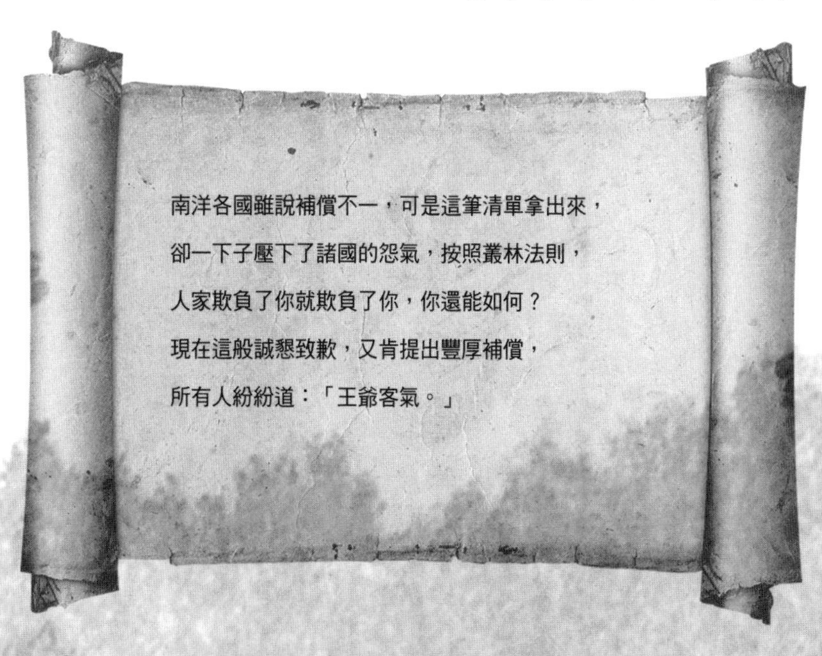

南洋各國雖說補償不一，可是這筆清單拿出來，
卻一下子壓下了諸國的怨氣，按照叢林法則，
人家欺負了你就欺負了你，你還能如何？
現在這般誠懇致歉，又肯提出豐厚補償，
所有人紛紛道：「王爺客氣。」

二人出了碼頭，沈傲在前頭騎馬，讓李亨上了一座八抬轎子。一開始李亨還很不好意思，搓著手，無論如何也不肯上轎，人家沈傲好歹是個王爵，和越王平級，這般的人物在前頭騎馬給他開路，自己一個使節，怎麼好喧賓奪主。

二人就在轎子旁客套起來，最終李亨還是拗不過沈傲，鑽入轎子。

在越國，他的品級並不低，可是這般的八抬軟轎，卻是沒有坐過，越王的乘輦，多半也就是這個樣子。此時坐進去，裏頭的座椅軟綿綿的，鋪了一層鹿皮，又填充了棉絮，兩邊還有靠手，居然還有個矮凳大小的小几子，上頭擺著一鼎香爐，香爐裏頭嫋嫋生煙，有一股丁香的氣味。

坐在轎子裏十分平穩，一點兒顛簸都沒有，李亨舒服的靠在軟墊上，幾乎要睡著了，也不知過了多久時候，才有人掀起簾子：「上使，到了。」

沈傲熱絡的請李亨進了轉運司衙門，也不和他談公務，便立即張羅著給他接風洗塵，足足七十多桌，裏裏外外到處都是。酒席都是特製的，主座是九道大菜，九道小菜，酒水更是京中貢酒，醇香無比。

李亨直接被安排到了主座，沈傲這個郡王反倒在下頭陪席，李亨不動筷子，上上下下幾百個官員都不動，都是注目著李亨，等李亨夾了菜，大家才熱鬧起來，紛紛拿起筷子。

此後更是敬酒談歡，李亨是主角，來的官員都按著沈傲之前的吩咐，一個個來敬酒。敬酒倒罷了，還要對詩，誰沒有對成，便要罰酒。

一聽是對詩，李亨立時兩眼放光，唐詩三百首，他是一句也沒有拉下，於是搖頭晃腦，一句「舉頭望明月」，下頭的官員瞪著眼珠子，期期艾艾的道：「低頭……低頭……低頭……」

李亨大喜：「罰酒，罰酒。」

便是那剛啓蒙的孩童都知道，下一句是「低頭思故鄉」，可是這個時候，大家都在演戲，一句話，就是要把這上使伺候爽了。

李亨見漢官都比不過自己的才學，此時的心情，真真是暢爽無比。曲終人散，李亨醉醺醺的被人扶著回去歇下。

這時，沈傲在書房裏，幾個泉州的主政大員在下頭陪坐。

有人道：「郡王，越國使節終究是下使，何必如此巴結？雖說這次是我大宋理虧，可是……」

沈傲笑吟吟的打斷他：「因爲本王要辦一件大事，一件足以改變天下格局的大事。」

眾人聽他這般一說，也就沒詞了，他說怎麼著就怎麼著吧，乖乖的告辭出去。沈傲不忘對他們吩咐道：「明日一早再來，咱們陪李上使喝早茶。」

這些人平時都是別人巴結著他們的，如今卻要他們巴結一個番邦使節，還是個肚子裏墨水不多卻喜歡引文拽詞的傢伙，當真頗不樂意，卻不得不道：「下官遵命。」這才趁著夜色，乘著小轎去了。

一夜過去，李亨起來，頭仍是醉醺醺的，喚了幾聲，立即有個胥吏進來，端著熱騰騰的參湯，和顏悅色的道：「上使大人，郡王那邊說，上使昨夜醉了，清早起來喝碗參湯，提提神，待會兒再去望遠樓喝茶。」

李亨大是感慨：「蓬萊郡王體貼入微，真性情也。」

端湯的胥吏心裏偷笑，體貼入微和真性情有什麼干係，只是臉上卻是無比恭敬，將參湯放在八仙桌上，隨即乖乖的站在一側，束手而立。

李亨喝完了湯，頭暈的感覺消失了，精神大好，道：「郡王在哪裡？」

胥吏道：「郡王今早三更便趕去望遠樓，說是清早要請上使喝茶，要預先做好準備，吩咐別人去做，郡王又不放心，怕慢待了貴客，所以先行去了。」

胥吏頓了頓繼續道：「郡王還吩咐，等上使喝完了參湯，再引上使去望遠樓，郡王在那邊恭候多時。」

李亨聽了，真正是感激涕零，忍不住道：「這麼說，郡王是一宿未睡？」

胥吏笑了笑：「只打了一個時辰的盹兒。」

李亨嘆了口氣，百感交集道：「好，你引路吧。」

這般的禮遇，讓李亨頗有樂不思蜀之感，到了望遠樓，由泉州上下官員作陪，李亨想要談及商船襲港的事，話還沒出口，臉上就變紅了。

原本來的時候，他是含冤而來，按著越王的吩咐，是氣勢洶洶準備來討要說法的，如今那些責難的話卻說不出口，只好道：「沈大人，東灣港……」

沈傲笑吟吟的擺手道：「些許小事，現在說這個，豈不是大煞風景，本王與李兄情投意合，這事便是看在李兄的顏面上，也一定給你們一個交代。」

李亨聽了沈傲的許諾，心思也就放下，覺得蓬萊郡王為人仗義，肯定不會教自己失望，再加上沈傲為他安排好了一切，住在一處官商的宅邸裏，那官商已經掉了腦袋，家宅也被抄沒，清掃一下，比之那越王府更加氣派。

安頓好李亨，那邊的急報又傳來，船隊一路南下，雖說沒有再出現襲港的舉動，可是因為在東灣港嘗到了甜頭，再加上人多勢眾，膽氣壯了不少，少不得又惹出無數事端，南洋諸國不堪其擾。

從前漢商南下，舉目無親，是最老實的，此時人一多就變得肆無忌憚。這兩極的態度，怎麼教人受得了，抱怨之聲四起，加上越國的事已傳遍整個南洋諸國，大家都怕再發生類似事情，因而紛紛趁這個機會派出使臣前往交涉，希望宋廷能夠杜絕此類事件發生，鴻臚寺已經接到了不少這樣的抱怨。

蘇杭也效仿泉州去了倭國，規模雖比泉州小些，也是連綿數里的船隻，一行浩浩蕩蕩，水手、水兵在兩萬人上下，這些人到了倭國倒沒有搶掠。倭國人一向待外客客氣得很，各藩邦巴不得大宋商人前來貿易。

饒是這樣，出的事也是不小。

原來是一個倭國的藩鎮與另一個藩鎮對戰，其中一個藩鎮眼看支撐不住，便向船隊許諾許多好處，甚至願意將領地內的銀礦做抵押，當時的倭國，銀礦極多，早有人眼紅了，船隊的商人商議了一陣，立即便有了決定，二話不說，操傢伙登了岸，結果是一個藩鎮覆滅，一個藩鎮崛起，倭人死傷有兩千餘人。

整個倭島，本來像自然界的生態平衡一樣，天皇不能完全控制住局勢，各大藩鎮也沒有將仇敵吞併的實力，雖有小規模戰鬥，卻極少出現一邊倒的戰局。可是商隊的抵達，卻將整個平衡打破了，大名們看到了甜頭，竟是爭相與船隊聯絡，不只是希望商隊幫助自己，就怕商隊倒向敵對一方。

所謂爭相聯絡，就是爭相賄賂，這個許諾貨棧出海口，那個許諾銀礦，更有甚者，割地的也有。這麼一鬧，整個倭國竟有七八處港口的出海權和六座銀礦的開採權落在海商手裏，貨物還沒有傾銷出去，蘇杭便賺了個飽。

固然大名們沒什麼意見，可是對當時大權日漸旁落的日本王室來說，卻是滅頂之災，這個時候若是不抗議一下怎麼行，海商這樣胡鬧，怎麼也得收斂一下。

倭國雖然離大宋有千里之遙，可是對大宋的各方面卻都很清楚，知道要交涉的對象便是那欽差沈傲，所以直接揚帆往泉州過來。

汴京已經鬧翻了天，叫罵聲不絕於耳，彈劾的奏疏是一波接著一波，趙佶雖在萬歲山養病，多少也有耳聞，他本就是個怕麻煩的人，現在滿朝文武都要求取消海路新政，要恢復原狀，禁止商船結隊出海，這時，他也有了幾分動搖，時不時向楊戩問：

「這海事的新政罷了吧，沈傲固然是爲了我大宋著想，可是這般鬧下去，不知還要捅多大婁子。」

楊戩只是抿嘴不語。問了幾次才道：「陛下可曾向沈傲有過許諾，不如等沈傲與諸國交涉之後再說。」

趙佶頷首點頭，從前自己鼓勵沈傲放手去幹，若是這個時候把沈傲召回來，這張老臉也覺得無顏去見他，只好作罷，嘆道：「但願他能安撫住。」

六月的泉州，已是烈日炎炎，熱得叫人透不過氣來，沈傲倒是還好，穿著夏衫，到亭下納涼，吃著冰鎮西瓜，看看新一期的邃雅周刊，倒也愜意得很。

各國使節雲集泉州，沈傲都是熱情接待，絕對挑不出一個錯來，可是一旦談到商隊的事，沈傲便藉口轉開話題，噓寒問暖，大打太極拳。

如此冷落了他們幾日，沈傲也沒有閒著，幾個博士日夜趕工，終於擬定了一份冗長的國書，裏頭的條款密密麻麻，足有數百條之多，這才是他真正的意圖。

看看時候差不多了，一大清早，沈傲叫了校尉來：「去，通知各國使節到這裏來，本王要親自和他們談。」

各國使臣一聽到蓬萊郡王要談正事，哪裡還敢怠慢，一點都不敢耽誤，立即就都聚集來了。來人足足幾十個，大家不安的先在廳裏坐著，相互用蹩腳的漢話打聽，個個都是垂頭喪氣的，各自抱怨自己的苦處，一下子，廳裏竟變成了訴苦大會。

正在大家說到激動時，一聲清咳傳來，只見沈傲穿著一件夏衫，慢吞吞的搖扇進來，笑吟吟的道：「教諸位久候，抱歉得很。」

使節們紛紛站起，笑臉相迎道：「王爺客氣。」

「都坐，都坐，不必客氣，來了咱們大宋，就像自己家一樣。」沈傲笑呵呵的壓壓手，隨即坐在主座上，目光先是落在李亨身上：「李兄，你這幾日身體不適，本王送去的藥材吃過了沒有？」

李亭笑呵呵的道：「有勞王爺記掛，吃了，病也好了。」

沈傲將扇子收了，轉著扇骨道：「身在異國他鄉，有個頭痛腦熱的，確實是件要命的事，李兄切記注意身體。你若是有個什麼事，本王就不好交代了。」

李亭頷首點頭，又道了謝。

沈傲目光又落在倭國使節久保千尋身上，道：「久保兄是前幾日到的，這一路行船，真是辛苦了，一直想和你交個朋友，可是又怕影響你歇息，不便打擾。」

久保千尋感激的道：「王爺客氣，下使能高攀王爺，榮幸之至。」

沈傲一個個的垂詢，每一個人的名字，他都記得清清楚楚，這一路問下去，大家雖然略帶著幾分怨氣，此刻也一下子消散一空了。

沈傲見差不多了，轉入正題：「這一趟商隊出海，滋擾不少，可是我大宋的海政卻不能荒廢，唯一解決的辦法，只能三令五申告誡一下了。」

這般一說，立時傳出一陣竊竊私語，海商是什麼德行，僅僅告誡一下，怎麼能教他們聽話，李亭道：「王爺，只是告誡，難保他們不會固態復萌，此事對大宋不痛不癢，可是對我等下國，卻是天大的事，下國偏居邊陲之地，產出又少，一場事故，便如剜了大家的心頭肉，請王爺一定要出面重懲，否則下國永無寧日。」

眾人紛紛道：「對，一家要重懲，否則真要永無寧日了。」

沈傲只是淡淡一笑：「好，那就聽你們的，重懲。不過，要重懲，肯定要把犯禁的海商都清理出來，那就請諸位檢舉吧。」

「檢舉？」大家面面相覷。在他們看來，宋人都長得差不多模樣，就算能認出模樣的，多半也已經變成了死人，這怎麼檢舉？

見大家誰也不吱聲，沈傲嘆氣道：「這就是了，我大宋有一句話，叫法不責眾，總不能教我大宋把所有的海商都殺絕了，給諸位一個交代吧。如此，誰來為大家通商，誰來為大家互通有無，所以這事，只能另想辦法。」

這個時候，誰也不說話了。

久保千尋道：「莫非大人有辦法？」

沈傲淡淡一笑：「先不急著說辦法，現在本王要談的，是給予各國補償之事。大家都知道，這一趟讓諸國都承受了損失，大宋是天朝上國，一向奉行睦鄰友好的，如今出了這等事，諸位痛心，大宋天子和本王亦是痛心之至。既然有損失，就要彌補，否則大宋這邊也說不過去。」

他朝身後的校尉遞了個眼色，那校尉立即拿出一遝清單出來，紛紛發到每個使節的手裏。使節們低頭一看，都嚇了一跳。

李亭期期艾艾的道：「天朝當真給越國補償這麼多錢？」

在他的手上，越國的清單後面，赫然寫著一千萬貫四個大字。一千萬貫是什麼概念，就拿越國來說，一年的歲入，只怕也只是五百萬貫上下的樣子，一千萬，就等於兩年歲入，在大宋算不得什麼，甚至不值一提，隨便一個富裕點的府軍，一年就能繳出這麼多銀錢，可是對越國卻是天文數字了。

沈傲慚愧的道：「越國這一次蒙受損失最多，因此撫恤和補償都是從重的，一千萬貫，不過是聊表心意，但願越國不要生怨就好。」

李亭心裏已轉了無數個念頭，這麼一大筆錢，實在不是小數，拿回去給越王，肯定能有個交代，原以爲能教大宋賠償幾十萬貫也就不錯了，畢竟只是越國的第三大港，人死了也就死了，大不了讓大宋交出幾個凶手，將此事帶過就是了，誰知沈傲一出手，當真是非凡無比，有了這筆錢，越王肯定是要大喜過望的。

至於其他的使節，得到的補償雖然比不過越國，卻也出乎了他們的意料之外，有的幾百萬貫，有的幾十萬貫，十幾國加起來，大致三千萬貫打了水漂。

如今的沈傲，財大氣粗，三千萬貫爲數當然不少，可是從那抄家的巨額財富中扣出一點來，倒也算不得什麼。這一次沈傲下了血本，便是奉行著要先取之必先予之的想法，先給他們吃了甜頭，接下來，便是收割了。

南洋各國雖說補償不一，可是這筆清單拿出來，卻一下子壓下了諸國的怨氣，大宋的實力擺在那裏，按照叢林法則，人家欺負了你就欺負了你，你還能如何？現在這般誠懇致歉，又肯提出豐厚補償，這時，所有人如釋重負，紛紛道：「王爺客氣。」

沈傲淡淡一笑道：「客氣就不必，大宋既是天朝上國，又是禮儀之邦，與鄰為善是國策，如今又有錯在先，自然不能怠慢了諸位。」

這時候，使節們對沈傲評價只剩下豪爽闊綽了。大家喜笑顏開，沈傲吩咐人換茶，接下來自然是閒談幾句。

李亨猶豫了一下，終於還是道：「王爺，大宋的恩德，下國欣然受之，只是約束船隊，也是非同小可。大宋的船隊一次出海便是數千艘，所過之處多有滋擾，眼下已鬧出這麼大的事，將來難保不會再重蹈覆轍。」

李亨也不是個蠢人，這一趟，大宋雖提出了賠償，且賠償豐厚無比，可是這只是治本，那些商船如此囂張，現在還只是搶掠屠戮了港口，下一趟，天知道還會出什麼事。

這幾日，李亨在泉州也有耳聞，說是大宋海貿日漸繁盛，船塢那兒，新船日夜趕工，購買者如過江之鯽，明年此時再出海的話，船隊便是十萬人的規模都有，這些好勇鬥狠的人放出去，便是滅國也足夠了，現在若是不管，等王都都被這些混賬攻破了，到時候再去哪裡鳴冤？

現在這一任海路招撫使是最好說話的，可是大宋的官員像走馬燈一樣的換，到了下一任，誰知道會是什麼樣子；得趕快讓這個蓬萊郡王提出一個治根的辦法來，以防萬一才是正理。

有了李亨起頭，在座的使節也紛紛道：「對，商隊如此龐大，下國哪裡吃得消，便是將所有軍隊去防衛都不夠，一旦起了衝突，下國哪裡抵擋得住？」

沈傲爲難地道：「諸位也知道，本王奉命海路新政，商隊結伴出海，便是本王的政績，若是荒廢掉，本王就難辦了。」

這話大家聽得懂，就好像在座的使臣一樣，若是不能讓大宋提出一點賠償，也沒法向國內交代。人家沈兄弟夠意思，夠豪爽，也不能讓他爲難。

沈傲繼續道：「不過，辦法倒是有一個……」

李亨道：「王爺但說無妨。」

沈傲微笑道：「既然你們約束不住海商，那就讓大宋來約束。」

眾人面面相覷，大宋怎麼管？

沈傲見大家一頭霧水，繼續道：「其實這也很簡單，大宋與諸國風俗習性不同，難免產生摩擦，不如這樣，大家要貿易，乾脆大家劃出一塊地來，由我大宋管轄，設置官員，建立總督衙門，再由水師抽調一批人在碼頭處巡檢，大宋的商人和水手若是犯法，直接由總督衙門拿辦，不必勞煩諸位動手；若是有人圖謀不軌，也由總督衙門調兵彈壓。若是他們的力量不夠，則我大宋水師聞風而動，盡力馳援……」

這便是租界了，不過沈傲不是用武力獲取，而是希望用懷柔的辦法得到。其實武力成分也有，各國的威脅是大宋的商人，這個時候大宋朝廷再站出來做個好人，調停一下，順便提出一勞永逸的解決辦法。

這個辦法，雖然是讓各國都割出一塊港口出來，可是當時，莫說是南洋諸國，便是大宋，對國土的重視也不足夠；另一方面，對大宋，各國的警戒心亦不強，大宋國力鼎盛，也沒有看到欺負誰，恰恰相反，你便是納貢稱臣，大宋還少不得給予豐厚的賞賜，從來沒讓人吃過虧。再者說，人家是中央之國，對你這蠻荒之地，也沒多大的興致。

現在這個法子，等於是讓大家作出選擇，是選擇海商，還是選擇引入大宋的軍隊，只稍一猶豫，大家便覺得，還是大宋朝廷可靠一些，至少人家還是講道理的，碰到那些不可理喻的海商，那真是叫天不應了。

李亨已經有了決定：「這個法子好，以宋軍治宋商，下國直接和大宋朝廷派來的總督打交道也方便一些。」

越國在南洋算是較大的，和大宋打交道也是最久，深知大宋一向自詡禮儀之邦，從來不咄咄逼人，倒也沒什麼後顧之憂，更不怕大宋趁機吞併或藉故欺凌，因此他的反應也最快，不似其他使節還存著疑慮。

倭國使節這時也紛紛跟著回應，接著有不少使節點了頭，剩餘的雖還在猶豫，只是這時再不點頭，人家都有大宋朝廷庇護著，就你沒有，海商那兒還不專門鑽你的空子，就搶你一個？最後幾個還在猶豫的使節，也只好點了頭。

接下來要談的，便是細務了。沈傲提出來的，是大國八百里、小國五百里的港口轄制權。這樣大小的地，比泉州府要小，卻也足夠使用，還有港內的司法權，自然是交到大宋手中。

其實司法權這一塊，各國也不想要，讓他們派出人去審判海商，這不是得罪人？至於其他的，如大宋商船只能在該口岸停靠之類，倒都好說。

這件事居然談得出奇的順利。但是說到駐軍，各國的意見便不統一了。

駐軍這事本身沒有疑義，不駐軍，大宋怎麼彈壓得住不法的海商，最大的問題是駐軍多少，多了，倭國不能接受，少了，大宋對海商又沒有威懾感。最後是以大國一千、小國八百敲定下來。

在沈傲看來，一千人上下管理一處港口問題不大，就算出了事，南洋水師也可以立即作出反應。再加上港口還要招募皂吏、胥吏，人手不成問題。之後要商討的，才是重中之重。

南洋各國，大多靠海，海岸線也極長，可是深水港卻不多，地理位置好的海灣更是少之又少，大宋到底要哪一塊才是最緊要的事。好的港口，可說是各國的心頭肉，豈是說割捨就割捨的？

談到這個節骨眼上，沈傲一下子又不急了，反而笑呵呵地端著茶盞，慢吞吞地道：

「本王還有個主意，爲了維護諸國的穩定，長治久安，一方面呢，也讓大宋的海貿不致出差錯，大宋分駐各國的總督府，自然要與諸國同心協力，大宋既派了駐軍，彈壓不法海商是一條，可是若是各國國內發生民變，或者遭遇外敵入侵，總督府也可以派兵援助，若是總督府的人手不夠，只要諸國開口求救，南洋水師也會星夜馳援。」

話一出口，各國使節頓時大喜，南洋部族林立，各國王室並不安穩，一個不好，就有陰溝翻船的危險，許多地方更是叛亂不斷，說是危在旦夕也不爲過。宋軍雖然比不過金軍，可是對南洋而言已是精銳，有了這個保證，各國的王室等於就安穩多了，有了這個強援，誰還敢反？

使節們只稍稍一想，立即就明白了沈傲的意思。各使節回到國內覆命，雖說得了錢財賠償，卻要割地駐軍，各國王室能不能點頭還是一回事，但有了沈傲這句話，便等於是一道免死金牌，是保證南洋諸國王室的根本所在，王室還能說什麼？歡欣鼓舞都來不及才是。

沈傲提出一個誘餌，再來談割地就好辦多了，他對後世的著名港口大多都有幾分印象，拿了南洋的地圖，大致就能將各國最優良的港口尋出來。這一番圈點，各國雖有不捨，可是想到方才沈傲的保證，雖然口裏說要考慮考慮，心裏大致也都認同了。

這一次談判，大致是在友好的氣氛中進行，之所以能夠順利，還是天朝上國一向信譽良好，沒有欺凌弱小的記錄，南洋諸國雖有疑心，大多還是相信大宋的信譽，更不怕宋國借機吞併。若換了別人，這年頭人心隔肚皮的，誰信誰啊。

轉眼一個多時辰過去，沈傲也不急於促成，總要給人考慮的時間，他自信自己拋出的橄欖枝對方肯定是要接的。因而笑道：

「好啦，說了這麼多，口都乾了，我準備了一些酒水，本王來給諸位陪席，不醉不歸！」

第三十四章 利益集團

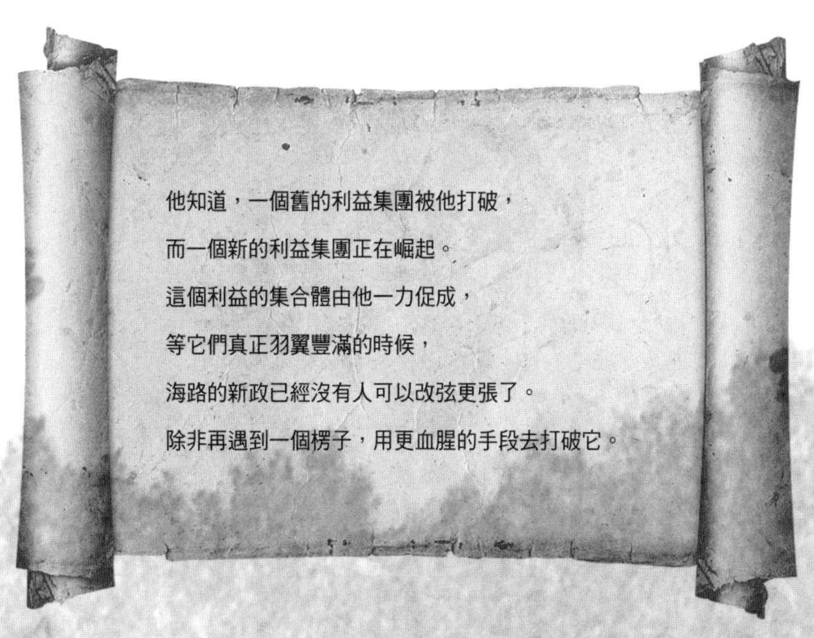

他知道，一個舊的利益集團被他打破，

而一個新的利益集團正在崛起。

這個利益的集合體由他一力促成，

等它們真正羽翼豐滿的時候，

海路的新政已經沒有人可以改弦更張了。

除非再遇到一個楞子，用更血腥的手段去打破它。

帶著酒意，使節們紛紛回去住所，而沈傲談妥了割地之事，心中的一顆大石總算落下。

當初沈傲聽到船隊襲擊東灣港時，真是莫名驚詫，這般恣意胡爲的舉動，大宋積累了這麼久的聲望，豈不是因爲一群無法無天的凶徒付諸東流？

一開始，沈傲頭痛的是怎麼將這事壓下，可是後來，轉瞬之間，一個大膽的想法冒出來，連他自己都被這個想法嚇了一跳。

再三仔細權衡了一下，居然漸漸覺得這個法子應該可行，關鍵就在於大宋王朝數百年積累的聲望上，也即是說，對於無法無天的海商，大宋官軍更受諸國信任。

沈傲伸了個懶腰，正要去小憩一下，接著再寫一份奏疏出去。此時，一名校尉進來，道：「王爺，倭國副使保利久求見。」

沈傲不由地愕然了一下，道：「一個副使也來見本王，他們的正使爲何不來？」

校尉道：「看他的樣子，像是背著正使來的。」

沈傲淡淡一笑，道：「有意思，叫他進來。」

過不多時，那一臉酒意的倭國副使保利久去而復返，先是給沈傲深深鞠了個躬，才道：「下國使節見過王爺。」

沈傲打量他一眼，對他有幾分印象，記得方才酒宴的時候，他總是唯正使馬首是瞻，很是恭敬，臉上略帶諂媚，這個時候卻是恭謹肅容，眼眸中多了幾分狡黠。

沈傲微微笑道：「怎麼，保利兄是忘了什麼東西？」

保利久正色道：「下使前來，是代表關東藤原家前來拜謁王爺。」

沈傲沉默了一下，才道：「倭國的事，本王並不熟稔，只知道有個叫源賴家的對不對？」

保利久咬牙道：「是，源賴家在關西挾持著天皇陛下，號令諸侯，和貴國的曹賊相似，我家家主藤原泰衡坐居關東，早想清君側，除國賊……」

他話說到一半，沈傲就知道保利久是來做什麼的了，連忙打斷他道：「且慢，本王有言在先，曹公是沈某人最是敬仰的三個半人之一，你這般說他，是什麼意思？」

「……」保利久無語。

沈傲道：「你還是開門見山吧，來這裏為了什麼？」

保利久訕訕道：「請大宋將駐軍的港口設在關東！我家家主一定給予最大的方便。」

沈傲明白了，日本的使團，除了領頭的是倭國天皇任命的，其餘的副使大多數是一些強大的軍閥，這些軍閥與會之後，立即便看到了宋軍駐紮的便利和好處，大宋的商港若是能選入自己的轄地，固然要割出一片地來安頓宋人，可是另一方面，近水樓臺先得月，好好地打一下交道，至少在安全上有了一層保證。再者，宋朝海商大規模的在那裏裝卸貨物，那一處港口，幾乎是整個倭島的物流中心，貨物裝卸就需要輸送到倭島各地，要去港口，就必須經過自己的領地，到時肯定是無數商人雲集，其中的利潤可想而知。

整個倭島已經漸漸出現戰國的雛形，各方勢力明爭暗鬥，其中源賴家實力最強，占著此時日本政治經濟中心，而這保利久的主子雖說占著關東絕大部分土地，可是與源賴家相比，實在是地主和佃戶的區別，領地固然相差無幾，可是政治、經濟方面都出於劣勢，軍事上受了牽連，也只夠一時自保罷了。若是能引宋軍進來，這裏頭的好處就顯而易見了，雖說商船入港，不是保利久的家主收取停泊、入港的費用，卻能憑藉著地利，獲取極大的利益。

關東在後世，從明治維新之後，便漸漸成爲倭島的中心，可是在這時，卻往往被關西人視爲蠻夷，大致和大宋的交州、瓊州差不多。這種隔閡，也讓關東與關西的聯繫並不深，甚至頗爲仇視。

這保利久帶著家主的命令，原本只是來監視正使，看看關東能否撈取一些好處，這時大宋提出的駐軍之策，讓他立即明白了其中的奧妙，所以不管如何，也要將宋人的港口拉到關東去。

沈傲瞇著眼，帶著笑看著保利久，心裏在感嘆：「一盤散沙，一盤散沙啊，倭人自相殘殺起來真是可怕。」

這句話，是倭人在後世形容漢人的，現在，在千年之前，沈傲將這句話原數奉還，倒是貼切得很。

沈傲喝了口茶，露出狐狸般的招牌笑容：「你家家主能許諾什麼？」

保利久沉吟一下，才道：「倭島是大國，原本是劃地千里供上國使用，關東這邊，可以劃出三千里來。」

沈傲搖頭：「據本王所知，關東在倭島是蠻荒之地，便是三千里，又有何用？我大宋過去，是帶著友誼去的，是去做貿易，關西人口富庶，又是貴國天王居所，回去告訴你們家主，本王會考慮一下，但也不要抱太大希望。」

保利久焦灼道：「王爺要什麼？」既然土地不能打動人心，保利久只能如此發問了。

誰知沈傲最不吃的就是這一套：

「你這話是什麼意思？倭島這荒蕪之地，本王能要什麼？你這般說，倒像是本王是趨利之徒一樣，本王讀的是聖賢書，行的是君子事，人品高潔、兩袖清風，莫非你還妄圖賄賂本王？實話和你說，關東除非拿出一萬里地，外加每年籌措二十萬兩白銀的軍費開支，本王決不考慮關東。」

沈傲的君子做得夠直白，價錢要到這個份上，也虧得他臉皮夠厚了。

保利久愣了一下，一萬里地確實不小，但家主也不是拿不出，關東的土地，本就不值幾個錢，只是二十萬兩白銀，雖說那邊銀礦不少，可是二十萬兩白銀卻也不是小數，猶豫了一下，沉吟道：「王爺，我要考慮一下，相信三日內就能給你一個答覆，打擾了。」說罷，便準備離開。

一個校尉過來：「王爺，倭國副使恆利信求見。」

一聽到恆利信三個字，保利久的步子邁不動了，咬牙道：「王爺，那恆利信最是奸猾，請王爺不要相信他。」

沈傲淡淡一笑：「是不是奸猾，本王自有分曉，你不是要走嗎？送客！」

保利久的臉皮也是夠厚，這時候卻是不肯走了，道：「王爺，如果我現在就答應了那些條件，你是不是可以不見恆利信？」

沈傲露出市儈的笑容：「保利兄啊，有些話不知當講不當講，我大宋和你們的規矩不同。做生意，講的是行情，此一時彼一時，方才那個條件你沒有答應，可是行情就不同了，比如現在，關東若是沒有方圓一萬五千里的地，每年不拿出三十萬兩白銀來，本王豈能輕易答應？實話和你說，這還是一口價，等見了那個什麼信，說不準還要漲，你自己思量著辦吧。」

沈傲的這張笑臉，在保利久眼中實在欠揍得很，深吸了口氣，道：「好，就這麼先定下來，王爺要哪一處港口？」

沈傲的精神大好，連忙讓人拿了地圖來。

這地圖是他按著記憶畫的，實在不敢恭維，但是大致的位置卻是差不多，他用手指了指東京灣，道：「這一條海灣，沿岸的土地全部歸大宋所有，由大宋駐軍五千人，你家家主負責三十萬兩軍費，其他的，我們自己籌措。如何？」

這東京灣在後世絕對是世上數一數二的海灣，後世的倭國，十幾個港口城市密布雲集，最是繁茂不過。拿下這片土地，足以扼守住整個倭國，且行船便利，船隻吞吐量極大。但此時的東京灣仍是一片荒蕪，並沒有太多的商業往來，估計也就是沿岸一些漁村打打漁罷了，對關東來說，並不是什麼難以割捨的東西。

保利久大致看了看，見家主的主要領地城市並沒有容納進去，反倒鬆了口氣，深深鞠了個躬道：「拜託王爺了。」

說罷，保利久才是告辭出去。

等他走了，沈傲忍不住吹起了小曲兒。所以說爲什麼西洋人最喜歡煽動內亂便是如此，內亂一起，爲了防止外部的強力打破割據的平衡，各處軍閥少不得要爭相賄賂，裏通外國，只要能保住自己的地位，什麼條件都敢答應。倭人就是如此，大宋的力量就算關東借用不到，也絕不能倒向源賴家那邊，否則對那保利久的主子來說，就是一場災難。

今日一席促談，算是將大宋海路的事一古腦解決了，各處都建立了大宋的軍事據點，又有大宋的港口中轉，再加上沿途的海盜再不能為患，諸多便利加起來，使得海商的安全得到了極大的保證，另一方面，大宋獲得的利潤肯定豐厚。

千萬不要小看了各處的港口，有了這個，現在或許看不出什麼，可是十年二十年之後，憑著大宋的經營，肯定可以作為諸國第一大港口的存在，而這個港口控制在大宋的手裏，就相當於取得了諸國的海關權利，所有船隻出入，海關的盈餘不是流向諸國，而是大宋，為了保證這些港口的收益和安全，朝廷肯定不會減少對水師的投入，到時候整個南洋是什麼結局，就可想而知了。

倭國此刻正處在割據的前夜，大宋在關東建立商港，又占著東京灣如此便利的出海口，到時駐紮軍馬，足以控制整個倭國的貿易，甚至干涉倭國的內政、軍事，到時候的局面肯定是倭國的白銀大量外流，最終各軍閥不得不更加依靠大宋，只要努力經營，東京灣成為東海海灣上的明珠是可以預見的。

人都是趨利避害的，從前跑海的，是拿命去搏，一旦遇到海盜或是凶惡的番人，便是血本無歸，說不準連命都要搭進去，現在沒了危險，利潤又豐厚，打交道也容易，大家都想分一杯羹。因而，腳夫、水手緊缺得很，從前招募水手，都只要熟手，生手是不要的，無它，寧願多花幾分銀子，多個保障。可是如今又不同了，在泉州想招募熟手，那是想都別想，就算偶爾能挑中幾個，價錢也是不菲。

如此風氣下，各處的人力都往這邊湧，畢竟在鄉下做佃戶，還不如去跑船，至少在掙個飽飯之餘，手裏還能落下幾個閒錢。泉州城門司設了卡哨清點外鄉人，每年都有四千人上下湧入，這個數字，著實讓人瞠目結舌。

但沒人種地也是不成，轉運司倒是想出了一個辦法，就是發下公文，凡是從南洋、倭國那邊跑回來的海船，若是在貨物中裝載一半的糧食，就可免稅一半，這樣做，就是要加大糧食的進口。

這算是未雨綢繆，畢竟這麼多勞力從土地上投入到海上，沒人種地，糧產就不高，真要遇到饑荒，那可就完了。再說南洋土地肥沃，諸國的糧產都不低，用絲綢、瓷器換來大把的銀子，也總要進口一些實物到大宋來，反正一匹絲綢便能換來十幾擔糧食，怎麼算都比自己種更划算一些。

泉州知府馬應龍大清早就跑到沈傲那兒去訴苦，這馬應龍在從前四大姓還在時，就和他們有點瓜葛，後來沈傲把四大姓宰了，馬應龍是惶惶不可終日，誰知沈傲壓根就沒興致去理會這小魚小蝦。

馬應龍躲過一劫，心道好險，這時也知道誰才是正主了，生怕沈傲什麼時候惦記上他，所以對泉州的新政，是卯足了力氣去做，轉運司衙門一聲吩咐，他一點都不敢怠慢，事情辦得不夠妥貼，連睡覺都不安穩。

如今泉州四處缺人，雖說有大量勞工、佃戶湧入，卻還是不夠，知府衙門也急了，商人們特意請了一些有名望的鄉紳出面去和馬應龍談，說來說去，無非就是一個，要人。馬應龍又不會七十二變，哪裡能夠變出人來，只好去和沈傲商量。

到了轉運司衙門，進了正廳，沈傲已經在那兒等著了，待他還算客氣，請他坐下，又讓人奉了茶。

馬應龍心知肚明，自己這幾個月鞍前馬後的起了效果，郡王爺看在眼裏呢。他早就摸透了沈傲的心理，因此也不說客套話，直截了當地道：

「王爺，泉州百業興旺是沒錯，不管是造船、伐木、打鐵的，還是開礦的，都急需人手，更不用說水手和腳夫了，還有各地的商人聚集過來，客棧酒肆也是人滿爲患，到處都在興建新的客棧，可是土木營造還是要人手，各種勞力都缺人，這是個大窟窿，填多少進去都不夠，平時泉州是怕流民多了滋擾地方，現在對人力卻是求之不得。王爺，您看看，眼下該怎麼辦？」

沈傲也是苦笑，只是道：「本王能有什麼辦法？你那裡缺人，本王這邊招募水師也缺人，實在沒辦法，只能去廣東南路那兒招募了。」

馬應龍只是嘆氣，道：「這麼下去，真讓人爲難，下官這邊只能盡力而爲了，看看漳州、福州能不能通融一下，幫襯幫襯。」

說罷就要拜辭出去，沈傲卻叫住他：「本王還有件事要交代。」

馬應龍重新欠身坐下：「王爺還有什麼吩咐？」

沈傲道：「諸國割出港口十七個，這十七個港口，朝廷當然要撥出一點銀子興建，可是能拿出的錢也只有這麼多，肯定是不夠的。本王打算將碼頭處的地皮預先賣出去，價錢嘛，就以五百貫打底吧，讓他們相互競價，一個港大致賣三百個貨棧的地皮，倭國那邊肯定要多些，賣三千個，價錢可以低一點。」

馬應龍目瞪口呆，這八字還沒一撇，蓬萊郡王就想著數錢了？虧得他想出這個法子。

對這事，馬應龍沒有絕對的把握，畢竟商人都是精明的，要眼見爲實才肯信，放一個空泡泡出去，人家就肯交錢？不過，馬應龍還是應了下來，回到知府衙門，立即叫人把消息放出去。

誰知消息才放出去一天，商人們就踏破了知府衙門的門檻。但凡有點頭腦的都知

道，這貨棧的地皮是什麼價位，比如泉州，一個地段好些的貨棧，至少也兩三萬貫錢，就是不去做生意，租給別人，一天也能收二十貫錢回來，坐地收租，一年下來也是幾千貫的進項。

大宋出海的船隊滾雪球一樣的越來越大，將來都是對這些港口直接貿易，那貨棧的價錢肯定是日日攀升的，現在不買，難道等漲到天文數字的時候才買？

近七千個貨棧，一波波商人來抬價認購，有些好的地段，已經競價到了七千貫，偏僻一些的，一兩千貫也肯定能找到買主，只三天功夫，地皮便被搶購一空，一些福州、漳州等地的富商聞風而來的，結果撲了個空，只好飲恨而去。

馬應龍手下幾十個帳房沒日沒夜地撥著算盤，終於得出了一個數字，足足三千萬貫落手。馬應龍聽到這個數字的時候還在喝茶，等帳房那邊把數目報出來，一口茶水立即噴了出來，瞪大著眼睛驚道：「這麼多？」

帳房苦笑：「已經核實過三遍，確實沒有錯。」

有了這筆錢，再加上沈傲上疏請朝廷撥付兩千萬貫，各處港口的基本建設經費就有了著落，現在也不急著把規模建得太大，將來等人多了，再擴張也一樣，反正地是留在那裏的，番人不得總督府的文引不得擅自進入總督府轄地，到時候都是在南洋各國的漢人湧過去，人多了，再加上貨物吞吐又是不少，將來的繁榮足可預料。

海路的事是釐清了，沈傲直接上疏，便是要朝廷委派官員還有調撥軍士，南洋水師招募還在擴大，福建路這兒實在找不到合適的青壯人力，就去廣南路那邊去招，預計將來南洋，水師的人數應當在五萬上下，至少要有三千條船。

到了五月中旬的時候，一封旨意快馬傳來，沈傲接了聖旨，立即召集泉州上下官員。

看著這些被自個兒折騰得死去活來，還有自己提拔起來的官員，沈傲嘆了口氣，道：「本王與諸位今日能在這裏濟濟一堂就是緣分啊。只可惜，人有生離死別，宮裏已經幾次催促本王回京，如今泉州大致上了軌道，其餘的，諸位蕭規曹隨也就是了，再過幾日，本王就要動身回京了。」

一聽到這個消息，大小官員都是一臉不捨：

「王爺，你不能走啊，你若是走了，泉州這兒沒人拿主意，我等便如軍士失了將帥，六神無主，怎生是好？」

於是大家哀嘆成一片，一個個抹著老淚，更有幾個，如馬應龍等的不斷地抽泣，差點要一口氣提不上，暈死過去。

沈傲眼見此情此景，大是感動，想不到自己為官一任，還有人肯這般挽留，人非草木孰能無情，更何況，從前不管在哪裡都是人見人嫌，今日見到泉州上下一個個傾情挽留，便忍不住道：「你們既然這般說，本王也捨不得你們……」

他哽咽了一下，繼續道：「不如本王上疏再耽擱個一年半載，在這兒和諸公繼續共事，好好幹出一番樣子出來。」

話及出口，大家都不哭了，抹了抹眼淚，心想：王爺，你不是開玩笑吧，一年半載？還讓人活嗎？

馬應龍咬了咬牙，就差泣血陳詞了：「王爺何等身分，豈能屈居在這泉州？朝廷一日離不開王爺，王爺回京，我等固然不捨，卻豈能因爲這個，而使廟堂之上少了撐天之柱？王爺，萬萬不可啊。」

「是啊，是啊，王爺，事已至此，終須一別，陛下日夜盼望王爺回京，我等豈敢阻攔？只要王爺在京裏頭還惦記著我等，下官就感激不盡了。」

「王爺切莫感情用事，既有聖旨，豈能回絕，儘快動身，回去覆命，才是做臣子的本分。」

沈傲臉色有點兒難看了，瞧這些人態度一轉，便立即知道有點不太對頭，用手指捏了捏眼眶下的一滴清淚，心裏大罵：「原來全是在演戲，虧得本王還陪著你們落淚一場，真是虧大了！」

話說到這個份上，沈傲也不好動怒，只好沉著臉道：「你們說得也有道理，那麼本王就回京覆命去吧，不過泉州的海事，本官不管在哪裡，都會盯著的，醜話說到前頭，新政維持得好，本王保你們升官發財，可要是出了岔子……」他陰惻惻地笑了笑，才又道：「那就別怪本王不講情面。」

「是，是……」

郡王要動身的消息傳出去，泉州上下官員都是鬆了口氣，有這麼一個龐然大物壓在頭上，這官比吏做得還要慘，沈傲走了，還是去禍害汴京的好。

倒是商人士紳因爲沈傲做了不少事，爲他們取得不少利益，反而有些不捨，三五成群到轉運司衙門謁見，送了禮物，說些挽留的話。沈傲已經再不相信別人的挽留了，見有人抹眼淚，都是無動於衷。

既然要走，善後的事宜肯定是要做的，南洋水師都是沈傲新近提拔的人，敦促他們操練必不可少，招募的事也要繼續，聖旨來的時候，曾問誰可坐鎮泉州，沈傲上疏回去，推薦了吳文彩，並懇請朝廷設安南都護府，轄制南洋及倭國各處總督港口，控制水師，主掌海路貿易。

吳文彩曾在禮部公幹，與番人打交道頗有心得，京畿北路那一次，也頗有膽魄，最重要的是，吳文彩此時已是朝廷公認的沈傲派骨幹。

沈傲雖然依在舊黨之下，可是和舊黨更多的只是同盟關係，他自己的班底也漸漸的建了起來，吳文彩如今以沈傲馬首是瞻，讓他來做這安南都護府大都護，沈傲干涉起來容易一些，也免得被人摘了桃子。

現在天下兩大港口泉州和蘇杭，一個有曾歲安在，一個有吳文彩在，又有自己撐腰，新政肯定能夠維持。

沈傲放下了心，選在五月末回京，一同回京的，有水師教官校尉還有各番邦的使節。雖說已經和沈傲商議好了，可是怎麼說也得去汴京面見一下天子，否則禮數上說不過去。沈傲既然要走，大家便和他一同前往。

臨走這一日，泉州全城轟動，十里涼亭，大把的士紳商人黑壓壓的等著沈傲過來，道一句別意。

沈傲這時刻意保持低調，只是乘著轎子，矜持的過去，聽到外面高呼王爺走好的聲音，他已經知道，一個舊的利益集團被他打破，而一個新的利益集團正在崛起。

這個相關利益的集合體，由他一力促成，正在茁壯成長，離不開他的羽翼。等它們真正羽翼豐滿的時候，海路的新政已經沒有人可以改弦更張了。除非再遇到一個楞子，用更血腥的手段去打破它。

沈傲在轎裏摸了摸自己鼻子，心想，世上還有比本王更楞的人嗎？腦子裏將歷史中的人物都走過了一遍，好像還真是一個都沒有，便不由孤芳自賞起來，楞就楞好了，只要夠鮮明，更出眾就好。

汴京這兒早就蠢蠢欲動，十幾國使節陸陸續續到了京城，大家都在拭目以待，就等著合適的時機，好好的鬧一場。

沈傲在泉州的作爲，已經突破了清流的底線，整肅海事，多少人一夜之間沒了飯碗，本來大家捏著鼻子也就認了。可是接著又鬧出屠城之事，大家議論來議論去，便大致下了定論，若不是沈傲弄出什麼新政，又怎麼會有這等駭人聽聞的舉動，這事兒肯定沒完。果然，十八番邦使節一同進京，多半是要討個公道了。

得了這個消息，諸人難免激動，番邦只要做了出頭鳥，大夥兒再造勢一下，不說扳倒沈傲，至少海路的新政肯定是維持不下去的。

在京的番邦使節倒是沒有動靜，這些使節也都在等，等泉州的消息，若是沈傲死不認賬，或是刻意包庇，那只能魚死網破，一定要鬧一鬧了。

這些使節都住在鴻臚寺，和楊林打著交道，楊林得了沈傲的授意，也不和他們說什麼，只是照料他們的起居，叫他們安安分分也就是了。

可是京裏頭的其他人卻是不同，已有不少人大罵沈傲的而博得了清名，一下子變得炙手可熱，姓沈的上次在邃雅周刊發文威脅了幾下，更是讓大家如打了雞血一樣，堂堂朝廷命官竟敢威脅恫嚇，真是豈有此理。

加入罵戰的人越來越多，原本這種事，都是下頭去鬧，上頭的各部部堂和三省郎官們是不會理會的，大老有大老的矜持，豈能和下頭一起胡鬧。不過御史大夫盧林卻是個例外，盧林這幾日動靜不小，連續發了數篇彈劾奏疏，這一份份言語尖銳的奏疏都流傳了出去，士子們看了大呼過癮，紛紛抄錄下來，引爲榜樣。

蔡府倒是一切都按部就班，對外頭的流言蜚語既不支持，也不反對，只是對家人管得更緊，連門房對這事都不敢說什麼。

定王府就不同了，這些時日來拜謁的人如過江之鯽，定王府對拜謁的人一律擋駕，只說殿下有恙，不能見客，請大家回去。

這一日清早，盧林乘著小轎到了定王府。定王府見是盧林的轎子，卻沒有將人擋在外頭，直接讓腳夫將盧林抬進去，在第二重門的牌坊下才請他落了轎。

一個老太監急促促的過來，朝盧林抱拳行了個禮，二人目光相對，只是頷首點頭，隨即便一前一後直接進了正殿。

趙恆平時的作風一向樸素，整個汴京上下都知道，從前大家都笑話他，說他是潛龍擱了淺水，可是這時清議話風卻是一轉，說太子殿下勤儉樸素，有隋文帝的風範。

正殿裏，確實簡陋，都是梨木桌椅，值不得什麼錢，且許多陳舊得很，唯一新穎的，便是那宮紗壁燈，有幾分炫目。

趙恆穿著直領儒衫，平淡無奇的臉上看不出什麼表情，慢吞吞的喝著茶，等到盧林進來，也不站起來說什麼。

盧林給趙恆行了禮，趙恆才道：「坐。」

盧林欠身坐下，趙恆瞥了他一眼，笑道：「這是龍岩茶，從福建路送來的，滋味還不錯，就是茶香太重了些。」

有個太監立即奉了茶過來，盧林淺嘗一口，咀嚼了一下，頷首道：「殿下說得是，茶香固然是好，可是太濃，反而不美了。其實做人也是如此，一心想出盡風頭，也有木秀於林風必摧之的憂患。沈傲在泉州做的哪一件事都是駭人聽聞，陛下爲了他，去了萬歲山，誰的話也不聽，再這樣胡鬧下去，只怕要出大事。」

趙恆淡淡笑：「能有什麼大事？盧大人是不是言過了？」

盧林正色道：「萬國來朝就是大事，自太祖以降，南洋諸國久慕大宋恩德四海，爭先來朝，年年歲歲納貢稱臣，到現今，已經足足有兩個甲子了。我大宋是仁義之邦，禮儀之國，施恩而不立威，這是國朝歷來的國策，更是祖制，絕不容更改。」

盧林頓了頓，看了趙恆的臉色，繼續道：「眼下番邦倒是又來朝了，可是這一趟，卻不是上賀納貢的，沈傲在泉州做的諸般事，已將朝廷的恩德揮霍殆盡，番邦早有怨言，現在只是隱忍不發，可是真要鬧起來，就是天大的事。」

趙恆頷首點頭：「你說得也有道理，真要鬧起來，我大宋豈不是真的成了孤家寡人，沈傲掌著鴻臚寺，怎麼會連這個都不清楚。」

盧林欠了欠身子，低聲道：「聽說沈傲已經在回京的路上了。據說還訛詐了番邦不少土地，要他們割地，還說要駐軍呢。」

趙恆淡淡道：「有這個事？」

盧林頷首點頭。

趙恆問：「番邦那邊就無人反對？」

盧林舔了舔乾癟的嘴唇，道：「肯定是無人反對的，那沈傲掌著水師，又是鴻臚寺正卿，更有陛下庇佑，囂張蠻橫，番邦使節都是敢怒不敢言，恐有滅頂之災。」

盧林繼續猜想道：「依著下官的估計，番邦對這事肯定是不情願，可是又沒人肯給他們撐腰，他們也只能忍氣吞聲。」深望了趙恆一眼：「可是要有人爲他們做主，到時候就有的瞧了。」

聽了盧林的一席話，趙恆的笑意更濃，一雙眼眸半張半闔著，突然落在盧林身上：「盧大人的意思是，只要本太子站出來，給番邦使節們撐腰，眾使節肯定能鬧起來？」

盧林言之鑿鑿地道：「這是肯定的，番邦之前受了不法海商的襲擾，如今又要割地，心裏肯定懷恨。」

趙恆輕輕地笑了笑，一雙眼眸飛快地閃爍了一下，在這個節骨眼上，誰站出來針對沈傲，就能博取清名，更能得到不少大臣的支持，太子沒有黨，就算有黨，那也不過是幾個親信罷了，如今沈傲當權，趙恆已經意識到，若是再不採取行動，遲些再說什麼也沒用了。

第三十五章 官場剋星

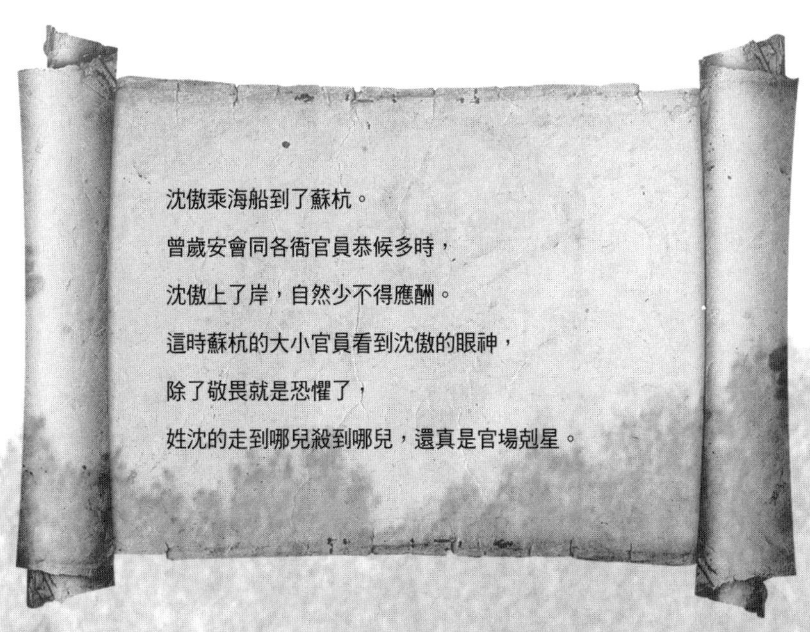

沈傲乘海船到了蘇杭。

曾歲安會同各衙官員恭候多時，

沈傲上了岸，自然少不得應酬。

這時蘇杭的大小官員看到沈傲的眼神，

除了敬畏就是恐懼了，

姓沈的走到哪兒殺到哪兒，還真是官場剋星。

趙恆沉吟了一下，道：「朝廷裏，還有誰願意站出來？」

盧林道：「六部九卿那邊有不少，只是無人領頭，群龍無首。太師現在撒手不管，其實許多人心裏頭都在埋怨呢，這一年，太師處處對沈傲相讓，讓大家都吃了虧，再讓下去，還怎麼了得？御史這兒至少有二十幾個都是下官的門生故吏，奏疏也都準備好了。」

這意思是說，只要太子肯挺身而出，到時候一定是一場轟動的局面。

盧林見趙恆還在猶豫，繼續道：「大家都已做好準備，等那姓沈的回到朝廷，廷議時若是能臨機而動，一起發作，那沈傲便是權勢滔天，又能如何？」

趙恆搖了搖頭道：「怕就怕父皇，到時我這做兒子的在他面前令他下不得台，肯定是要降罪的。」

盧林正色道：「太子殿下乃是大宋儲君，如今奸賊禍國，人人得而誅之，今上又為這賊子蒙蔽，太子自該挺身而出，難道要眼睜睜看著這天下變成姓沈的？」

趙恆聽得駭然：「胡說八道。」

盧林正色道：「下官不敢胡說八道，沈傲手掌軍權，又通番外，門下走狗何其多也，國朝何曾見過這等人物？今日之事，與前朝玄宗時的安史之亂又有何異？太子應早做打算，好作未雨綢繆。」

趙恆冷哼一聲道：「說他是安祿山，他還沒這個本事，可是這個人不除，天下不寧倒是真的，你看他去泉州一趟，殺了多少人？這般的窮凶極惡，本太子豈能和他干休？你先退下吧，本太子自有主意。」

盧林肅容起身，道：「殿下，那下官先走一步。」說罷，盧林告辭出去，上了轎子，直接往家裏去。

盧林的府邸占地不小，連片的建築，比之戶部尚書的府邸更大一些，裏頭是九重九進的院子，一路進去，僕從丫鬟見了他，都是低聲叫一聲老爺，便立即走開。

這宅子雖然富麗堂皇，可是許多地方都蒙上了一層黑紗孝布。盧林臉色鐵青，徑直到了最裏面的正堂，剛到門口，一個主事道：「二老爺已經進去了。」

盧林頷首點了個頭，走了進去，裏頭是琳琅滿目幾十個牌位，黑紗帷幔顯得無比莊重，供桌上擺了不少祭物；供桌下，是一個披麻的男人低垂著頭跪在那裏，用手掐著自己的大腿肉。

盧林由人換了孝服，恭敬地過去給牌位上了香，便跪在男人的上首，眼眸終於現出一絲悲慟。

一旁的男人看了他一眼，惡聲惡氣地道：「大哥，父母親族的仇，你爲什麼還不報？那沈傲殺了咱們盧家滿門，到現在，連屍骨都討要不回來，咱們就這樣算了？」

盧林闔上眼，仰著頭刻意要回避這男人的目光，慢吞吞地道：「時候未到，二弟少待。」

男人將手握成拳狀，狠狠地往地上砸了下去，惡狠狠地道：「還要等到什麼時候？不殺沈傲，我們還有什麼面目做人？父母之仇，不共戴天！當日我是親眼見到校尉包圍了咱們盧家，把人一個個提出來，若不是父親讓我先走，或許我也已經死了。大哥，實在不成，我們便買凶……」

「胡鬧！」盧林大喝一聲道：「你能買多少凶徒？他的身邊有五百個校尉，進了汴京城，更是侍衛如雲，萬一出了差錯，就是死路一條。」

他猶豫了一下，繼續道：「你放心便是，太子已經肯出面了。實話和你說了，這一趟是十八路番人使節和太子還有數百朝臣一齊發力，只要齊心，沈傲到了汴京，宮裏肯定是要廷議的，廷議時，定讓那沈傲吃不了兜著走。」

這男人失魂落魄地道：「不是說番人已經和沈傲談妥了嗎？泉州也是這樣說的，還說各國使節與沈傲相談甚歡，他們怎麼肯為我們出力？」

盧林冷笑道：「他們敢不相談甚歡？沈傲一手遮天，手持天下權柄，外藩和他鬧翻，能有什麼好處？這個時候，只要有人肯站出來為他們說話，他們才肯去鬧，才肯和沈傲反目，太子站出來，就是個引子。」

男人沉默了一下，才又道：「大哥說得對，我說呢，那沈傲這般欺負他們，又是割地又是駐軍，更縱容海商不法，他們怎麼還能夠和沈傲笑得出來？」

盧林看著供桌上琳琅滿目的牌位，一字一句地道：

「這是驅虎吞狼，借力使力，本來呢，我是想慫恿蔡京出來的，可蔡京是個老狐狸，犯險的事絕不肯做，他年紀大了，人也糊塗了，以爲這樣就能有頤養天年的時候，早晚有一天，沈傲肯定要對他動手的。而太子對沈傲早有不滿，既然蔡京不肯做，那就讓太子來做，咱們盧家能不能報仇，就看這次的廷議了。」

盧家的祠堂裏，從哀悼的氣氛一下子變得殺氣騰騰起來，那一聲聲淒厲的冷笑惻惻出來，便聽到有人咬牙切齒地道：

「姓沈的殺了盧家多少口人，我們盧家就要他拿多少條命來抵，廷議還只是第一步，這一步走對了，下一步就是彈劾他謀反，御史台有的是沽名釣譽之人，只要慫恿一下，就會一個個前仆後繼地出來，宮裏一次不點頭，就有第二次、第三次，只要把汴京的怨氣點燃了，就是他沈傲的死期了。」

萬歲山一到夜裏，便蒙上一層淡淡的霧氣，夜間許多宮燈點綴在山腰上，偶爾聽到輕風鶴唳，或是宮人撫弄琴弦的清音，在層層薄霧中，遙望那一點點的星光和燈火，便如置身天外，整個人都飄飄然起來。

山腰處，是依山而建的一處閣樓，閣樓旁有溪水淙淙流過，闌珊燈火，有一種莫名的寧靜。

閣樓裏頭並不顯得奢華，卻有一種飄渺的書香詩意，裝裱得極好的書畫貼在壁上，並不顯得突兀，屋子裏的長案顯得有些斑駁，可若是有人小覷，那就不識貨了，單這長案的木料便是最上等的，比金子還貴，上面繪著的彩繪更是出自名家，放到外頭，若是有人識貨，便是賣到萬貫也不是難事。

趙佶的手輕輕地搭在筆筒那如林的筆桿子上，似在猶豫，想要去拿筆，卻又是搖頭，忍不住地嘆了口氣，目光上移，落在牆壁的一處畫上，隨即又搖頭，喃喃自語道：「不成，還是不成，總是差了些神韻。」隨即擺了擺手道：「把畫收起來，朕過兩日再畫。」

案上攤著一幅未完成的山水圖，一旁的楊戩小心翼翼地捏著畫紙的兩角將畫紙挪開，遞給一個內侍叫他收好。

趙佶坐在案後發了會兒呆，恬然笑道：「在這萬歲山，朕的心緒也見好了，從前總有忙不完的俗務，真不想再觸碰。」

楊戩笑呵呵地道：「那陛下就多住些日子。」

趙佶搖頭道：「掐著日子，沈傲就這幾天到，朕這寓公是做不成啦。可惜沈傲是個閒不下來的性子，否則讓他也來萬歲山陪朕看看鶴，作作畫，這才有意思。」

楊戩抿嘴笑道：「沈傲在外頭忙碌，陛下才有閒情，他要是也閒下來，陛下就有得忙了。就比如這一次，番使們氣勢洶洶地來，奴才還以為會有天大的事，誰知沈傲沒用幾下功夫，就讓他們不吱聲了。」

趙佶挑了挑眉道：「朕怎麼聽說番使並不是心甘情願，好像是被沈傲威逼的？這樣不好，咱們大宋一向沒有欺人的前例，今次能讓他們敢怒不敢言，可是下次呢？總不能讓人家總是吃虧，總是打落門牙往肚子裏咽。」

楊戩對那番使的事，也只是一知半解，原想拿這個來給沈傲表下功，沒想這背後還有隱情，一時也是語塞，只好訕訕地道：「陛下說得是，沈傲是胡鬧了一點，要教訓一下。」

趙佶搖了搖手道：「算啦，只要番使不鬧事，就算是他的功勞，其餘的事，朕也沒興致去管，朕怕麻煩。」說罷繼續道：「也不知他什麼時候到，朕也該回宮去了，總不能在這兒躲一輩子的閒，朝廷也有一個多月沒有廷議了，朕也該見見朝臣了。」

楊戩笑呵呵地道：「到時候肯定熱鬧得很。」

趙佶站起來，推開閣樓的小窗，一股夜風吹進來，他負著手，一雙清亮的眼眸眺望著遠處的黑暗和零星的燈火光芒，道：「朕還聽說了不少風言風語，京城裏的清議，都在說沈傲的不是。」

楊戩愣了一下，隨即道：「奴才也有耳聞。」

趙佶冷冷一笑道：「沈傲是奉朕的旨意釐清海路的，他們這般詆毀，豈不是說朕昏聵？」

趙佶一番話，已是很不客氣了，也難怪他動怒，外頭若是對沈傲詆毀兩句也就罷了，可是言之太過，就難免會讓趙佶聯想到其他的。在趙佶看來，沈傲這一趟確實有錯，讓人罵罵也好，可是越過了底線，才想起原來罵沈傲，拐彎抹角地最終卻是罵到了自己的頭上，身為天子，又好大喜功，哪裡容得人這般指桑罵槐？就算是無心之失，也是不可原諒。

趙佶冷著臉，繼續道：「還有一件事，朕還聽說，清議都說太子謙和寬厚、知書達理，更是勤懇簡樸，有明君之象對不對？」

楊戩聽出趙佶的話外音，眼皮子跳了一下，立即明白罵沈傲只是個由頭，陛下要引出的這一句才是重點。謙和寬厚、知書達理這一句評價原本沒什麼，壞就壞在「勤懇簡樸」四個字上，天下人都知道，趙佶是個揮霍無度的天子，趙佶心裏頭也有自知，只是他一向自制力較差，漸漸地也沒興致去理會別人的勸諫；可是當今天子揮霍，太子卻簡樸……

太子有明君之象，那不等於說當今天子是昏聵之主？現在天子還沒有死，就說儲君是明君，私下說說也就是了，卻還要大張旗鼓地叫嚷出來，生怕整個汴京不知道似的，這時候趙佶就不免懷疑，這些人到底想做什麼，會不會是背後有人指使，指使的人是誰？

答案已經呼之欲出。可是這個答案，卻正中了趙佶的心事。歷來皇家可以對外藩信重，可以對外臣依賴，可是父與子之間，兄與弟之間，卻總是多了幾分猜忌和隔閡，皇帝還沒死，就這般捧著儲君，真當趙佶是死人？

趙佶冷冷回眸，目光落在楊戩身上：「沽名釣譽，他這是要做什麼？」

這個他字，也不知指的是太子還是清議，楊戩知道，天家之事，他是不能插口的，只是將頭埋起來，默不做聲。

趙佶繼續道：「堂堂儲君，難道朝廷還供養不起他？非要他粗茶淡飯？宗令府每年撥給他的一千多貫年俸還不夠他吃穿？硬是要他作出個勤儉的樣子出來？」

楊戩低聲道：「陛下，夜風冷颼颼的，是不是把窗子關了？」

趙佶板著臉道：「你不必轉開話題，這些話，朕也只和你說，朕的那個皇兒實在太不像話了，他這樣做，心裏可存了一分孝心？他要做完人，那朕做什麼？」

這一連串的問題連珠炮似地迸出來，楊戩更不好說什麼，只是笑著道：「奴才對這些事懵然無知，陛下……」

趙佶打斷他：「正是因爲你懵然無知，朕才肯和你說。」他坐回案上，臉上恢復了常色：「亂嚼舌根的人要處置，這也是爲了太子好，讓他知道規矩。」

楊戩低眉順眼地道：「陛下，以清議治人罪名，只怕……」

趙佶若有若無地笑道：「說到這個份上，就不是清議了，是蠱惑人心。不過你說得也對，這件事不能交給別人去辦，朕的那些臣子，一個個都滑不溜秋，這等壞名聲的事，肯定是敷衍的。等沈傲回來吧，有他在，朕的事能做的得心應手一些。」

楊戩只是淡淡一笑，邊是小心翼翼地去將趙佶推開的窗合上，邊道：「陛下，沈傲還沒回來呢，就有這麼多事要指著他做，想起來他也難，本來這名聲就臭了，拼著罵名爲陛下辦事，也虧了他。」

這句看似無意的話似是說中了趙佶的心事，趙佶想了想，突然笑了起來，笑罵道：「誰叫朕最信任他，誰又讓他這麼能辦事？」

說罷，趙佶的心情也好了許多，心中升出幾許暖意，道：「朕答應他，要送他一幅山水畫，今日還要早些歇了，明日清早再動筆，或許能靈光乍現。還有，沈傲回了京，也不必急著將他召進宮裏來，先讓他回家好好地歇一下，他體恤朕，朕也該體恤他。」

楊戬應了。

趙佶打了個哈哈，伸了個懶腰便去歇息，其他自有許多宮人內侍進來張羅，楊戬悄悄地從閣樓裏退出來，頂著黯淡的星光，臉上煥發出笑容，這笑意，自肺腑中發出。

沈傲乘海船到了蘇杭。曾歲安會同各衙官員恭候多時，沈傲上了岸，自然少不得應酬。這時蘇杭的大小官員看到沈傲的眼神，除了敬畏就是恐懼了，姓沈的走到哪兒殺到哪兒，還真是官場剋星。

尋常官場裏的規矩，碰到這沈楞子，是全然無用，人家走的是好漢行徑，明明是個狀元公，卻不和你之乎者也，不跟你玩虛的；不老實，和他對著幹的，就是拖家帶口全部拉出去，喀擦一下，什麼都完了。

撞到這樣的人，只能捏著鼻子繞著路走，得罪不起，更不願在他記憶中留下什麼印象。可是人家王駕到了，你又不能不陪著笑臉去迎接，不能不老老實實巴結奉承著，真是要人的命。

好在沈傲並不和他們打什麼照面，只是掃了他們一眼，便鑽入早已預備好的轎子，外頭又是校尉拱衛，把大小官員都擠到一邊去。

這些官員心裏也不知該生出不平還是慶幸，連竊竊私語都不敢，在沈楞子面前騎馬坐轎的膽子都沒有，只好遠遠尾隨。

平時都是光光鮮鮮，人五人六，如今卻是一個個充作了腳夫，從碼頭到接風洗塵的地頭，好歹也有七八里路，平時大家養尊處優，有的爲了鍛煉身體，雖然也會在府內走上幾步，可是這般長途遠涉，卻是讓他們腿腳酸麻，差點要挪不動步了，可是又不能叫苦，只能咬著牙撐過去。

等接風洗塵完了，大家少不得說些陳詞濫調的話，酒宴散了，沈傲便叫曾歲安到裏頭去說話，外頭的人只能尷尬地托著茶盞坐著等待。

沈傲途經蘇杭也不是一次兩次，和曾歲安更是莫逆之交，沒什麼需要遮掩，直接開門見山，便是問海路的事。曾歲安早有準備，一一對答如流，其實他的法子，就是蕭規曹隨，泉州怎麼做，蘇杭也怎麼做，也沒什麼說的。

至於蘇杭的官商，當然比不得泉州的彪悍，泉州的都死絕了，蘇杭更不敢有什麼抵觸，都是竭力配合，生怕做了刀下鬼。所以曾歲安的政令反而比泉州那兒更通達，一道規矩下去，遇不見任何阻力，要他們繳稅就繳稅，揉圓揉扁想怎麼捏就怎麼捏，誰也不敢說什麼。

沈傲問完，大致滿意了，他上碼頭的時候，也看出了蘇杭與以往的不同，便對曾歲安道：「曾兄，老弟也不和你說什麼見外的話，蘇杭這兒，你得好好看著，做得好，將來肯定有好前途的，其他的事我也不必再囑咐，等你什麼時候入京，老弟做東，請你去喝酒看美女。」

曾歲安一開始聽他說得還算中規中矩，後頭那句「看美女」，讓他一時尷尬得猛咳嗽。

敘了些舊誼，沈傲也累了，叫人去告訴上下官員不必等待，讓他們各自散去，當夜便歇在曾歲安的衙署裏。

他在蘇杭待了三四天，主要關心的倒不是海路的事，而是查驗各地五一法令的事，就怕這法令執行不下去，這邊的豪族背著自己拋田種桑。不過一路看下來，倒是鬆了口氣，逾越的人也有，可都是打擦邊球，官府說好了只能留兩成地種桑樹，有人悄悄的多種幾畝地，官府也照看不過來。但再多就沒人敢了，這是沈楞子三令五申的事，沒人敢為了利益而冒這麼大的風險。

既然如此，沈傲也只好睜一隻眼閉一隻眼矇混過去，啓程坐漕船沿途北上，一直抵達京師。

沈傲入京的消息，早有人報給各家主子，各個宅邸也是反應不一，有竊喜的，有無動於衷的，也有讓人備了禮物打算去拜謁一下的。清議反而越鬧越凶了，沈傲這麼久沒回京，大家怎麼罵也沒人去管，現在正主回來，便如引爆了火藥桶，各種流言都有，甚至還有說沈傲在泉州蓄養死士，打算回來弒君造反的。

沈傲進京時，並沒有旨意傳他入宮，所以直接低調回家，回到家裏，門房驚喜地過來迎接。過一會兒劉勝出來了，歡天喜地將沈傲迎進去，憂心忡忡偷偷地道：「王爺，這京裏頭有許多流言蜚語……」

沈傲淡淡笑道：「這個我知道，你苦著一張臉做什麼？沒事的。」

沈傲氣定神閒，心中早有了應對的打算，其實從一開始，他就有了佈局，制服這些只會動嘴卻永遠不會做事的清流，沈傲有的是辦法。

在之前，他已經暗中叫人讓這些清流把話題引到太子那邊去，本來太子上次為了泉州官商說了好話，清議對他多有維護，這個時候沈傲叫的人大肆宣揚太子的聖明，更是一發不可收拾。沈傲很明白，只要這些話流出來，不管是清議和太子那邊，都要有人倒楣。

太子是不必說了，自己去泉州整肅海事，這傢伙突然跳出來沽名釣譽，明著是要保官商，其實就是想借機培植黨羽，想讓沈傲為他做嫁衣，沈傲的便宜哪裡肯給別人占去？一向只有他占別人便宜的。

至於那些所謂清議，其實就是一群京中的泉州利益攸關者在鼓噪，這些人或多或少和泉州官商有些聯繫，更有人不少身家就是從泉州那邊來的，現在沈傲砸了他們的飯碗，他們當然要罵。他們既然要罵，沈傲當然就敢打。

對付太子和對付別人的法子不同，都說沈傲是楞子，可是這個楞，也是對腳下又臭又硬的石頭，絕不是那高高在上的天潢貴胄，偏偏太子愚蠢之處，就在於希望引來外援。沈傲的方法就是送給他更多的外援，多塞幾個豬一樣的隊友，這些人鼓動造勢起來，莫說是宮裏，就是太子自身，也難以控制了。

他淡淡一笑，讓劉勝去忙自己的事，獨自一人往內宅裏走。

如今成了郡王，府裏頭修葺一新，宮裏更是調撥了幾個太監到內宅去，王府也有了招募護衛的權利，看家護院的首領是小和尚釋小虎。

釋小虎已經結了婚，人也長高了一些，差不多快要到沈傲的肩頭了，雖是這樣，臉上的稚氣還沒有脫去，沈傲穿過一個月洞，便看到這傢伙追逐著一個少女，口裏大叫：「還我，還我，還我！」

前頭的少女銀鈴似的笑，不忘回眸：「就是不還。」她穿著一件開襟百褶裙，腰間束著蝴蝶結，提著裙裾，跑得飛快，連釋小虎都望塵莫及。

釋小虎看到了沈傲，立即停了腳，乖乖的過來：「王爺回來了，我……我在看家護院。」

沈傲想去摸他的光頭，才想起小虎的光頭已經沒了，搖搖頭：「噢，我知道，你在捉賊？」

釋小虎憋紅了臉，氣呼呼的道：「她拿了大夫人的嫁妝。」

前頭那少女看到後面的人沒有追來，回眸一看，立即咂舌，僵在那裏不肯動了，顯得有些局促不安。

沈傲朝那少女對視一眼，臉上輕笑：「郡主什麼時候有空來府上坐了，爲何沒人招呼？」

一年不見，清河郡主越發亭亭玉立，多了幾分少女風韻，少了幾分稚氣。烏黑的頭髮上挽了個公主髻，髻上簪著一支珠花的簪子，上面垂著流蘇，她一步步過來時，流蘇就隨之搖曳。

白白淨淨的臉龐，柔柔細細的肌膚。雙眉修長如畫，雙眸閃爍如星。鼻梁下有張小小的嘴，嘴唇薄薄的，低咬著唇，可憐兮兮的捧著一幅畫，很不情願的過來。

趙紫蘅對沈傲有點害怕又是憤恨，等走到沈傲旁邊時，跺腳道：「虧你說得出口，若不是你，我怎麼會被禁足，天天和母妃待著，頭髮都要白了。」

沈傲笑嘻嘻的，一雙眼眸肆無忌憚的打量她的秀髮，教趙紫蘅退了一步。

從前的趙紫蘅見沈傲這般無禮的樣子只會咯咯笑，現在卻懂事了一些，知道這是什麼意思，虎著臉道：「看什麼看，再看就挖……你眼睛……」前頭還理直氣壯，後頭聲氣越來越弱，臉都俏紅了。

沈傲板著臉：「沒有生白髮啊，倒是比從前更好看了，這般俏生生的郡主，真真前所未見。」

趙紫蘅漲著俏臉，一抹嫣紅飛上了臉頰：「胡說八道，父王說，你這個人最壞了，一肚子的壞水，以後遇到了你，要繞路走。」

沈傲瞪大眼睛：「晉王真是這麼說的？」

趙紫蘅肯定的點頭。

沈傲搖頭，他和晉王本來還有幾分交情，真是可憐天下父母心，就連那胡鬧的晉王，居然也知道自己不是好東西，平時經常來尋自己找樂子，卻教自家的女兒見了自己繞路，這算是什麼事？

趙紫蘅瞪大眼睛：「你搖頭做什麼？」

沈傲道：「我想……我和你爹有點誤會。」

趙紫蘅撇嘴：「我爹和誰都有誤會。他昨天還和一個什麼士子有誤會，把人家打了。」

沈傲一拍手：「打得好。」

二人就在後宅的月洞前，頂著烈陽，釋小虎已經跑得沒了影子，話說到一半，突然都沒詞了，從前兩人是有什麼說什麼，現在彼此的感覺談不上生分，只是覺得從前能沒有顧忌說出來的話，這個時候卻張不開口。

第三十六章 以退為進

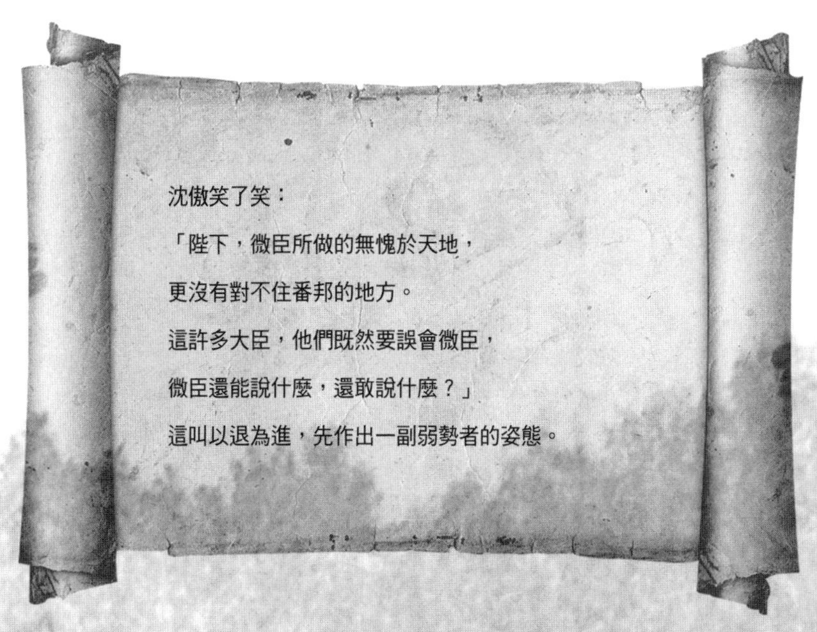

沈傲笑了笑：

「陛下，微臣所做的無愧於天地，

更沒有對不住番邦的地方。

這許多大臣，他們既然要誤會微臣，

微臣還能說什麼，還敢說什麼？」

這叫以退為進，先作出一副弱勢者的姿態。

太陽很曬，趙紫蘅的額頭上滲出細密的汗珠兒，沈傲咳嗽一聲，扯著袖子想去擦，手抬到一半，又停住了，心裏想，我這樣，別人會不會說我耍流氓？隨即又想，君子至誠，這是先賢說過的話，想什麼做什麼，那才是君子，管他娘的，手又上移幾分。

趙紫蘅看出沈傲的動作，低低咳嗽，人都僵了，心裏在想，他要是來給我擦汗，我該怎麼辦？不讓他擦，他肯定不再理我；讓他擦了，豈不是教他占了我的便宜？心裏權衡不下，一雙眼眸閃動著慌亂。

兩個人就像慢動作重播，沈傲慢吞吞的捲袖過去，袖子觸及到她的額頭，只是輕輕沾一下，誰知這輕輕一沾，趙紫蘅的汗卻是更多了。

沈傲頓時覺得做人失敗，別人擦汗，他也擦汗，怎麼還有越擦越多的道理。兩個人挨得很近，從前也不是沒有接觸過，可是這時候，聞到對方的吐氣如蘭，還混雜著一股清新的淡淡香氣，讓人心猿意馬。

趙紫蘅撅著的小嘴有些鬆動，闔上眼眸，長長的睫毛微微顫抖，突然道：「小時候，劉伯伯就是這樣替我擦汗的，我很想他。」

沈傲頓了一下，道：「劉伯伯是誰？」

趙紫蘅睜大眼：「是我家從前的主事內監……」

沈傲呆了一下，哭笑不得，匆匆擦拭了下她的額頭，連忙抽回手去，尷尬的道：

「我和你家劉伯伯不一樣。」

趙紫蘅古靈精怪的眨眼：「有什麼不一樣？」

沈傲呆了呆：「我有的東西他沒有。」

這個回答深奧極了，不是此道中人，肯定雲裏霧裏。

趙紫蘅睜大眼睛：「你的什麼東西他沒有？」

她疑惑的背後，卻有幾分羞澀，這些常識，身爲郡主的怎麼不知道？可是這個時候，偏偏要作出一副懵然無知的樣子，一是好奇，看看沈傲會怎麼回答，二是羞澀，不肯讓人知道自己明白這個道理。

沈傲拼命咳嗽，不尷不尬的道：「往後你就知道了。」

話說完，兩個人都是鬆了口氣的模樣。

又是一陣沉默，沈傲突然發覺，這個時候的趙紫蘅，和從前那無憂無慮的小郡主比，多了幾分婉轉，再不像從前那樣好騙了。

趙紫蘅輕笑的看著他，卻覺得沈傲比起從前那酸酸的樣子，多了幾分殺伐果敢，雖然在她面前仍是正正經經，可是那種歷經了滄桑的眸子，卻多了幾分篤定和果決。

趙紫蘅捏著頭飾上垂直胸前的流蘇，輕輕道：「聽說你剛從泉州過來，泉州好玩嗎？」

「泉州？」沈傲從記憶中拉出來，搖搖頭：「不是很好玩。」他濃重的凝起眉。

趙紫蘅心裏有點兒小小刺痛，倒像是自己受了委屈一樣：「不好玩你還去，你一定受了很多苦。」

沈傲心裏想，苦倒是沒有吃，都由別人代領了。可是說起來，他所嚮往的，真的不是那種時刻繃起神經的生活，卻是笑起來，目光落在趙紫蘅捧著的畫上：

「你特意跑到我這兒來，就是來偷畫的。」

趙紫蘅撅起嘴：「這是什麼話，這畫幾天前安寧姐姐就說要送我的，她今日不在，我就自己來取了。」

沈傲伸出手來：「畫拿來我看看。」接過畫展開一看，卻是自己畫的仕女圖，畫中的人正是安寧。這幅畫對安寧很重要，豈能說送就送，肯定是這丫頭見了這畫，挪不動步子，早有預謀，特意來做這等雞鳴狗盜的事。卻也不點破，只是說：「畫的是我的夫人，你要來做什麼？」

趙紫蘅俏紅著臉：「你畫安寧姐姐這樣好看，爲什麼從前畫我的時候卻是另一個模樣，你……你……」

沈傲道：「那個時候你就是那個樣子，藝術來源生活，又高於生活，作畫也是如此，你當時的樣子確實就是那個樣子，總不能你明明是Ａ，我偏偏要畫出一個Ｄ來吧？」

A和D是什麼東西趙紫蘅不懂，立時如受驚的小貓一樣自慚形穢：「我比不上蓁蓁好看，也比不上安寧姐姐。」

沈傲笑呵呵的安慰她：「從前比不過，現在就不同了，紫蘅長大了，過兩天我去給你作畫，肯定不比安寧的差。」

聽了這一句，趙紫蘅並不像從前那個清河郡主一樣會歡呼雀躍，眼眸中雖是閃動著難以言喻的欣喜，卻是矜持的打量沈傲，低聲道：「你肯定是在哄我，什麼是A，什麼是D？」

「……」沈傲無言，目光在趙紫蘅的胸前掃了一眼，呼吸急促了一下，隨即哂然笑道：「我胡亂說的。」

趙紫蘅嗯了一聲，沈傲要將畫還給她，她卻不接了，認真的道：「你替我畫，再送給我，安寧姐姐的畫我不要了。你要記得，不要又不理我，你這麼多夫人，肯定要將我忘了的。」

這句話不知是不是另有深意，還是只是單純的就畫論畫，沈傲頷首點頭，一語雙關的道：「肯定不會忘，夫人和紫蘅一樣重要。」

趙紫蘅彎著眼睛咯咯地笑了起來，又恢復了天真浪漫，道：「你不許耍賴。」

正說著，安寧、蓁蓁、周若幾個一齊過來，沈傲瞧見了，立即警覺在自家和人調情，好像是有那麼點兒做賊心虛。

趙紫蘅瞥了沈傲一眼，接著咂咂舌，臉上帶著既心虛又刺激的緋紅，不知所措地俏立著，想走，卻又怕被人看破，留在這兒，又不知該怎麼辦。

安寧幾個踏著蓮步過來，見沈傲突然回來，個個驚喜，原以爲沈傲要過幾日才到，想不到回來的這麼快，這一次去泉州便是半年，雖有家書傳情，終究還是思念牽掛，這時見到自家夫君，已是掩飾不住喜色。

安寧最是激動，新婚燕爾，偏偏沈傲卻是公務繁忙，怎不讓她既哀怨又氣惱，平時心裏也只是隱隱埋怨，這時見了沈傲，一切都煙消雲散，隨風而去。蓁蓁臉上染著紅暈，眉目含情；周若口裏低念了一句討厭鬼，可是一雙蓮足卻是不自覺的走近，心中隱隱有期盼；唐茉兒臉上最是平淡，可是心裏卻已是翻江倒海；春兒亦是腳步快疾。

等她們走近沈傲，卻看到沈傲負著手，對趙紫蘅板著臉道：「子不教父之過，你年紀這般小，不去學女紅，不去做刺繡，女四書也不去讀，成日這般散漫，現在倒好，居然學會了竊畫，這還了得，你爹就是這樣教你的？晉王家就是這般沒有家教？」

趙紫蘅唯唯諾諾地道：「是，是，都是我父王的錯，我爹該死。」

沈傲繼續道：「你這般一說，我倒是想起來了，你爹是晉王，晉王這個傢伙，偷看女人洗澡，雞鳴狗盜都有他的份。他這樣的人，怎麼能教出好女兒，哎……真真是冤孽……」說罷，同情地看著趙紫蘅。

趙紫蘅剛要點頭說是，突而抬起眸來：「父王沒有這麼壞吧？」

沈傲厲聲道：「比這還壞的都有，他的荒誕言行罄竹難書。」

趙紫蘅爭辯道：「也不全是，他也不是很壞。」

沈傲爭辯得累了，只好道：「總而言之，你往後不要學你爹，要好好地做個大家閨秀，這一趟就放了你，趕快走，不要再讓我看見。」

趙紫蘅唧唧哼哼地走了，臨末還說：「我也不想看到你，往後我們老死不相往來。」說著朝沈傲眨眨眼，飛奔著去了。

安寧幾個走過來，安寧啓齒道：「這是怎麼了？怎麼突然吵起來了？」

沈傲冷哼一聲，莊肅無比地道：「這麼小的丫頭，居然敢這樣胡鬧，偷畫偷到我這裏來，好在我及時發現，才沒有讓她得逞，現在想起來，還真是害怕。」說罷，將畫奉還安寧：「這是我爲你作的畫，你要小心收好，往後再不能讓人有機可趁。」

安寧接了畫，訝然了一下，隨即神色如常，心裏卻生出一絲暖意，難怪夫君這般生氣，這畫是他作來送給自己的，將畫小心收好，叫個人重新裝裱回去，便溫和道：「夫君回來，該是高興才是，就不要生氣了，紫蘅還小，和她生氣做什麼？」

一家人回到後園去，沈傲洗浴一番，用罷了飯，小憩了一會，便提議大家一道兒出去逛逛。這一逛，便到了天黑。

夜裏，沈傲到安寧房中睡，溫存了一番，小心翼翼地抬起她的下頷，直視著那一對明亮又幽怨的眼眸，冉冉油燈之下，說了不少情話。

安寧只是淺笑，道：「你說這麼多，還不就是想我原諒你？」隨即幽幽道：「我豈會不明白，你是男人，男人怎能永遠閒在家裏？大丈夫志在四海是不是？」

沈傲道：「其實我也很想待在家裏，不出門才最好，志在四海的心思倒是沒有，就是想去做一些事，等這些事做完了，我便天天在家裏陪著你們。」

二人相擁在榻上，看著頂上的青紗帳，你一言我一語地說著話，安寧用耳鬢貼在沈傲的胸前，一邊聽著他的心跳，一邊促狹地道：「你是不是和紫蘅有染？」

沈傲愣了一下，立時大是激動：「我是聖人門下，讀的是聖人經典，學的是禮義廉恥，做的是堂堂正正的事，怎麼可能……怎麼可能……」後頭的話聲音越來越低，慚愧地承認：「好像有那麼一點點。」

安寧聽著沈傲的心跳，仰起臉來，一雙星芒般的眸子注視著他：「我就知道，方才你的心跳得很快。」說罷扭過身去，背對著沈傲。

沈傲立即從後抱住她，也不爭辯什麼。

這般沉默了很久，安寧突然道：「男人爲什麼都要享盡天下的美色才干休？」

這句話問得突兀，沈傲頓時想起安寧的背景，以她的所見所聞，不管是她的父皇還是皇叔，哪一個不是三妻四妾？這些在她看來應該是理所當然。

沈傲道：「我也不知道，其實我本心還是善良的，對我的夫人都是忠貞不渝，奈何我太帥了，不去尋覓美色，美色卻總是自己飛來，這叫什麼事？真真氣惱。」

安寧突然轉過身，狠狠地在沈傲的鼻子上刮了一下，嘻嘻笑道：「不知羞。」說罷，如溫存小貓一樣鑽入沈傲懷中。

在家歇息了兩日，日子過得倒是愜意，來拜謁的客人也不少，門房一律擋駕，到了第三日，沈傲很早被人叫醒了，穿了朝服便出了門。

官家已經回宮，躲了一個多月，沈傲既然回來，廷議是情理之中。一大清早，三省各部的大臣都到了，太子今日也換了簇新的朝服過來，還有外藩使節，據說已經提早進了宮，在武安殿那邊坐等。

到了正德門前，三五成群的大臣正竊竊私語，今日的氣氛和以往有所不同，許多人看了沈傲一眼，眼眸只是閃了閃，連笑都不肯笑，接著又繼續和人私語起來，彷彿有說不完的話。

沈傲大喇喇地下了馬，直接佇立在外頭，打了個呵欠，拿了從家裏帶來的糕點慢吞吞地吃。

別人都是在家裏用罷了飯才來，有的是在轎子裏吃，唯獨沈傲在這禁苑之地，旁若無人地大口咀嚼，成了獨特一景。

外界的風言風語已經越來越多，便是沒有參與今日事裏去的人也是小心翼翼，勝負未分之前，還是先看看風向再說。

按常理，朝廷廷議，太子也是有身分出席的，這叫聽政，相當於實習的意思。可是當朝的太子身分尷尬，太子連東宮都住不了，平時廷議大多是報個病，幾乎都不來。這便是太子向宮裏那位宣誓一種態度，即所謂不敢聽政的意思。

可是今天，太子趙恆來得卻是不晚，臉上古井無波地站著，和誰也沒有多說話，只是沈傲來的時候，朝沈傲瞥了一眼，微微含笑了一下。

其他人，趙恆並不理會。可是他在這裏這麼一站，許多大臣少不得便想起京裏的傳聞，更覺得今日肯定是要弄個滿城風雨。

奇怪的是，以往蔡京來得是最早的，可是這時卻還沒見蔡府那頂小轎，眾人一時疑惑，倒是有個門下省的錄事揭開了謎底，昨天夜裏，蔡京突然發病，已叫家人連夜告了假，所以這廷議來不了了。

石英和周正是一道過來的，直接下了轎子，二人的眼睛在人群中搜尋了一下，立即就找到了沈傲，一起走過來。

沈傲還提著食盒，一邊往口裏塞蜜餞糕，見了二人，立即騰出手來行禮，還不忘道：「郡公和泰山大人要不要嘗嘗內人們做的蜜餞糕？雖是第一次做，味道卻是可口得很！」

石英立即擺出一副拒之千里的態度：「不必。」

倒是周正，雖是吃飽了來的，聽說是沈傲內人做的，這內人裏也有他的寶貝女兒，心裏便想，若兒長這麼大，爲父還沒嘗過她的廚藝，今日倒是要嘗嘗，說罷也不客氣，反正都是一家人，便取了一塊糕點，咬了一小口吃，忍不住道：「味道不錯，就是太膩了。」

沈傲笑道：「她們說過幾日閒來無事，要下廚做一桌酒菜，到時候肯定要請泰山和岳母過來吃。」說罷又道：「郡公和夫人也一定要來，就怕到時候做的菜不合你的口味。」

石英坦然地笑起來：「好，一定到。」

周正含笑道：「你倒是還記得這些，今日的事，你打算如何混過去？」

沈傲拿出一條手帕來擦掉手上的油膩，淡笑道：「小婿今早起來的時候，便看到烏鴉盤旋在枝頭，很是晦氣，心情也不爽得很，有人來找小婿麻煩，那就好極了，冒一個頭收拾一個。」

這句話是夠囂張的了，一旁耳尖的大臣聽了，臉色變了變，立即如躲瘟疫似地走到別處去。

沈傲笑道：「泰山大人放心便是，小婿已有了安排。」

周正也是皺著眉道：「沈傲，切莫意氣用事！」

石英嘆道：「你啊，太年輕氣盛了。」

沈傲的到來，讓宮外的私語減弱許多，很多人看了看冷靜的太子，又看看談笑風生的沈傲，都不好說什麼了。

沈傲和石英、周正寒暄了一下，宮裏頭傳出急促的腳步聲，一個公公拿著拂塵過來：「諸位大人請入宮中議政。」

話音剛落，大家紛紛魚貫進去，一直到了講武殿，按班站好。

趙佶在殿上等候多時，撫案看著群臣進來，打起精神，朱冕之後的眼睛落在沈傲身上，衝他淡淡一笑，隨即又恢復了莊肅之色。

「有事早奏，無事退朝。」楊戩扯著嗓子喊了一句。這一句喊出來，就是說陛下沒有什麼吩咐，諸卿有話就說。

眾人你望望我，我望望你，都是無言以對，這個時候，誰敢多說什麼，正主兒還沒說話呢。更有幾個大臣，赤裸裸的看向太子，滿是期盼。

趙佶顯得有些煩躁，正急著要和沈傲去文景閣說話，見眾臣這個樣子，臉色一沉：「怎麼？沒人說話嗎？平時不是有許多話要對朕說，現在卻一個個啞巴了？」

正在這時，有人朗聲道：「父皇，兒臣有話要說。」

殿內頓時恢復了幾分生氣，所有的目光都落在太子身上。趙恆臉上帶著恭謹，朝金殿上的趙佶行了個禮，隨即坦然的等待趙佶的許可。

以往太子極少參加廷議，就算參加，對政務也決不發表自己的意見。有時候趙佶心情好，會問一下趙恆的意見，趙恆也只是模稜兩可的說一下。這時候太子突然要發言，且看他的臉色，倒像是蓄謀已久。

之前趙佶對清議已經不滿，這時太子突然做出這個舉動，先是讓他一時吃驚，隨即又生出些許怒意，這個兒子今日是要做什麼？只是當著朝臣的面，趙佶只能和顏悅色的道：「皇兒但說無妨。」刻意沒有說東宮，而稱爲皇兒。

趙恆慢吞吞的道：「父皇，王化與蠻夷，只在一個禮字，知禮謂之教化，不知禮者便是蠻夷，我大宋乃中央之國，萬邦來朝，更該秉持睦鄰政策，以教化四方，揚德四海。」

話說到這裏，便是傻子都明白趙恆的意圖了。趙佶冷笑道：「皇兒有話，直言無妨。」

趙恆道：「兒臣聽說，蓬萊郡王沈傲欽命釐清海路，這本是好事，我大宋海事糜爛，是該治一治。可是凡事不能矯枉過正，爲了釐清海路而放縱海商劫掠番邦，壞我大宋名節不提，更讓番邦人人自危，恐有累卵之禍。這倒也罷了，更駭人聽聞的是，沈大人竟要脅諸番，索取各番土地港口。我大宋禮儀之邦，君子之國，沈傲身爲欽差，代表的便是大宋和父皇，他這般做，是何居心，請父皇明察秋毫，以正視聽。」

說罷，趙恆跪下，重重磕頭，繼續道：「兒臣不敢妄議政事，今日有感而發，請父皇勿怪。」

趙佶深吸口氣，卻是沒有說話，此時他在想的並不是番邦，而是什麼理由讓趙恆說出這番話，平時懦弱的太子，突然一下子變得如此大方得體，這背後是誰授意，又有誰支持。他淡淡一笑，笑容漠然。

正在這時，御史大夫盧林已經出班：「太子所言甚是，臣……附議……」

有了太子和盧林起頭，那些太子的死黨還有泉州遭受損失的官員，更有盧林的門生，紛紛騷動起來。朝堂上爭辯，有時候和打群架一樣，也是講聲勢的，聲勢一大，造成一種壓力，只要金殿上的陛下稍一猶豫，就有鬆口的可能。

「臣附議。」

「太子所言甚是，振聾發聵，臣深以爲然。」

「請陛下徹查沈傲，安撫番邦。」

「禮之不存，何來四海歸心？番邦以禮待大宋，大宋豈能以威使友邦畏之。」

「臣等附議。」

一個個竟是沒有停歇一樣，出來一個，另一個又緊接著出來，有御史大夫、侍郎，還有新任的吏部尚書，除了這些，更有御史、各部的一些主事、九卿裏也出來不少，樞密院也有幾個。

這些人裏，有的早已與沈傲誓不兩立，趁著這個機會，站出來攪一下渾水，還有的，是在泉州利益受損的大臣，這時候太子出來爲大家討個公道，若是再猶豫，那就實在太不仗義了。至於其他的，都是些隨風草，見聲勢這麼大，忍不住就想牆倒眾人推，說不準將來太子即位，還能因爲今日這件事給他留個印象也不一定。

站出來的人越來越多，足足一百來個，這滿朝文武，差不多有三成人出來，其餘的都是巍然不動，有的只是冷笑著看著出來的人，還有的自持身分，闔著眼在那兒養神。

身在暴風眼正中的沈傲，此刻臉色平淡無奇，彷彿眼前的事和自己沒有絲毫關係。

站了隊的人也已經站好了，現在等的就是趙佶的裁處，沉默了一下，所有人驚愕的抬頭，發現趙佶竟是呆坐在殿上，動也不動，更不發一言。

趙佶其實並沒有閒著，而是在一個個的點算，吏部尚書、御史中丞，禮部侍郎，還有各部各寺，竟有這麼多人。他深吸了口氣，深望趙恆一眼，此時他突然發覺，這個素來老實的太子，竟有如此的手段，若不是今日突然發難，只怕到現在他還蒙在鼓裏。

他沒有做聲，可是下頭的人卻不肯保持沉默，尤其是盧林。

盧林正色道：「請陛下清查海路，以正視聽。」

「請陛下清查海路，以正視聽。」眾人轟然回應，聲勢更是駭人。

趙佶淡淡道：「沈傲，你出來。」

沈傲出班，朝趙佶行了個禮：「臣在。」

趙佶道：「他們說的，可是實情？」

趙佶目光灼灼的盯著沈傲，眼中生出期盼。此時，他心裏有一種難以言語的怒氣，只是這個時候卻不能發作，如今這麼多人站出來，若是斷然否決，又怕這些人步步緊逼，此時不得不向沈傲求救，讓沈傲自己爲自己辯解。

沈傲笑了笑：「陛下，是非曲直，微臣不敢斷言。可是卻敢說，微臣所做的無愧於天地，更沒有對不住番邦的地方。太子是天潢貴胄，吏部尚書是六部之首，御史大夫主掌清議，還有這許多大臣，都是我大宋的棟梁之才，他們既然要誤會微臣，微臣還能說什麼，還敢說什麼？」

這叫以退爲進，先作出一副弱勢者的姿態。

趙佶冷笑道：「你說，有朕在你身後，還有什麼不能說的，你想說什麼，但說無妨！」

這句話本就有失偏頗了，擺明是跳入了沈傲的戰壕裏。

沈傲精神一振，肅然道：「微臣不能說，要說，也是番邦使節自己說，微臣懇請陛下請番邦諸使節覲見。」

殿中之人許多人暗暗點頭，讓番邦自己來說，這才公道。也有人心中不安，沈傲這般篤定，莫非算準了番邦使節不敢有怨言？也有人心裏想，沈傲從前威逼利誘，番邦敢怒不敢言，可是把他們叫來這裏，看到這麼多人與沈傲打擂臺，說不準到時候大倒苦水，看姓沈的如何收場。

說到請番邦使節覲見，幾乎所有人都露出喜色，太子這邊，以爲有自己在，一定能讓番邦使節反戈一擊；沈傲這兒也是篤定得很，彷彿料定他們會說出自己想說的話。

趙佶頷首點頭，立即有宮人道：「宣諸國使節入見。」

「宣……諸國使節入見……」

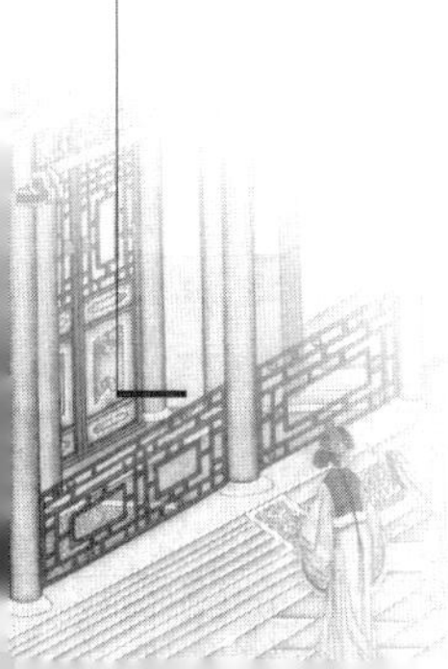

……

一個個聲浪越穿越遠，一直往武安殿迴蕩。

過了一炷香功夫，穿著各色服裝的各國使節魚貫進來，紛紛按著下臣禮儀朝趙佶下拜，口裏道：「大宋皇帝陛下安好。」

趙佶只是淡淡的回了一句：「安。」接著便不再說話。

立即有一個大臣出來道：「諸位國使，站在這裏的，既有我大宋天子，更有太子和滿朝文武，你們若有什麼委屈，但可在這裏陳詞。請大家放心，在這裏，不必有什麼忌諱，有天子和太子給你們做主，誰也傷不了你們。」

各國使節都是愣了一下，彼此交換眼色。

越國使臣畢竟知道一些禮儀，立即道：「這位大人是什麼話，我等來了大宋，立即受到天朝熱情招待，心中感激還來不及，又有什麼委屈和怨言？」

其餘人紛紛點頭：「是，是。」

這一說，立即有人臉色不好看了，盧林親自站出來，問道：「我告訴你們，沈大人也不過是個臣子，他有天大的膽，也恫嚇不了你們。」

李亨生氣了，扯著嗓子道：「沈大人什麼時候恫嚇過我們？我等來了大宋，一向是沈大人招待，其細心入微，教人感動，下臣回到越國，還要上表王上，敘說大宋與沈大人的恩德，使我越國上下對大宋常懷感激之心。」

有李亨起頭，想起在泉州時沈傲體貼入微的招待，許多人立即露出感動之色，紛紛道：「沈大人和我們都是好朋友，朋友之間豈會恫嚇相向？」

這一番話出來，站在班裏的大臣立即不由失笑起來，接著更多人哄笑著。那些出班的臣子官員立即臉色變得鐵青，一時接受不了這些番人使節的說辭。

趙恆更是咬著唇，此刻卻是一句話都說不出口，憤恨的瞪了盧林一眼。

盧林的額頭上已是冷汗淋漓，淒厲責問道：「沈傲縱容海商屠戮越國港口軍民，你就沒有怨言？又強迫越國割出港口，你就沒有怨言？你到底收了沈傲多少好處，又是受了他多少威脅，這般爲他開脫？」

話問到這個地步，已經有一點強迫人表態的意思了，殿中許多人不由皺眉，更有幾個舊黨的大臣張口想說什麼，最終還是忍下來，打算先看看使節的態度再說。

這時，金殿上的趙佶也是咳嗽一聲，顯然對盧林的話很是不滿，只是當著這麼多人，也不好發作。

盧林此時的表情，只能用可憎來形容，一臉猙獰，大有一副要置沈傲於死地的樣子，眼睛赤裸裸的盯著李亨，猶如一頭饑餓的雄獅。

講武殿裏，殺氣騰騰，盧林步步緊逼，已到了不死不休的地步。他確實已經沒有了退路，若不能從番使口中探出一點東西，非但大仇不能得報，官家、太子那邊，肯定也交代不過去。到了這個份上，也沒什麼遮掩的必要，只能硬著頭皮頂下去。

第三十七章 免死金牌

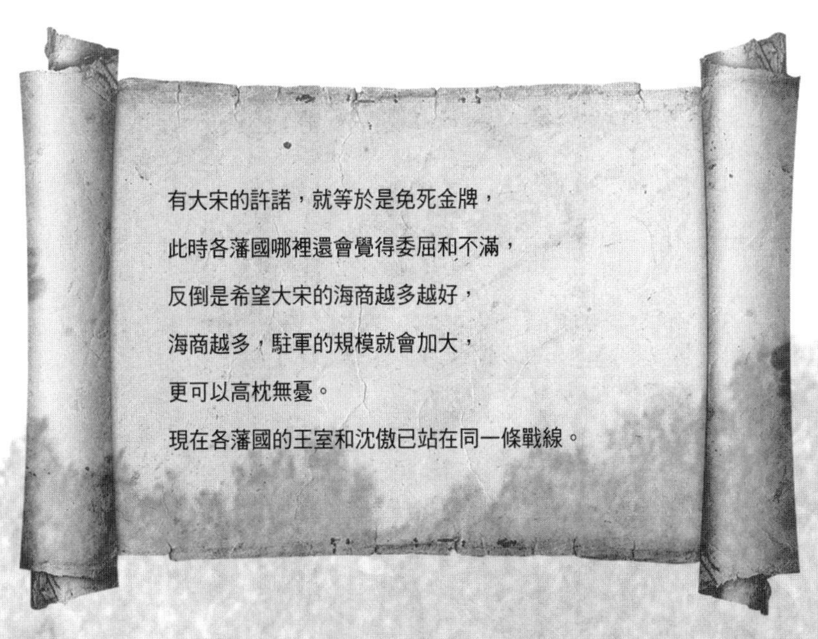

有大宋的許諾，就等於是免死金牌，
此時各藩國哪裡還會覺得委屈和不滿，
反倒是希望大宋的海商越多越好，
海商越多，駐軍的規模就會加大，
更可以高枕無憂。
現在各藩國的王室和沈傲已站在同一條戰線。

使節們面面相覷，李亨倒是鎮定，朗聲道：

「大人的話，下使聽不懂，海商確實與我越國有誤會，可是沈大人已經代表大宋向下國致歉，下國還能有什麼怨言？便是親生兄弟也會有摩擦的時候，沈大人以上國大臣的身分，態度誠懇，屢屢表達歉意，更是賠償了足夠的銀錢，下國豈有貪婪無厭之理？再者說，沈大人的海政，對南洋諸國也有好處，割除港口，是為了減少民間爭端，駐紮軍馬，是為了拱衛下國安防，這等好事，下國又會有什麼委屈？歡喜都還來不及呢！此時心中除了感念大宋恩德，下使心中再無其他想法。」

李亨話音剛落，眾使節紛紛叫嚷：「無怨無悔，大宋恩澤四海，下邦生受。」

那倭國使節更是恬不知恥地道：「大宋天子，直如下邦再生父母，願萬世尊讓，永結萬年之好。年年朝拜入貢，常懷感念之情。」

眾人鼓噪：「大宋皇帝陛下萬歲，父母之邦，萬世尊讓。」

盧林的臉色已變成了死灰，原以為這些番邦使節心中不滿，隱而不發。卻不知這些人吃了什麼藥，竟是死心塌地地維護沈傲。

至於太子，此刻也是臉色煞白，偷偷看了一眼金殿上的趙佶，這時已經知道怎麼做了，立即跪下，重重地用額頭磕在金磚上，道：「兒臣萬死，受小人蒙蔽了心智，差點誤了國策……」

若是從前，趙佶會安撫幾句，叫他起來說話，今日今時卻不去理會他；趙恆只能繼續磕頭，繼續拜伏，哪裡還敢起身。

沈傲心裏冷笑著，太子和盧林愚蠢之處，就在於還未看過交換的國書，就敢鼓動聲勢，海商橫行不法是真的，但沈傲已經給予了足夠的賠償；割讓番邦土地也是真的，可是沈傲許下的一個承諾，就足夠保障這些使節徹底的倒向自己。

駐軍有義務保障各國王室，一旦藩國內亂或者外敵入侵，駐軍隨時參與鎮壓，若是駐軍不夠，南洋水師傾巢而出，給予必要救援。有了這一條，才是維持整個體系的根本，減少港口的商稅算什麼，大不了從別處去攥取，只有維繫了自己的根本，才有享用的本錢。有大宋的許諾，就等於是免死金牌，此時各藩國哪裡還會覺得委屈和不滿，反倒是希望大宋的海商越多越好，海商越多，駐軍的規模就會加大，更可以高枕無憂。現在各藩國的王室和沈傲已站在同一條戰線，沈傲就是趕，也趕不走。

使節們高呼一陣，頓時引來趙佶大悅，未出班的群臣也是喜氣洋洋，弄了這麼一齣，原來只是一場鬧劇。

盧林一時呆住了，隨即怒道：「陛下，微臣想問，沈傲到底許諾了番邦多少好處，讓他們這般維護？」

沈傲這時站了出來道：「不多，不多，比如這越國，只賠償了一千萬貫銀錢，這些錢，並不是從國庫支取，而是從泉州那邊調撥，怎麼?盧大人有什麼意見?」

沈傲去了泉州一趟，不知爲朝廷增加了多少銀錢，一千萬貫，真真是九牛一毛！趙佶聽了，也不以爲意；便是戶部尚書，若是換了從前，肯定是要跳出來乾嚎兩下的，可是如今國庫豐盈，朝廷都是幾億貫的出入，這點錢，雖說還是讓人有一點點的肉痛，卻也不值一提了。

盧林這時卻是大笑：「一千萬貫!沈傲，你好大的膽子，這錢你說拿就拿，可上疏俱陳過?單一個越國就給了這麼多錢，誰知道你全部給了多少?大宋的錢悉數被你送給了外藩，這算不算是裏通外國?」

虧得他還能垂死掙扎一下，居然還找到了一個理由。許多人都不由搖頭，沈傲的錢拿出去了是沒有錯，卻也沒什麼大不了的，一來，這算是對藩國的賠償，另一方面，各處也割了港口，怎麼看也不像是個虧本的買賣。

沈傲淡淡地看著盧林，冷笑道：「損壞東西就要賠，這句話不是聖人說過的，可是盧大人的老母沒有說過?」

你老母這句話在後世是罵人的，在這個時代，也不算太好聽，便是要問，那也是令堂才是，沈傲直言不諱地說出來，幾乎就是指著鼻子罵人了。

可是往深裏一想，大家不禁莞爾，損壞東西要賠，自小父母還真是說過，現在想起來，倒是覺得多了幾分溫馨，有的人父母不在堂，想到兒時的俚語教導，也不禁感觸萬千。

可是在盧林聽來，卻是無比的刺耳！老母？他的老母已經讓沈傲拉去砍了，全家幾十口，一個不剩，沈傲這時候提出來，豈不是傷口撒鹽？

沈傲見他無動於衷，便繼續冷笑道：「也難怪，盧大人的老母是獲罪之人，只想著占別人的便宜，哪裡會用這個道理教子。這番話，盧大人肯定沒聽說過。」隨即朗聲道：「我大宋禮儀之邦，也有宵小之徒混雜其中，這些人襲掠越國港口，殺人無數，我大宋拿出一千萬貫賠償，又有什麼不對？這也算是裏通外國嗎？那要請問盧大人，盧大人損壞了別人家的東西，從不賠償的嗎？」

盧林一時詞窮，又羞又怒，卻是做不得聲。

沈傲哈哈一笑道：「你不說，我倒是想起來了，盧大人的家在泉州，也是一等一的官商大戶，平時不去敲詐勒索、欺行霸市就已是天大的恩德，損壞了別人東西，又算得了什麼？就比如在建中靖國六年的時候，盧大人的家父因爲自家商船不願排隊入港，仗著自己的船隻堅固，在碼頭處橫衝直撞，足足撞翻了兩艘五百料的商船，落水淹死者不計其數，結果如何？結果這事被市舶司和知府衙門壓了下去，竟是無一人敢查問。還有盧大人的家母，生生打死兩個與令尊有染的青樓女子，這事在泉州也是人盡皆知，卻仍舊每日吃齋念佛；不知道的，還以爲是什麼慈善居士呢！盧大人，我說的，可有不對的地方嗎？」

盧林怒道：「沈傲……」

沈傲淡淡一笑，佇立負手，看到許多人已經驚駭地竊竊私語，朝中站班的官員，各家的家眷也有橫行不法的，可是畢竟大多數是書香門第出身，多少還要顧全一點臉面，這麼過分的，倒是聳人聽聞了。

沈傲繼續道：「盧大人詞窮了嗎？那好，沈某人就替盧大人說。盧大人一家上下在泉州橫行不法倒也罷了，竟還和四大姓一起勾結海賊襲擊泉州，這件事證據確鑿，口供、旁證也都齊備。沈某人欽命督師泉州，已將盧大人泉州一家老小殺了個乾乾淨淨！」

眾人倒吸了一口涼氣，那些站出班的大臣這時聽了都是駭然，嚇得立即縮回班裏去，敢情你在這裏鼓動了這麼久，又是爲國請命，又是清君側的，原來是糊弄大家去給你報私仇的？

太子跪在前頭，聽到這番話，更是嚇得面如土色，想不到自己在這裏慷慨陳詞，結果卻只是爲一群勾結海賊的反賊出頭，他這個太子什麼水都可以蹚，可是沾了謀反兩個字的，那真是無妄之災；因此頭埋得更低，後脊都濕了一片。

盧林勃然大怒：「你屈打成招，什麼口供沒有？我盧家滿門，你說殺就殺，你還有王法嗎？」

沈傲坦然道：「沈某人殺的就是盧家這等人，盧大人難道不服氣？」

沈傲頓了頓，才又道：「盧大人的孝心，其實也不過如此，既然父母雙亡，盧大人該致仕守制才是，爲何隱瞞不報，仍然死皮賴臉地留在這裏？盧大人的父母固然是喪盡天良，可是舐犢之情，豈能無動於衷？你也是聖人門下，爲何還在這苟且？若換作是我，早已致仕歸鄉，守孝去了。」

盧林雙腿已經站不住了，踉蹌一下，勉強撐著，抬頭去看沈傲，見沈傲一臉冷然，心中已是萬念俱灰，期期艾艾地道：「我……我……」

沈傲冷笑：「縱容家人在泉州橫行不法，這是不忠，父母身亡而瞞報不去守制，這是不孝，不忠不孝之徒卻也敢彈劾我？你算是什麼東西？」

盧林還想說些什麼，這時，沈傲已經欺身上去，揚手左右兩個耳光啪啪地打在他的臉上，這一次下手極重，盧林慘呼一聲，已是打得一屁股坐地，臉頰高腫起來。

沈傲拍了拍手道：「雜碎，早看你不順眼了。」

在殿中動手打人耳光，換作是在哪裡，都是嚴重的事，只是這個時候，殿中群臣卻都是鴉雀無聲，忠孝在這個時代，是最大的原則，觸犯了哪一條，都是極爲嚴重的事，沈傲這一巴掌打下去，大有一副逆賊人人得而誅之的姿態，這個時候也挑不出什麼錯來。

盧林坐在殿上，此時誰也沒有憐憫，除了跪在正殿的太子，其餘要興風作浪的大臣都悄悄退回班中，彷彿方才發生的事，一切與己無關。

幾個清脆的耳光，不但把盧林打醒了，連那趙恆和一眾推波助瀾的官員也都清醒過來。

講武殿裏，一束束冷漠的目光落向盧林身上，痛打落水狗，本就是人之常情，最先跳出來的反而不是沈傲的人，而是一個叫鼇飛的官員。

只看他的品級也不過五六品，就能有資格進這講武殿，可見這鼇飛有幾分運氣。鼇飛莊重地站出來，朗聲道：「盧大人是聖人門生，更是清談領袖，一向自詡君子，為何父母雙亡，卻刻意瞞報？聖人君子就這般作為嗎？孝之不存，還奢談禮法做什麼？微臣身為盧大人門生，對盧大人敬慕有加，不想恩師竟是不能言傳身教，反而做出這等駭人聽聞之事，今日與恩師割袍斷義，再無瓜葛。盧大人，請好自為之吧。」

這一番話大義凜然；自古以來，門生與恩師之間關係就很特殊，便是恩師罷黜，門生也需以師禮待之，割袍斷義，更是為清議所不容。可是鼇飛說出這些話，卻無人說什麼，不孝是大節，師者，傳道解惑所在，更該以身作則，觸犯了這有違禮制的事，世人只會說鼇飛識大體，不會苛責他無情無義。

鼇飛這時朝金殿上拜下：「陛下，微臣要彈劾盧大人，盧林身爲御史大夫，清談禮義廉恥，沽名釣譽，瞞報父母喪亡，功利之心何其重也。子曰：父在，觀其志，父沒，觀其行，三年，可謂孝也。三年守制，既是禮法，也是律令，盧林以身試法，可惡之極，當重責，以儆效尤。」

鼇飛乃是盧林最得意的門生，這時候突然倒戈，雖在情理之中，卻不免讓人驚愕，盧林不禁感到一身的冰涼，憤恨地看了鼇飛一眼，冷哼一聲，滿是不屑。

有了鼇飛起頭，又事關到了禮法，眾人紛紛鼓噪，方才是彈劾沈傲，這時矛頭一轉，向盧林落井下石了。

趙佶冷著臉，道：「開革出去，永不錄用。」

一錘定音，盧林反射動作地說了一句「雷霆雨露，俱是君恩，微臣謝恩」，便被人架了出去。

這時候的太子更是惴惴不安，聲淚俱下地趴在殿上道：「父皇，兒臣萬死，請父皇責罰兒臣。」

趙佶冷冽一笑，深望了太子一眼，慢悠悠地道：「你是太子嘛，心裏有事，當然要提。否則父子之情，君臣之義，豈不是都生分了？」

趙恆更是不安，戰戰兢兢地道：「兒臣實在是受人蒙蔽，不知那盧林竟和泉州有關，心裏只是憂心著我大宋與藩國的干係，這才忍不住站出來，誰知竟被小人誤了。」

趙佶淡淡笑道：「這就是了，君子小人都隔著肚皮，爲君者要明辨是非才是，今次於你是個教訓，也是個警醒，往後學聰明一些，知道什麼人該信，什麼人不該信就是。」

趙恆只好道：「父皇教誨的是，兒臣一定好生思過。」

趙佶顯然並沒有再追究的意思，睏乏地打了個哈哈，才道：「諸卿還有奏請嗎？」

看了一場這麼大的熱鬧，誰還有心思關心其他的？都是鴉雀無聲。

趙佶便道：「既如此，就散朝吧，諸位番使來了我大宋，也不必急著回去，好生玩樂，鴻臚寺要好生看顧，不要出了差錯，到時朕有封賞。」說罷，起身從後殿出去。

眾臣要散去，楊戩在一旁道：「陛下口諭，沈傲留下。」

沈傲剛剛回京，留下是在所有人意料之中，也沒什麼人覺得驚異，只有趙恆臨走時撣撣身上的灰塵，朝沈傲一笑道：「一場誤會，沈大人不會介意吧？」

沈傲朝他哂笑：「太子何出此言？下官哪裡敢介意？」說罷不再理會他，徑直從後殿隨楊戩過去。

到了文景閣，卻被一個太監擋住，這太監面無表情地道：「沈大人請留步。」

沈傲駐足道：「不知公公有什麼吩咐？」

公公正色道：「有陛下口諭。」

沈傲立即正色，一副洗耳恭聽的樣子。連楊戩也不禁肅容起來，揚了拂塵，面色一緊。

這公公道：「朕聞清議頗有不恭，更是議論天家內事，涉及太子的，蓬萊郡王可曾耳聞嗎？」

這些消息，本就是沈傲放出去的，豈能不知道？只是這時候只能裝糊塗：「臣不知道。」

公公又道：「大宋重士人，何故士人不圖報效，只知清談？這般下去，於國無益。更有大膽枉法之人奢談東宮言狀，其心可誅，不能輕饒。欽命蓬萊郡王督辦此事，不可延誤，若其中有圖謀不軌者，可拿去大理寺刑辦。」

沈傲愣了一下道：「既是欽命，可有聖旨？」

這公公傳完了口諭，立時朝沈傲和楊戩諂笑一下，隨即道：「陛下說了，些許小事，不必中旨。」

沈傲瞪大了眼睛，他娘的，這麼大的事，居然不給聖旨？還些許小事？叫自己對讀書人下手，還是以言治罪，這不是坑人嗎？這是把清議往死裏得罪，到時候肯定又是罵聲一片。這也就罷了，將來的歷史典籍裏，自己八成是秦檜趙高一樣的人物，那些文人，跟他們對罵一下也就是了，真要整治，那可是捅馬蜂窩子。

官家倒是聰明，知道這種事不能給後世留下證據把柄，所以連聖旨都不寫，直接授意自己去辦，到時候鬧起來，肯定是不會認賬的。

沈傲摸摸鼻子，感覺自己像個冤大頭，卻又無可奈何，只好道：「陛下可在文景閣？能不能請公公通傳一下，就說沈傲求見。」

這公公遺憾地道：「王爺，實在對不住，陛下說了，今日他的身體不適，誰也不見，王爺還是速速去辦了這事，到時再回來交差吧。」

沈傲心裏大罵趙佶陰險，原來趙佶早就把坑挖好了，就等著他入甕。心裏在罵，口裏卻不敢說什麼，悻悻然地嘆了口氣道：「請公公回稟一聲，微臣遵旨。」

楊戩咯咯笑道：「怎麼？這旨意很爲難？其實也不是什麼難事，那些士子也該收拾一下了，清談誤國，咱家都知道這個道理，他們倒好，整日胡言亂語，妄議國政不說，居然還膽大包天，說到太子身上。陛下和東宮本是一體，他們這般的口舌，豈不是說陛下與東宮離了心？太放肆了。」

沈傲也不好和楊戩解釋這裏頭的難處，只是笑道：「既然有旨意出來，還能說什麼？去辦就是，反正我的名聲已經不好，再臭一點也無所謂了。」

楊戩淡淡一笑道：「只要陛下記得你的好就成了，其他人，管他們做什麼？」

沈傲覺得楊戩說得有理，他得罪了這麼多人，也做了許多過激的事，還能如此風光，最緊要的就是這個。那些士子，其實也早就讓沈傲不爽了，沈楞子就是這群傢伙先叫起來的，也不知罵了自己多少次，今日有了口諭，也算是公報私仇了。

沈傲朝楊戩點了個頭道：「那小婿這就去辦。」

楊戩一直將他送到正德門去，不忘囑咐道：「放開手去做，沒什麼好怕的。」

沈傲從正德門出來，騎了馬，直接去武備學堂。要動手，也得先佈局一下，人手也要足夠，對付士子，禁軍肯定不能動，只好用校尉。

如今的武備學堂，聲勢更是浩大，校園比之從前不知擴充了幾倍，足足五千人在裏頭操練，各科的教官、教頭越發積極，二期的校尉從入學到現在，差不多已有一年，如今大致已經習慣了這裏的生活，每日清早操練，吃飯，再操練，中午，操練，晚飯，上夜課，隨即歇息。生活枯燥，也漸漸地麻木，一個號令，骨子裏的服從感已經能夠反射般地做出各種動作。

再過一個月，又要招募三期的校尉，所以武備學堂還得擴建，一排排校舍都在趕工營造。

剛到了大門，門口的校尉見了沈傲，立即挺起胸脯：「司業大人。」

沈傲只朝他們頷首點頭，叫人牽了馬去，獨自進了學堂。這時還在上午，正是操練的時候，一聲聲口令此起彼伏地傳出來，接著是無數整齊的回應。

左側是一片馬場，馬場的的騎兵校尉人數雖是不多，卻都是騎在馬上聽從教頭的口令或急衝，或停頓，又或提起馬刀砍設置好的木樁，這些騎兵校尉，在武備學堂裏最是辛苦，針對騎兵科的操典第一條，便是不管任何時候，除了解手之外，吃飯、嬉戲、操練都必須留在馬上，與馬同吃同睡，便是照料馬匹，也是他們自己去做。

這樣做主要是增強他們與馬的互動，讓他們更深入瞭解戰馬的習性，同時習慣馬背上的生活。南人不善騎馬，和那些自小與馬爲伴的金人來說更是有天生的劣勢，這個時候除了惡補，沒有任何取巧的辦法。

其他校尉也都十分賣力，各科之間隱隱有競賽的意思，幾個教官都不肯服輸，所以爭得也厲害，受了氣，便使勁地操練校尉，下次再把場子尋回來。

步兵校尉雖然人數多，可是占的校場反而不如馬軍，近四千人在一起，站隊的站隊，走步的走步，還有分隊對陣的，都是在沙地裏，各拿了棍棒，由教頭先與大家商量好戰術，隨即入場廝殺。

這種打鬥雖然不致有性命之虞，可是挨了幾棒子也是吃不消，鐵打的身子也有受傷的時候，立即便有同伴將他們抬到護理校尉那邊的院子去，敷些傷藥再繼續操練。

學堂裏枯燥得很，更是少見女人，護理科的校尉都是水嫩嫩的，惹得許多人故意受傷，也要讓人抬去享受下那柔荑在傷口包紮的滋味，因此對陣起來都很拼命，大有一副大爺就是要掛彩，向我開炮的意思。

沈傲直接步行到軍法司去，跨進門檻，便看到幾個博士正在處置一個遲到的校尉，那校尉筆挺地跪著，動也不動一下，後頭兩個執法校尉也不按住他，拿了竹片，徑直抽打他的背脊。

博士們見到了沈傲，只是朝沈傲頷首點了下頭，等把人打完了，一個博士拿著一張記事的紙片，對那犯事的校尉道：「朱成，你知錯嗎？」

「回稟大人，卑下知錯。」

這叫朱成的也硬氣，後脊打出一條條痕跡，幾處被竹片毛刺刺破了皮，殷紅的血流得一塌糊塗，卻是連吭也不吭一句，便朗聲回答博士的問話。

博士滿意地頷首：「你犯的是什麼錯？」

「卑下早操時耽誤了半炷香，往後絕不再犯。」

博士用筆在記事的紙片上記錄了一下，打了個圈，隨即溫言道：「知錯能改，善莫大焉，以後莫要再犯，歸隊去吧。」

這叫朱成的如蒙大赦，立即穿了衣衫站起來，挺胸朝博士頓了下腳道：「遵命。」說罷，飛也似地旋身要逃，回過頭時恰好看到了沈傲，不由地遲疑了一下，腳步也邁不開了，頓足道：「見過司業大人。」

沈傲朝他頷首微笑道：「歸隊去吧。」

朱成這才咂舌，悻悻然地跑開。

博士們想不到沈傲這個時候會來，立即過來見禮，沈傲壓了壓手，淡淡笑著道：「不要客氣，本王不玩虛禮的。」

說罷寒暄了一陣，那邊胥吏已經奉了茶來，沈傲喝了一口，眼看早操就要到點了，對一個博士道：「把幾個教官叫來，本王有話要說。」

博士點了個頭，立即去了，過不多時，韓世忠、周處和馬軍教官李清、護理教官王弼魚貫進來，朝沈傲一齊行了個禮。

馬軍教官李清據說是西夏王族，後來在王族爭權中被人設計屠了幾個親族，不得已，只好逃往小種相公的軍中，小種相公見他帶來了數百個部眾，也不敢擅專，立即呈報上去，朝廷原本還有疑心，後來細作確認了李清幾個親族被殺，這才放下心，讓他帶了部眾到邊鎮藩司任了個副指揮。

他這樣的王族，虎落平陽，雖然大宋願意結納，終究還是有些顧忌，所以做了八年的副指揮，竟是不得寸進；沈傲點人的時候，查驗了弓馬嫻熟的將領，發現了這個李清是個有些本事的人，多方打聽，才知道李清曾在西夏馬軍中擔任過統帥，對馬軍的戰法和戰馬的習性最是熟悉不過。在藩司時，因爲直接管著一隊馬軍放出做斥候，也極擅長突襲迂迴等戰術，立即將他點了來，讓他做了這馬軍教官。

來汴京之前，李清還當是宋廷對他不放心，故意讓他脫離自己的族人，要在汴京軟禁，心已沉到了谷底，卻也無可奈何，只好上路；誰知到了兵部點卯，竟是許多人來道賀，心中狐疑不已，等打聽之後，才知道這武備學堂的厲害，真真是驚喜無限。

來到武備學堂，直接委了個教官，從前一文不名的王族，一下子變得炙手可熱。

這時大宋的馬軍，也只有藩司還有點戰力，可是按照武備學堂的初衷，將來大宋要以這些校尉爲骨幹組建一支精銳騎兵，這麼一想，李清便明白，自己的干係何其重大。來了這大宋，非但是邊鎮的漢將，便是他自己，也知道自己與這裏格格不入。可是今次，他倒是有了幾分融入感，像他這種故國不能相容的人，能受到這樣的器重，自然生出感激。

接著便是操練再操練，操練得多了，李清發現，自己和校尉並無不同，更是融入進去。這個時候蓬萊郡王過來，李清朝沈傲行禮時，投來的眼眸略帶感激。

至於那護理校尉王弼，則是從宮中來的御醫，精通醫道，最擅長的是治療外傷，之所以點他，是因爲他在太醫院中年紀最輕，上陣殺敵，長途跋涉必不可少，若是請來的是個老先生，最後是誰救誰還不一定呢！

眾人分別坐下，沈傲開門見山道：「宮裏口諭，叫我們立即查抄各處清館，但凡有清談誤國，涉及到天家秘事的士子，盡皆拿下。你們先去佈置一下，待會兒帶人出營。」

四人立即站起：「遵命。」

沈傲又道：「這一趟不要帶武器，空手去就行。」

而後又囑咐了幾句，四人才各自準備去了。

第三十八章 清談楷模

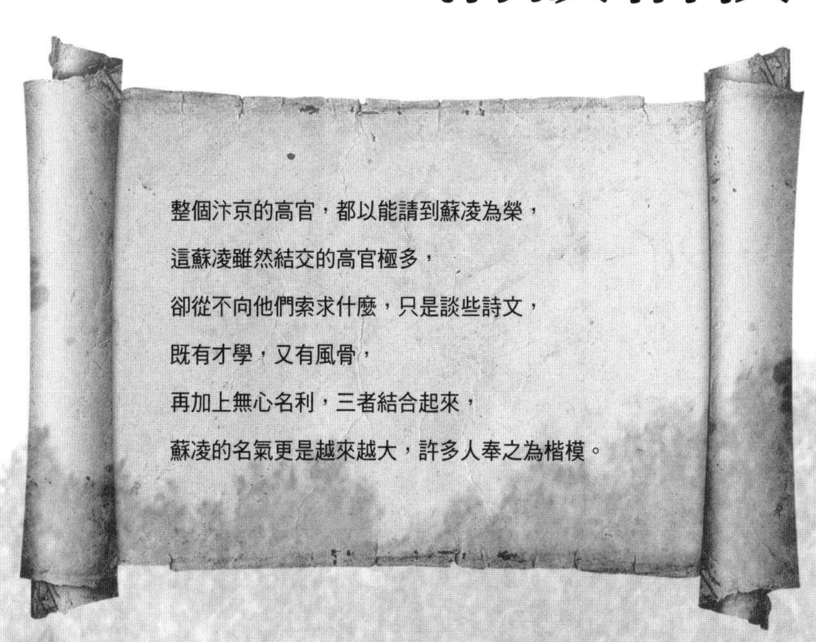

整個汴京的高官，都以能請到蘇凌為榮，

這蘇凌雖然結交的高官極多，

卻從不向他們索求什麼，只是談些詩文，

既有才學，又有風骨，

再加上無心名利，三者結合起來，

蘇凌的名氣更是越來越大，許多人奉之為楷模。

但凡官做到一定的地步，少不得要結交一下士子，當官的護翼這些士人，既可獲得美名，另一方面，又可讓士人為他造勢和拿些主意。而這些士人入京，既可以隨時參加科舉，也可先謀一條生路。

就比如吏部尚書程江的府上，就專門闢出一個文清閣來，專供各方名士前來喝茶談詩。

程江從前是欽天監少監，實在算不上什麼重要的人物，只是近幾個月一飛沖天，一下子做了吏部尚書，讓人大跌眼鏡。

其實欽天監少監說起來好歹也是三品大員，一下子跳到二品，也算不上什麼平步青雲。可是誰都知道，從欽天監到吏部，便是去做個主簿，都是占了便宜，算是高升，一下子成了天下官員的首領，還不是炙手可熱，叫人羨慕？

有知道內情的，都知道程江走的是太子和蔡太師的門路，據說是太子親自向蔡太師求的情，蔡太師已經連續提名了兩個人選，都被中書省否決了，後來提出這個程江，中書省一下子沒了詞，一來程江實在算不得蔡京的人馬，二來，連續否決了兩次，宮裏也在催促人選，若是再搖頭，也說不過去。

就這樣，程江成了整個汴京最炙手可熱的幾個人之一，縣官不如現管，人家的心意決定了官員的考評，更是影響到升降，誰不知道裏頭的厲害？

所以程江的清風館最是熱鬧，非但有士子，更有不少京官參與，大家在這裏喝著茶，議論些詩詞，或是隨口說些政務，清閒自在，又可相互吹捧一下。

有時候程江也會過來坐一坐，這個時候就更熱鬧了，人人爭先，都是一番道理出來，便是希望得到尚書大人青睞，好謀個出路。

過了正午，大家用罷了飯，仍舊是聚在一起，來的人還不少，足足一百來個，有各部堂的官員，還有一些近來出風頭的士子，偶有幾個已經致仕閒來無事的官員也來坐坐。奉茶的丫頭風姿綽綽，一個個給諸人端了茶，而大家都是目不斜視，十足的君子風采。

清館裏有清館的規矩，大家都低頭先喝了茶，卻都不說話，先看向在座的一個中年人。

這中年人生得頗爲俊朗，穿著料子極好的圓領儒衫，戴著個圓帽，一雙白皙的手仍捧著茶盞不放，神韻之中，清新脫俗，一雙如錐入囊的眸子左右顧盼，卻又不會讓人覺得輕佻，反而有一種發自身體的莊重。

這人叫蘇凌，是京東東路人士，據說是京東東路第一名士，爲人慷慨，作出一手好詩文，也甚爲清直，就比如前次沈傲回京，大家都吶吶不敢言，是這蘇凌第一個站出來，其風骨，真真是讓人肅然起敬。更別說他雖是屢屢不中，可是各家的大人都是三天兩頭地叫人拿了名刺過去請他到府上敘話，蘇凌卻並不是什麼時候都肯去，有時人家親自來請，也都讓人吃了閉門羹。

整個汴京的高官，都以能請到蘇凌爲榮，再加上這蘇凌雖然結交的高官極多，卻從不向他們索求什麼，只是談些詩文，下下棋，論論畫，偶爾在人家家裏留飯，下一趟也一定回請回去，絕不肯占人便宜。

既有才學，又有風骨，再加上無心名利，三者結合起來，蘇凌的名氣更是越來越大，許多人奉之爲楷模。

這次在清風館座談，蘇凌肯過來和大家敘話，已有人感覺榮幸之至。所以在座的人，有的已是入朝爲官，有的年紀不小，卻都是以蘇凌馬首是瞻，蘇凌不先開口，大家也都不好說話了。

蘇凌慢吞吞地喝了口茶，淡淡笑道：「今日來時，聽說蓬萊郡王在朝中指斥御史大夫，言辭犀利，偏偏這盧大人也是沽名釣譽之人，原以爲他也是個清流名士，想不到人品竟是這般。」

蘇凌嘆了口氣，又從容道：「落到革職這樣的下場，也是他咎由自取。只是蘇某與他畢竟還有幾分交情，他既要回泉州老家，少不得要去送一送。」

在座的士子不由一愣，有人道：「蘇相公，盧林無君無父，與豺狼無異，這樣的人，還和他攀什麼交情？」

許多人紛紛頷首，都覺得有理，更有人勸道：「蘇相公的高潔，我等豈能不知？與那姓盧的走得太近，只恐禍及自身啊。」

蘇凌只是笑，先是謝了大家的好意，才慢吞吞地道：「盧大人與學生從前也是相知的，他的經義文章做得極好，筆鋒讓蘇某望塵莫及。蘇某多次討教，也承蒙他不棄，獲益良多。這份恩情，蘇凌豈能無動於衷？」

隨即話鋒一轉，又道：「可是盧大人不忠不孝，這是他的罪過，蘇某看破了他的為人，也有割袍斷義的心思，可是轉念一想，恩是恩，大節是大節，蘇某心中唾棄他的品格，可是這恩義卻不能不報，至少臨到走時相送一下，也是人之常情。但願他此番吃了教訓，從此洗心革面，到時若能再見，蘇某一定倒履相迎，再向他討教。」

這一番話說出來，立即引來一片叫好，有人道：「蘇相公恩怨分明，有先秦君子之風，與蘇相公一比，我等反而淺薄了。」

更有人道：「盧林已為天下人所惡，獨有蘇相公敢為天下先，仍與他敘舊，這樣的知心朋友，打著燈籠也找不著。再者盧林雖是犯了大節，難道就沒有幡然悔悟的一日嗎？蘇相公不辭勞苦，盼他改過自新，亦是苦心之舉。」

蘇凌含笑搖頭，說了幾句慚愧，便接著喝茶。

有了蘇凌起頭，議論漸漸地熱鬧起來，少不得有幾個人攜帶了新作的詩詞給大家觀看，由大家品評。還有幾個說起汴京城的趣聞，也是有趣得很，眾人哄笑，矜持地保持著笑不露齒，也有幾個年少一些的跟著起鬨，平添了不少氣氛。

正在這時，門口有人清咳一聲，隨即踱步進來。大家注目過去，正是尚書程江，紛紛起來，畢恭畢敬地行禮。唯有那蘇凌，帶著淡淡笑容，只朝程江頷首點頭。

程江顯得有些疲倦，據說方才從定王府那邊趕過來，腳步匆匆，先是壓了壓手，和顏悅色地道：「大家不必多禮。」隨即朝向蘇凌抱了個拳道：「蘇相公也來了，下舍蓬蓽生輝，若有怠慢之處，還請見諒。」

蘇凌矜持笑道：「程大人客氣。」

程江便尋了個位子坐下，道：「諸位好高雅，程某埋首案牘之人，倒是唐突了大家，今次躲個清閒，聆聽諸位高見。」

眾人都笑著道：「大人操勞國事，辛苦，辛苦。」

蘇凌目不斜視，奉著茶盞道：「大人，蘇某聽說今日朝堂裏，東宮受了官家的教訓？」

程江臉色黯然，道：「東宮也是爲小人蒙蔽。」

眾人道：「這倒是，盧林大奸若忠，東宮一時不察，也不是什麼罪過。再者說東宮孜孜好學，勤儉樸素，爲人穩重，些許小錯也算不得什麼。」

蘇凌呵呵笑道：「說句不該說的話，東宮若能繼大統，我大宋必是一番新氣象。如今……」他扼腕道：「如今這個世道，真讓人心寒，蘇杭是腥風血雨，到了泉州又是這個樣子，國朝太祖、太宗在的時候，雖然都是戎馬出身，可是治國時卻從未興過大獄，每年秋決勾決，都是慎之又慎，這便是太祖太宗聖明，知道萬物皆爲靈長，絕不肯輕易殺伐，否則後世效仿，這天下豈不是要亂套？學生聽說，泉州被殺的也有不少讀書人，這般濫殺，豈不讓人心灰意冷嗎？」

大家聽了紛紛道：「蘇相公慎言。」

程江卻是默不做聲，只是肅容地聽著，沒有發表意見。

蘇凌放肆一笑道：「慎言什麼？國家養士百二十年，仗義持節，又有什麼可畏的？依我看，這天下再這般下去，如何了得？」

這時大家也顧不得慎言了，有人道：「蘇相公說得是，好在東宮寬厚，將來……」

蘇凌搖頭打斷他：「奸賊當道，東宮也有自己的難處，蘇某說句不好聽的，東宮將來能否繼大統還是未知之數，諸位難道沒有聽說過董卓廢天子的典故嗎？」

這般一說，許多人心裏已經明白了，連那程江的眼皮子都跳了一下，笑呵呵地端起茶盞道：「莫談國事，只談風月吧。要謹記著明哲保身，古來多少聖賢，爲小人所害的如過江之鯽，蘇相公，你是君子大才，切莫自毀前程。這朝廷莫說是你們，便是咱們這些在朝堂裏的袞袞諸公，還不是沒有說話的餘地？國有幸臣，言路阻塞，如之奈何？」

有人驚奇地道：「怎麼？連程大人在朝中也沒有說話的餘地？」

程江只是淡笑，頷首點頭：「老夫只當自己是閒雲野鶴，且坐看人家翻雲覆雨。」

有人捶胸頓足地唏噓道：「天子幸一人，如蒼生何？這般下去，社稷如危卵，諸位且等十年，必有大禍臨頭。」

蘇凌淡然道：「國勢如此，東宮就不勸諫嗎？」

程江道：「東宮……罷了，東宮自身難保，又能說什麼？」

蘇凌嘆了口氣道：「怎麼會到這般境地，莫非父子尚不能相容？東宮與官家，血脈相連，還比不過一個幸臣嗎？」

「天家與東宮，父子情深，是誰在這裏離間天家父子之情，在這裏胡說八道？」一句喝問，把所有人的注意力都轉向清風館的正門，只見一個穿戴著蟒服的少年負著手，一對尖銳的眸子在館內逡巡，輕輕地咬著薄唇，發出輕聲冷笑。

「沈傲！」

清風館亂作了一團，唯有蘇凌還能保持鎮定，便是程江，這時候也忍不住站起來，手指著沈傲道：「王爺，這裏是私宅……」

沈傲雲淡風輕地道：「本王欽命前來拿捕胡說八道的賊子，程大人，得罪了。」

話音剛落，便是一隊隊校尉如狼似虎地衝撞進來，拱衛在沈傲四周。

館內更是混亂，有人大叫：「沈傲，你瘋了，我等都是有功名的人。」

程江冷笑道：「既是欽命，可有聖旨？」

沈傲聳聳肩道：「陛下忘了寫，本王也忘了拿，程大人想看，去宮裏走一圈就是。方才聽到有人說東宮和官家不能相容，這句話，不知是誰說的？」

沈傲雖是在詢問，目光卻落在蘇凌身上。

蘇凌坦然道：「是學生說的。」

眾人紛紛道：「蘇相公是吃醉了酒。」

這時門房也踉蹌擠進來，可憐兮兮地向程江道：「老爺……小人攔不住……」

程江怒道：「滾出去。」說罷向沈傲道：「這是程某的私館，王爺能否賣一個薄面……」

沈傲冷笑道：「方才你們說的幸臣是誰？現在還想讓本王賣你們薄面？早幹什麼去了？程江，你身爲吏部尚書，竟是私蓄士人，非議國政，胡言亂語，擾人視聽，你可知罪嗎？」

到了這個地步，程江不由地冷笑道：「怎麼？沈大人難道還想將我也捉了？」

程江是吏部尚書，六部之首，正正經經的二品大員，這樣的人撒起潑來，倒是讓人忌憚。

沈傲卻只是微笑道：「當然有你的份，你急什麼？別以為你那點小心思，本王會不知道，借清議陷東宮於不孝，你好大的膽子。」

說罷，旋身要離開，剛出清風館時才道：「把所有人帶回去，包括這位程大人。」說罷，已經出了清風館，在一隊人的簇擁下，叫人拿出了單子，冷聲道：「下一站是這裏，走！」

當日，校尉傾巢而出，四處出擊，不止是各處大臣的清館，還有各處高檔茶肆以及同鄉會館，四處拿捕，只用了兩個時辰，整個武備學堂便拿了兩百餘人，一時風聲鶴唳，人人自危。

京兆府、城門司、馬軍司衙門都是嚇了一跳，見了這些如狼似虎的校尉，自然不敢去管，連上去詢問的膽子都沒有，只有跑回去知會一聲，各衙門聽說挑事的是沈傲，想到今日的朝會上那太子和盧林的樣子，哪裡還敢說什麼？只好下條子給三省各部知會一下，也就撒手不管了。

至於尋常的百姓，倒是不覺得有什麼不便，至多是瞧瞧熱鬧，清議和坊間閒談本就是截然不同的，沈傲殺的是官員和官商，大家拍手稱快都來不及呢！再加上邃雅周刊緊急發出評論文章，俱言清流罪狀，最重要的一條便是挑撥天家和東宮父子之情。只這一條，這些人也該治一治了。

各部堂亦是照常辦公，誰也不好議論什麼，一個個噤若寒蟬，生怕牽連到自己。倒是這樣一來，對武備學堂大是有益，想來想去，還是做校尉的風光無限，如今的士人，是越發不如了。

此時正趕上三期校尉招募，定的名額仍是四千，不少讀書人都摩拳擦掌，他們自然比不過那些風流名士，家境也比不得清談之人，這般考下去，還不知道什麼時候是個盡頭，與其如此，不如去做了校尉。至少做了校尉，便是天子門生，身分上誰也不敢小覷，將來放入軍中，也有前程。

大宋重文輕武，可是校尉卻不在武夫之列，將來便是做了將軍，那也是儒將。再加上進了武備學堂，前程不但無憂，讀書時學堂包食宿，每月還有餉銀，雖不多，卻也聊勝於無。等肄業之後，還可以到軍中擔個軍職，又有天子和蓬萊郡王看顧，只要肯用功，也不比中榜要差。尤其是那些家境清寒的，更期待能藉此翻身。故而哪裡還有人關心清館的事，都在等今年的考試規則放出去，及早做好準備。

倒是武備學堂裏，自從把人抓來，戒備更加嚴謹，校尉執著長槍，掛著腰刀，一列列在四周巡弋，門口處更是明晃晃一片，一頂頂戴著鐵殼范陽帽的校尉封堵住了校門。

沈傲傳的命令是，所有求情的，全部打回去，不識相的，打回去，一隻蒼蠅都不許放進來。

定王府。

一個主事模樣的人急促促地過來，門房剛想攔住，那主事立即道：「在下是程大人府上的，有急事要見太子，請通報一聲。」

門房不敢怠慢，飛也似地去了。過不多時，門房返回道：「殿下在正殿見你。」

這主事只是點點頭，眉宇擠成了川字，急匆匆地進去。

到了正殿，便看到一個老公公在門口等著，見了他劈頭便問：「出了什麼事？」

主事哭喪著臉道：「我家老爺被姓沈的帶走了，說他蓄養士人，妖言惑眾，非議國政，擾人視聽。眼下府上已經亂作了一團，四處去託人，可是哪裡都碰了壁。平時交好的幾個，這時都閉門謝客，不得已，主母只好請小人到太子這兒來，看看太子能不能想個辦法。」

老太監皺起了眉，道：「太師那裡怎麼說？」

主事道：「還能怎麼說，說是病了，沒有出面，出來說話的是蔡條蔡大人，他只是說會想辦法，可是老爺人都被抓去武備學堂了，這該怎麼辦？」

老太監道：「你先進去，將這事稟知了太子再說。」

主事立即進去，正看到趙恆臉色鐵青地喝著茶，皺著眉問他：「怎麼，又是什麼事？」

今日在殿上，非但沒有傷到沈傲分毫，反倒被倒打一耙，差點牽連到了反賊，趙恆的心情自然不悅，足足發了一日的牢騷。想到趙佶那淡漠的語氣，心中更是焦灼。

主事跪下行禮道：「殿下，我家……我家老爺被沈傲拿了，帶去了武備學堂，還說要治罪，求殿下想個法子，老爺年邁，哪裡吃得了那個苦，到時姓沈的隨便折騰一下，身子骨就要垮了。」

趙恆霍然而起：「他是吏部尚書，沈傲憑什麼拿人？姓沈的是什麼東西？真是沒有王法了。今日殺這個，明日殺那個，現在連吏部尚書都不放在眼裏，想拿就拿，明日莫非是要拿本太子嗎？」

這時，趙恆又想起沈傲半年前帶兵圍定王府的事，不由地倒吸了口涼氣，後脊發涼，蒼白著臉道：「他瘋了，這是要做什麼？這天下還是不是姓趙的？他……他……」

趙恆打了個冷戰，突然道：「你說，把前因後果說清楚。」

主事不敢抬頭，連忙將事情的起因添油加醋地說了，卻也不敢有什麼遺漏，說是清風館裏大家正在說話，突然來了大隊的校尉，竟將整個程府圍了個水洩不通，門房要理論，立即被人推開，接著，沈傲便帶著一隊人直接衝進去，到了清風館，還說什麼有人挑撥天家和東宮的關係之類，此後連帶著程江，所有都被沈傲的人帶走。

趙恆深吸了口氣，喃喃道：「莫非是父皇的意思……」

他呆坐了一下，失魂落魄地再次想到今日在金殿上趙佶對他的淡漠，不由道：「宮裏頭怎麼說的？有沒有旨意出來？」

主事道：「這個不知道，姓沈的說有欽命，卻又說沒有聖旨。」

趙恆不耐煩地道：「你先出去，本太子先想想。」接著繼續呆坐。

那主事想再勸說，可是這時候也不敢打攪，乖乖地躬身退出去，過了一會兒，那老太監小心地奉著茶盞進來，慢吞吞地道：

「殿下，喝口茶順順氣吧，這事或許只是姓沈的在胡鬧也不一定，是不是該下個條子到武備學堂去，把程大人保出來？」

趙恆麻木地去接了茶盞，吹了口茶沫卻不急著去喝，魂不守舍地搖了搖頭道：「不成，不成，我明白了，這不是沈傲的意思，是父皇要給我教訓，我該怎麼辦？」

他一下子渾身發抖，做了這麼久的太子，哪裡不知道聖意是怎麼回事？一件可能與自己無關的事，或許就是危在旦夕的前奏。

趙恆臉色青白地道：「本來好好的，那些士子……哎，都是他們惹下的禍事……」

一開始，清議只是說幾句太子的好話，趙恆聽了，也覺得沒什麼不對，後來這種話越來越多，倒是讓趙恆緊張了一陣子，可是清議哪裡是他能控制得住的？口長在人家身上，說你的好話你若是跳出來教訓，往後還有誰爲你抬轎？到時候肯定是罵聲四起。

這種事，趙恆只能放任，慢慢地，也就放鬆了警惕，不當回事了。如今沈傲欽命去清風館捉人，又毫不客氣地連程江也捉了，他才突然發覺事態的嚴重。其實這種流言，說大可大，說小也小，再者，他也沒有預料到趙佶這般的上心。

雖是捧著熱茶，一雙手卻是冰冷無比，嘴角抽搐了一下，道：「程江的事，不必理會，把這主事打發回去，和他說，叫他在家裏老老實實待著，不要四處去托人活動。」

他頓了頓，一雙眸子陰惻惻地抬起來看著老太監：「立即給我寫一份奏疏上去，就說我病了。來拜謁的，一律擋駕。太師那兒也不要走動了，府裏所有人都老實待著，誰也不許外出。」

他惶惶然地不待老太監回應，便將茶盞放下站起來，不耐煩地負手踱步，時而駐足不動，時而道：「諸位王爺來了，也不要見。」又是嘆口氣，不由怒道：「別人做太子，我也是太子，爲何卻是這般？早知如此，寧生在百姓家。」

老太監嚇得臉都白了：「殿下慎言，這些話若是讓別人聽了去，又不知是什麼罪狀了。」

趙恆抬眸冷笑道：「罪狀？我的罪狀還少嗎？做得好了，是罪狀，要讓父皇猜忌；做得不好，又說荒誕，是立身不端、行爲不檢；左右都是被人拿捏著。沈傲是什麼東西？跳梁小丑罷了，看看他，蹬鼻子上臉，如今已經踩到我這東宮的頭上了。」

老太監輕聲道：「殿下既然知道，就更該謹慎，過了這個檻，這天下還不是您的嗎？若是過不去，又能落到什麼好？」

趙恆嘆氣道：「是啊，不能過去就是死路了。」他坐下，端起茶盞喝了一口道：「有機會，請宮裏的幾位主事太監喝喝茶，送些禮物，探聽一下口風，看看父皇到底是什麼心思。」

老太監苦笑道：「宮裏的人都是滑不溜秋，如今太子和姓沈的這個樣子，他們會看不出來嗎？沈傲和楊戩一向狼狽爲奸，奴才便是去問，多半也打聽不出什麼，有楊戩在，誰敢胡亂給我們放出什麼風聲？」

趙恆從鼻尖冷哼一聲，道：「楊戩這廝亦是心腹大患，等著瞧，朕若是能順順當當走過去，第一個就拿他治罪。」

他靠在椅墊上，樣子有著說不出的疲倦，一雙眼眸闔下去：「不必怕，這只是父皇敲打我，還沒有壞到那個地步，否則那些校尉就不是去清風館了。你去辦事吧，我再坐一會兒。」

老太監點了個頭，悄悄地退了出去。

趙恆在空蕩蕩的殿堂裏發呆，眼神一時都呆滯住了，鬢角稀疏的頭髮，摻雜著白絲，眼角也不知什麼時候多了幾道魚紋，他抿了抿嘴，突然對著空曠的殿堂道：「過了這個檻，一切都好了……」言罷，闔上眼睛，疲倦地假寐養神。

第三十九章 指桑罵槐

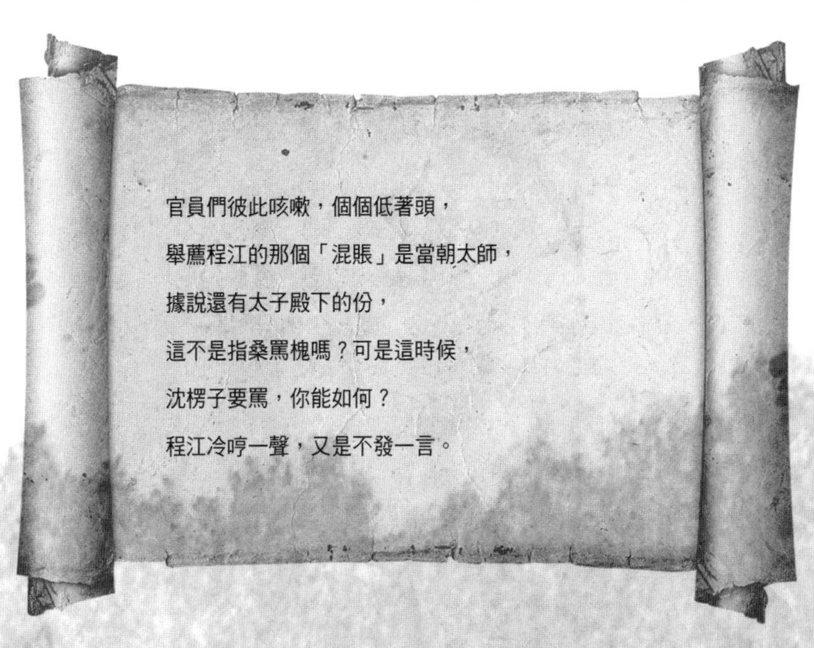

官員們彼此咳嗽，個個低著頭，

舉薦程江的那個「混賬」是當朝太師，

據說還有太子殿下的份，

這不是指桑罵槐嗎？可是這時候，

沈楞子要罵，你能如何？

程江冷哼一聲，又是不發一言。

武備學堂戒備森嚴，門口有不少家人在外頭，或提著食盒，或要打探消息，都是焦灼的樣子，這些都是犯事之人的家人，聽到了消息，立即行動起來，四處去打探、活絡，結果都碰在了鐵板上，不得已，只能到這武備學堂來告饒一下。

能去清談的，大多都有些身家，說是僕從如雲也不為過，在汴京，大多都有產業，平時遇到了事，打發個小廝去尋些故舊也就是了。可是今日不同，撞到了沈楞子，就只能賴在這兒乞求了。

門口的校尉既不去管他們，可也不放他們進去，一律擋了駕，只說欽命辦差，若有疑問，可去宮裏問。

這一句話讓人傻眼，去宮裏？真能去宮裏還犯得著來這武備學堂嗎？可是人家這般說，你又能說什麼？只好在外頭站著；也有人提著食盒拿出錢引來往校尉手裏塞，說是通融一下，不求放人，只求把食盒交給某少爺，別讓他在裏頭餓著了。

結果校尉根本不吃這一套，態度反而變壞了，胸脯一挺，鄭重其事地道：「天子門生也收你的臭錢？拿開！」

這一句天子門生，是用最驕傲的語氣說出來的。

軟硬不吃，門口的人也只有乾著急的份，有的人引頸想透過院牆看看裏頭的光景，可是哪裡能看到什麼？只聽到裏頭一聲聲的號令操練聲，攪得人心神意亂。

到了傍晚的時候，幾頂小轎子過來了，前頭打著燈籠的人，燈籠的白紙上都寫著大理寺、禮部、刑部的字號，接著，後頭的轎子一個個緋色公服的人下轎，先是掃了武備學堂門口的狀況一眼，便直接由校尉領著進去。

其實別看這些官員個個鎮定，忐忑的心情比之外頭焦灼的家人也好不到哪兒去，武備學堂突然來叫人，抓到一個是一個，又不肯說去幹什麼，天知道人家是不是請你去砍腦袋的。對這沈傲，大家是真的怕了，連吏部尚書都被抓了去，據說吏部已經亂作了一團，都無心辦公。

被請來的幾個官員，各部都有，大家都是心驚膽戰，進這武備學堂，比閻王殿更是緊張。只是在外人面前，卻又不能膽怯，不能失了官儀，只能撐著。

這時，武備學堂剛剛到了吃晚飯的時候，倒是安靜了幾分。幾個人被請到明武堂去，一跨入門檻，便看到了沈傲。

沈傲長身而起，臉上看不出喜怒，只是道：「諸位大人，有勞了，請坐。」

大家哪裡敢說什麼，乖乖欠著屁股尋了位置坐下，胥吏奉了茶來，大家爲了免得尷尬，都是清咳一下，捧著茶去喝。

還有一個失了神，連茶沫都忘了吹開，便要飲入口中，撲哧一下，呸呸兩聲將入口的茶沫吐出來。等他醒悟，這才發現許多人看著他，更加尷尬，心虛的道：「抱歉，抱歉，在下失態了。」

有了這個插曲，所有人莞爾一笑，氣氛倒是輕鬆了少許。

終於有個大理寺的人發話了，大理寺和沈傲關係走得很近，從前沈傲也在大理寺與他們打過交道，這人和沈傲算是有幾分交情，因此少了一層顧忌：

「王爺，不知是什麼事，要召我等過來？」

其實大家都是揣著明白裝糊塗，今日抓了這麼多人，連吏部尚書都被拿了，不消說，肯定是爲了這個事。

沈傲淡笑道：「眼下這汴京的士人是越發大膽了，議論一下國政其實也沒什麼，都是讀書人嘛，朝廷也都不管的。可是有人吃了豬油蒙了心，居然敢誹謗中宮，妄議內事，這些話，是他們該說的？再不管束，只怕就有人慫恿太子造反了！」

後頭這句話說得十分重，聽得在座的人眼皮子都跳了一下，心裏卻都不以爲然，認爲沈傲小題大做。卻都道：「王爺說得對，是該嚴懲一下，以儆效尤。」

沈傲頷首點頭：「今日抓來的，就是這麼些人，有人說天下要生亂，還有人說太子賢明，說前頭那句的，到底安了什麼居心，天下亂了於他有什麼好處？朝廷養士，哪裡薄待了他，還要由著他胡說八道。至於後頭的，就更是貽笑大方了，當今陛下才是聖明，至於東宮，眼下能看出什麼聖明來？身爲太子，應小心盡自己的孝道，好好的侍奉官家，做好一個人子的本分才是。這些人倒好，就差要把東宮捧到了天上，不知道的，還以爲如今這府庫盈餘、四海靖安的盛世是東宮治理出來的。」

說罷，喝了口茶，繼續道：「再者說，宮中與東宮本是一體，父子之情，何其親密。有些人卻刻意將他們單獨分開，說到太子時這般，說到官家時又是那般，他們到底是想做什麼？是居心不軌，還是無心之言，這件事要徹查清楚。」

沈傲自顧自的說著，大家都是大眼瞪小眼，大氣都不敢出了。事情居然鬧到了東宮那裏，這水未免也太深了，現在若是點了頭，就要得罪將來的皇上；現在搖頭，就要得罪沈傲，更有可能得罪沈傲背後之人。沈傲的背後是誰，不用想也都可以猜測了，若不是宮裏頭不高興，又怎會這樣大張旗鼓。

沈傲淡淡道：「所以呢，請諸位過來，一是做個見證，大家一起審。爲了公正公平，沈某人就先拿出個章程出來，大家看看是否可行。」

他頓了頓：「圖謀不軌的肯定有，尤其是一些在泉州利益遭受損失的，這些人唯恐天下不亂，所以呢，但凡是籍貫泉州的，悉數革掉功名，哪位是禮部大人？」

一個官員心驚膽戰的站起來：「下官便是。」

沈傲道：「這事不難吧？」

功名對一個士人來說極其重要，革除掉功名，這前程也就毀了。沈傲直接按籍貫來

開革，似有偏頗。可是這時候，人家說一是一，又能如何？

「不難，不難，禮部註銷一下，再下個條子到泉州教諭去就成了。」

沈傲頷首點頭：「至於其他的，革除功名就算了，可是刑不上大夫，諸位看如何是好？」

沈楞子居然還知道刑不上大夫？大家如看猩猩一樣看著蓬萊郡王，這句話從他口中說出來，還真是稀罕得很。這個時候沒人吱聲，其實大家都知道，沈傲叫他們來，只是個過場，怎麼做，他早就安排好了，這時候去提意見，根本是自討沒趣。

沈傲見他們默然無語，淡淡笑道：「不過，我卻有個主意，既然是讀書人，咱們也不能虧待了他們，畢竟是有功名在身，總要通融一下才是。他們這般胡鬧湊趣，不如就罰他們抄寫四書五經吧，既是懲戒，也是教他們好好重溫聖人教誨。不抄完不許放出去，每人抄十遍，少一個字，再加一遍。」

眾人聽了，只能苦笑，虧姓沈的想得出這個毒招來，四書五經洋洋六十萬言，罰抄十遍，那便是六百萬，用毛筆寫，一年半載也未必能夠寫出來。可是抄錄完又不肯放人走，這般折騰，真不比流配要好多少。

可是人家確實沒有上刑，教你抄錄四書五經，用他的話來說，也是爲了你好，重溫聖人的道理，難道還能挑出錯來？

大家微微搖頭，卻也無人出言反對，只有一個道：「王爺，十遍是不是多了，三五遍……」

話說到一半，沈傲已經搖頭打斷，義正言辭的道：「聖人的道理，莫說是十遍，便是千遍萬遍，我等抄錄起來也是歡愉的，能一邊抄錄，一邊切身體會聖人的道理，這是光宗耀祖啊，好啦，不必再說了，接下來，要說的是程江……」

聽到程江兩個字，所有人都抖擻精神，這位程大人可是朝廷有數的幾個大老，三省下來，排在最首的也就是他了，這樣的人物居然給沈傲捉了來，還要治罪，說出去都是駭人聽聞。

沈傲掃了他們一眼，笑呵呵的道：「程江身爲尙書，掌功考，最是顯赫不過，朝廷待他如何，想必諸位也清楚。可是呢，他身爲大臣，卻私蓄士人，誹謗朝政，奢談天家骨肉事，這就難免讓人猜忌他的居心了。不管如何，總要徹查一下，來人，將程大人押上來。」

眾人訕訕一笑，更不敢發表意見，假裝端起茶盞去喝茶。

過不多時，程江被兩個校尉押過來，大家注目過去，只見程江滿臉怒容，身上倒是沒有被人怠慢的痕跡，一身便裝不見灰塵，直領衫子也沒有褶皺的痕跡，進了明武堂，一雙眸子盯住沈傲，朗聲道：「沈傲，你可知道老夫是誰？」

沈傲怡然自若的笑道：「就是知道你是誰才拿你，進了這裏，擺架子就不必了，乖乖聽審，否則免不得要叫你吃苦頭。」

程江氣急反笑：「你不過是鴻臚寺卿和武備學堂司業，又憑什麼審問老夫，未免也可笑了。」

沈傲肅然道：「本王奉了欽命，若是還不夠，在座的還有大理寺的大人在，爲何不能審你，你再鼓噪，小心大家面上不好看。」

程江掃了坐在一側的眾官員一眼，這些官員個個垂起頭，又是神仙打架，誰還敢說什麼。最令人堵心的是，每次神仙打架，沈楞子這傢伙還都是擂臺上的主角，一場拉下的都沒有。

程江冷哼一聲，道：「欲加之罪，何患無辭，老夫與士子清議，和你又有何干？莫非嘴長在老夫身上，還要受你的管？」

沈傲漠然道：「你要是清議也就罷了，爲何要牽扯宮中？」

程江哂然一笑：「哪句話牽扯到宮中了，沈大人明示出來。」

沈傲道：「東宮自身難保是不是你說的？」

程江臉色一變，隨即道：「這句話有什麼錯處？」

沈傲獰笑：「東宮爲什麼自身難保？難道是宮中薄待了太子，還是太子有什麼罪過，更或者是當今皇上乃是始皇，會用胡亥去更替扶蘇？」

這一連串的問題，程江不能回答，選擇每一個都是罪證。他臉色一變：「老夫不是這個意思。」

沈傲站起來，繼續逼問：「那程大人是什麼意思？」

程江一時愕然，隨即大笑道：「什麼意思與你何干？老夫吏部尚書，難道說什麼話，還要向你稟知？」

沈傲猛地拍案大喝，用手撐著桌案道：「你不說，自有人來撬你的口。來，大刑伺候！」

兩個如狼似虎的校尉已經抽出早已準備好的戒尺，程江大怒：「沈傲，你這是要做什麼？」

連一旁喝茶的官員也看不下去了，紛紛站起來：「王爺，萬萬不可，程大人乃是國之梁柱，既無罪證，又無中旨，豈能輕易動刑？」

沈傲冷笑：「對不識相的人，本王一向是先打了再說。怎麼？諸位大人有意見？」

撞到這麼個愣頭青，誰還能有什麼意見，大家尷尬坐下，只能繼續充當木偶。

程江不屑大笑：「沈傲，你要真有膽子，便打老夫試試看，你若是不打，便……便是婦人。」

程江不擅罵人，這時候情急，加了「婦人」二字，在這時代，婦人已算是蔑稱了。

沈傲面紅耳赤：「你再說一遍！」

程江梗著脖子道：「你若是真有膽量，便來打老夫，老夫難道還會怕了你？」

沈傲猛地跳上案去，再從案上躥下來，一下子到了程江身前，一拳往程江鼻梁砸去，接著又是一記勾拳，擊中他的下頷。

程江大叫：「瘋了……你瘋了……」他鼻尖和下頷吃痛，眼淚都嘩啦出來，口裏大罵：「賊子，婦人，老夫與你誓不兩立，不共戴天……」說罷，捂著鼻子貓下腰去，哎喲叫痛。

原以爲攀上了太子和蔡京這兩棵大樹，已是萬人之上，誰知撞到這麼一個傢伙，當眾被人毆打，此時哪裡吃得消，痛罵一陣，聲音都沙啞了，直喘著粗氣，去揩眼角的淚珠。

那些本打算去做木偶的官員一看，不得了啦，蓬萊郡王當場毆打吏部尚書，這……該怎麼辦。大家又霍然起來，都過來拉沈傲：「沈大人萬萬不可。」「沈大人息怒……」「沈大人這是何苦，程大人也只是性子耿直了一些，爲了這個衝突起來，沒的叫人笑話……」「大家同朝爲官，該當和和睦睦才好……」

沈傲見好就收，呵呵一笑：「諸位做個見證，是程大人叫我打的，不打他，我豈不是變成了婦人?!為了證明本王是個貨真價實的大丈夫，只好遂了程大人的心願，程大人如願以償，想必也是歡欣鼓舞得很。」

言罷，少不得朝那記錄的博士道：「都記好了，尤其是要記住程大人方才那句話。」

博士立即提筆寫道：「江曰：汝可毆吾乎?不可，則為婦人。蓬萊郡王痛毆之，乃曰：吾不願做婦人，便遂汝心願，皆大歡喜也。」

沈傲捲著袖子，趾高氣昂，撣了撣身上的灰塵才坐回原位，朗聲道：「繼續審。犯官程江，本王再問你，你為何要說太子自身難保這句話，到底有什麼居心?是幸災樂禍?還是刻意挑撥宮中父子之情?再不說，就要動大刑了。」

程江挨了打，好歹是讀書人出身，哪裡吃得了這個苦?卻又不願意示弱，乾脆不發一言，捂著流血的鼻子，唧唧哼哼。

沈傲怒目道：「本王再三訊問，你卻是這般，莫非是看不起本王?」

沈傲這臉色和口氣，又有胡作非為的意思，一旁的幾個官員生怕他臨時起意無故毆打，紛紛道：「王爺，有話好好問，都是讀書人，何必鬧到這步田地。」另一個道：「程大人，你便說了吧，蓬萊郡王的脾氣本就不好，再僵持下去，還不知鬧出什麼事來呢！」

程江猶豫了一下，秀才遇上兵，還真不知自己能不能走出這武備學堂，這時也只能服軟，只好道：「只是臨時起意，並沒有什麼居心。」

沈傲拍案道：「臨時起意？莫非你以爲當今東宮遭了官家的冷落，才出此言？」太子遭受冷落，這是天下皆知的事，可是這種話在正式場合卻是絕對不能承認的，就如同國王的新衣那個故事一樣。

程江沉默了一下，道：「老夫昏聵，也不知爲什麼會說這等話，或許是太過勞累，一時糊塗，才胡言亂語。」

沈傲冷笑道：「一時糊塗？也不知哪個混賬東西把你舉薦上來的，堂堂吏部尙書這般糊塗，功考之時，又不知要提拔多少烏龜上來。」

官員們彼此咳嗽，個個低著頭，舉薦程江的那個「混賬」是當朝太師，據說還有太子殿下的份，這不是指桑罵槐嗎？可是這時候，沈楞子要罵，你能如何？

程江冷哼一聲，又是不發一言。

沈傲只是淡淡一笑，朝記錄的博士努了努嘴道：「叫他畫押，把人也押下去，本王好進宮去覆命。」

博士立即將記錄的狀紙拿出來，送到程江面前去，程江猶豫了一下，終於搖搖頭，拿筆寫上自己大名。

沈傲朝大理寺的官員道：「王大人，大理寺這邊也要具名上去，是不是該簽個字？」

「自然要簽的，自然要簽的。」這王大人悻悻然地點頭，哪裡敢說個不字。

翌日一大清早，消息便傳了出去，三十二人開革功名，據說都是泉州戶籍，功名對讀書人來說何其重要，一朝革除，真真是欲哭無淚。至於其他的，都是抄錄四書五經，美其名曰是重溫聖人大道，可是明眼人都知道，這般抄錄下去，還不知要抄錄到什麼時候。一日待在武備學堂，大致和下牢獄也差不多。

據說武備學堂裡是不提供飯食和筆墨的，可是人又不能出來，要吃喝拉撒，又要抄錄，沒有這些萬萬不成。因此，在裏頭要想早些放出來，一切都要錢，吃飯要錢，筆墨要錢，喝水也要錢，一張宣紙一貫錢，一頓飯也是一貫，這便是說，在這武備學堂待著，一天沒有十貫的開銷肯定不夠，一百多個人，姓沈的坐地起價，一天便能撈足一千多貫，一年半載下來，也是一筆不菲的財富。

偏偏這時候，相較起革除功名，這已算是較輕的懲戒，誰也不敢有什麼異議。好在他們的身家都很雄厚，沒錢，誰還有清談的興致？倒也不愁他們供養不起。

一時火熱的是吏部尚書被毆打的事，王爺和尚書互毆，結果尚書大人被打了個半死不活，說這事的人，真真是津津樂道，各種版本都有，坊間都是幸災樂禍的居多，平時見那尙書大人，一個個高高在上，便是出門也是鑼鼓開道，差役伴隨，這樣清貴的身分，原來也會和尋常市井之徒一樣挨打，叫人想起來實在忍不住捶胸跌足。

翌日一大清早，沈傲便打馬入宮，文景閣裏，趙佶聽了沈傲覲見，這次再沒有叫他吃閉門羹，朝楊戩努努嘴：「領他進來。」

沈傲踱步進去，朝趙佶行了個禮，隨即正色道：「微臣來覆命了。」抽出一張供狀，交給楊戩代爲呈上。

趙佶先看了供詞，不由失笑道：「你當真打了他？」

沈傲苦笑道：「陛下恕罪，微臣身爲人臣，自是頂天立地的男子漢，爲了證明不是婦人，只好這般了。」

趙佶啞然，搖著頭道：「太胡鬧了，程江這個人確實不是個好東西，可是你動手打人就是不對，待你回去的時候，叫人把他放回去吧。」

沈傲心裏想，你來立牌坊，我來做婊子，黑鍋給我背了，到這個時候你還來做好人。

趙佶叫沈傲坐下，隨即道：「給了他們教訓也就是了，往後再有人非議，朕決不輕饒。」

沈傲臨時起意，道：「陛下，士人議政，堵不如疏，眼下之所以流言非議四起，都是因爲有士人投機取巧之故。據微臣所知，各部的尚書、侍郎，還有三省各郎官、令官在府邸裏都設了清館，供士子們喝茶閒談，這些士子見了機會，也大多依附於諸位部堂，以作將來晉身的階梯。長此以往，這清議輿論豈不是悉數由朝中的諸位大臣左右？言出私門，於國無益，何不如下一道旨意，嚴禁大臣結社養士。至於士子清議，該由朝廷自己來辦，倒不如建一個諮政局，委派官吏管理，每年調撥茶水、筆墨款項，讓士子們到那裏去議政。一來嘛，朝廷對士子便於管理一些，議政就議政，省得讓他們非議到宮中去。二來，言出公門，至少不會有不肖之徒挑撥是非。再者，士人們說的話也不是全無道理，每月可以將他們言論匯總起來，呈報到宮裏去，宮中閒暇時也可以看看，或許對執政大有助益也不一定。」

沈傲的話倒也有幾分道理，比如那程江，便設立一個清風館，那些所謂的名士趨之若鶩，其實都是存著私心，想趁機和程江搭上關係，程江有他的喜好，也有他的利益，大家說的話，當然是以程江馬首是瞻的，若是設諮政局，雖說這樣的事不能杜絕，卻也算不小的進步。再者管理起來也方便一些，不會像今日這般無序。最重要的是，士子們有了直陳宮中的權利，而宮中也可以挑一些陳詞採納，也算是宮中和士人之間多了一個互動的通道，省得到時候有人說你偏聽偏信。

趙佶頷首點頭道：「這樣也好，諮政局就掛在御史台下頭，朕先讓三省那邊議一議，讓他們上一道章程來。」

說罷叫人給沈傲上茶，笑道：「這是晉王送來的武陵劍蘭，味道極好，你喝喝看。」

沈傲茶喝多了，也略懂幾分茶道，小心地吹開茶沫，輕飲一口，回味一下，不由笑道：「鮮爽醇和、滋味綿長，好茶。晉王這幾日怎麼這麼安分？竟是給陛下送茶來了？」

晉王的性子一向古怪，平時吝嗇得很，這個時候突然如此大方，無事獻殷勤，非奸即盜啊！沈傲繼續淡笑道：「晉王肯定有事相請了。」

趙佶哂然一笑道：「被你說中了，清河郡主的年歲也是不小了，晉王正琢磨著朕給清河找一門婚事，這多半是王妃的心思。清河最愛胡鬧，早早嫁出去相夫教子，說不準心性能好一些。」

宗室婚娶都繞不過宮裏頭，大多都是由內廷發旨意才成的。

沈傲不由莞爾，忍不住道：「清河郡主最好作畫，要選的夫家，也要找個畫技好的才是。」心裏在吶喊，本王爺風流倜儻，畫技無出其右，當然是本王最合適。

趙佶頷首點頭道：「所以朕也爲難，和母后商量了許多人選。」隨即哂然笑道：

「也罷，這是母后操心的事，朕到時候擬旨意就是了。」

接著又說了會兒泉州的事。泉州因爲整肅了一下，再加上下海的多，沈傲預計，一年的商稅便可得四千萬貫，此後還會更多，趙佶聽了，也是歡喜無限，從前泉州一年稅收也不過六七百萬貫，沈傲這一去，便翻了不知多少倍，府庫裏有了盈餘，將來做事也容易了許多。

臨末了，趙佶突然面容一肅，道：「清議的事，到底和東宮有沒有干係？」

這一句話問得嚴厲，問話的同時，趙佶的眼眸閃過一絲冷冽。

沈傲深吸口氣，慢吞吞地道：「陛下，東宮有沒有干係不知道，微臣只知道吏部尙書程江與太子交好，程江的清風館，胡言亂語也是最多。太子是不是授意，哪裡會有證據？或許是這些人投其所好，刻意要巴結太子也不一定。」

趙佶冷哼一聲道：「只是這樣倒也罷了，可要是東宮授意，朕真不知該如何是好，朕這麼多兒子，卻沒幾個體恤朕的，真是讓人心寒得很。」

沈傲抿嘴不語，這時候說得太多反而會壞事，只有讓趙佶充分發揮自己的想像了。

趙佶沉思了一下：「朕現在想來，東宮那裏，有些怨言也是應當的。」嘆了口氣繼續道：「朕確實薄待了他，可是他爲何不肯直截了當說出來，卻要慫恿下頭去滋事？這般做，天家還有顏面嗎？要將朕這個父親置於何地？」

他先是有一些愧疚，漸漸又不悅起來，冷哼道：「看似忠直，卻是大奸若忠，他的心機不淺呢。楊戩，擬個中旨去，讓太子搬到東宮去住，設太子屬官，一應器具讓宮中備齊了送過去。他想要的不就是這個嗎？朕給他就是，何必要繞這個彎子！」

楊戩低聲道：「陛下，東宮屬官是不是由三省那邊擬定？」

趙佶沉默了一下，冷聲道：「沈傲，這個太子太傅你來擔著，他不是要屬官嗎？朕給他。」

沈傲一時無語，讓自己去做太子太傅？雖說這個也是虛銜，可是照例還是要去和趙恆碰頭的，再見他，會不會有點不好意思？沈傲不由地在心裏感慨，趙佶果然腹黑，這種事虧他想得出，擺明了是讓自己去盯著東宮。

趙佶嘆了口氣，端起一杯茶盞，道：「好了，朕累了，你去太后那邊說話吧，太后許久沒見你，或許有話說也不一定。」

沈傲知道趙佶此時心情不好，也不再說什麼，躬身退出文景閣，到景泰宮去了一趟，太后正在打雀兒牌，要叫沈傲頂替淑妃的位置，沈傲婉拒了，說是時候不早，只是來問問安就走。等從宮裏出來，已是疲倦不已，騎著馬直接回家歇息。

第四十章 你能不能娶我？

沈傲翻身上去，正要走，後頭趙紫蘅追上來，道：
「我還有一句話和你說。」沈傲撥馬回頭，
趙紫蘅已經氣喘吁吁地在馬下嬌喘，低聲道：
「若是有機會，你能不能娶我？只有你最不討厭。」

在家歇養了幾日，城中倒沒有什麼大事，只有一個消息說是要建諮政局，讓士人們聚會清談，由御史台兼領著。這個消息在坊間沒什麼熱議，倒是士人又開始竊竊私語起來。

諮政局的好處是顯而易見的，至少自己的言論有了通天的機會，況且還提供茶水、糕點，有空閒就可以去坐坐。

在沈傲看來，這是預料之中的事，所以聽了外頭的流言，也只是哂然一笑，不去理會。

這一日清早，他謊稱自己去武備學堂，卻是騎著馬，帶著幾個護衛直接往晉王府而去。上一次答應趙紫蘅給她作畫，再不去，這丫頭肯定是要鬧到家裏的，與其這樣，倒不如自投羅網。

到了晉王府，自然先是拜謁晉王。沈傲原以爲晉王或許去哪裡瘋了，誰知這時候竟還在府上，門房接了名刺，立即將沈傲迎進去，等到了正殿，便看到晉王趙宗坐在首位上，一副雲淡風輕的樣子，捧著一盞茶水正要飲茶。

沈傲不由一呆，這晉王的性子他是最清楚的，這個樣子，完全顛覆了沈傲之前對他的印象。

趙宗正正經經地道：「請坐。」

沈傲感覺氣氛怪異，只好坐下，呵呵一笑，寒暄了一陣，晉王對答如流，言語更是莊重不少，不知道的，還當他是徽宗朝一代賢王了。

沈傲見氣氛總是化不開，便呵呵笑道：「前幾日聽說城郊有個好去處，有人拿賽馬來博彩，倒是挺有意思，晉王若是有閒，我們一道去湊湊熱鬧如何？」

趙宗眼眸先是掠過一絲欣喜，可是隨即又板起了面孔，莊重無比地道：「沈傲，不管怎麼說，你也已經貴爲蓬萊郡王，位高權重，干係重大，本王有幾句話不吐不快。身爲人臣，報效都來不及，爲了咱們大宋，更該盡心竭力，這個時候，怎麼還能想著遊樂之事？」

說罷下頷抬起，眼角四十五度引向房梁，手輕輕捏著頷下的長鬚，一副憂國憂民的樣子：「吾輩粉身碎骨報效朝廷，爲君父分憂，這是理所應當的事。耽於遊樂，不思進取，尸位素餐，與行屍走肉何異？」

好高尚的情操啊！沈傲聽得目瞪口呆，再看看那宛若聖人狀的趙宗，一句話都說不出來。

趙宗隨即淡然一笑，吁了口氣，苦口婆心地道：「沈傲，你記住本王的話，人生短暫，不能沉迷聲色，否則臨到老來，一定悔之不及。」

沈傲聽不下去了，什麼東西，老子教訓你才是。連忙道：「今日來，是來看看紫蘅的，紫蘅在不在？我有話和她說。」

趙宗撣撣身上的灰塵，曲高和寡地笑道：「你去吧，我還要看看書。」

沈傲眼角一瞥，看到趙宗邊上的桌几上，還真有一本書躺在那裏，認真辨認，居然是《中庸》。心想：「晉王都看起《中庸》了，這還有沒有人性！」

從正殿裏出來，長吐了口氣，叫了個小太監過來，問了趙紫蘅的住處，讓他領著自己去。等到了一處閣樓，沈傲停下，叫那小太監去傳報。

過了一會兒，那閣樓上的窗子支開，趙紫蘅的俏臉探出來，朝沈傲招手：「快上來。」

沈傲進去，先是到了一處四壁擺滿了畫的小廳，隨即登上二樓，鼻尖便聞到一股淡淡的茉莉清香，小閣樓裏很雅靜別致，每一樣東西都陳設的妥妥貼貼，想不到趙紫蘅居然有這般的細心。

趙紫蘅飛快地要撲過來，蓮足快走了兩步，突然想到什麼，才發現自己已不再是從前的小女孩，羞怯地止步，隔著一丈的距離皺著鼻子道：「你再不來，我還要去尋你呢，說了話又不算數。」

沈傲一屁股尋了個錦墩坐下，愜意地道：「誰說話不算數。」說著，學著方才晉王的樣子，下巴抬起，仰角四十五度：「吾輩粉身碎骨報效朝廷，爲君父分憂，是理所應當的事。就這，還是我日理萬機埋首公案抽出來的時間。」

趙紫蘅吃吃笑道：「你還騙我，你這幾日都在家裏不出門，還陪著你那幾個夫人去了四方齋一趟，哪裡有什麼爲君父分憂？爲你自己分憂才是。」

沈傲訕訕然道：「想不到郡主在日理萬機之中，也能抽出時間來打探我的消息，真讓人感動。」

趙紫蘅臉頰上飛起一抹嫣紅，啐了一口道：「誰要打探你的消息，下頭的人胡說，我胡亂聽來的。」

沈傲瞪大眼睛：「那更是不得了了，想不到晉王府中藏龍臥虎，端茶遞水的耳目也這般靈通。」

趙紫蘅板起臉：「不許取笑，誰和你嬉皮笑臉，你還當我是小孩兒一樣哄嗎？」

沈傲立即板起臉來，眼珠子亂轉，心裏想，那就把你當大孩子哄。

閣內的氣氛一下子有些局促，沈傲倒沒什麼，只是找不到說辭，趙紫蘅卻是胸口起伏，顯得有些緊張，想說幾句輕鬆的話，可是發覺不似從前那樣肆無忌憚了。

沈傲打破尷尬，隨口問道：「晉王今日怎麼這般古怪？好像很正經的樣子。」

趙紫蘅瞥了他一眼，似有些羞於啓齒：「不告訴你。」

沈傲更是好奇：「莫非是他……」

趙紫蘅繃著臉：「不許胡猜。」想了想，又覺得從前的心事也和沈傲說過，也沒什麼打緊的，期期艾艾地道：「我娘說，只有最親近的人才能說，你要不要聽？」

沈傲立即捶胸頓足道：「你不說，不就是說我們很生分嗎？好吧，既然郡主不念舊情，沈某人也不能厚著臉皮繼續待下去了，告辭。」

趙紫蘅氣鼓鼓地道：「只是問你要不要聽，你偏生要氣我。」

沈傲呵呵一笑：「那沈某人洗耳恭聽。」

趙紫蘅期期艾艾地道：「我父王他……他去了萬花樓……」

萬花樓……沈傲張口想說那地方我也去過，汴京第一青樓嘛，王爺去瀟灑一下有什麼打緊？突然又有些不對，發現這小妮子似是在觀察自己，莫非……

沈傲立即板起臉，很天真很純潔的樣子道：「萬花樓是什麼去處？我怎麼聽都未聽過？噢，王妃最愛種花，王爺是去萬花樓購花，討王妃高興了，是不是？」

趙紫蘅撥浪鼓似地搖頭，這時候差點忘了羞澀，脫口而出道：「不是的，不是的，萬花樓是青樓，父王吃了豬油蒙了心，被人一哄，便跟著人去了。」

沈傲驚訝地道：「王爺居然是這樣的人？哎呀呀，真是該死，男子漢大丈夫立身於世，該當恪守自己的名節，注意自己的行爲檢點才是，他怎麼能這樣？實在是太壞了，聽得我的心肝兒都在顫抖，這樣的人，我以後再不敢和他交朋友了，以後一定要躲著他走。」

趙紫蘅連忙維護道：「不是的，我父王只是被人帶了去，他也是一時好奇，後來母妃知道了，立即帶了人把他提回來，爲了這個，母妃現在還沒理父王呢，父王這幾日乖了許多，連門都不敢出去，天天在家裏讀書。」

沈傲一時訝然，心裏忍不住道，王妃好厲害的手腕，娶了這樣的妻子，真不知是福是禍。呵呵笑道：「知錯能改，善莫大焉，算了，我就原諒你父王了，郡主不是要我畫畫嗎？拿筆墨紙硯來，本王要動筆了。」

趙紫蘅輕快地去端來筆墨，然後將一幅空白的紙展開。

沈傲提起筆，愜意地笑道：「紫蘅，磨墨。」

趙紫蘅撅起嘴：「爲什麼讓我來？」

沈傲露出一副隨時拋筆的樣子，趙紫蘅立即投降，咂舌道：「怕了你，大畫師。」

沈傲認真地糾正她：「錯了，是滿腹經綸、學富五車，英俊瀟灑，年少多金的大畫師。」

趙紫蘅低笑道：「還是嬌妻如雲的大畫師嗎？」

沈傲與她的目光相對，明顯地感到她的眸光中有一種異樣的感覺，不由地哈哈一笑，尷尬地道：「郡主真愛說笑，和官家比起來，本畫師慚愧至極。」

趙紫蘅不知從哪裡來的勇氣，輕輕地捏了沈傲胳膊一把，嗔怒道：「你還想要後宮佳麗三千？真是可恨。」

沈傲哎喲一聲，手裏的筆一時拿不住，一下子掉到了畫紙上，趙紫蘅嚇了一跳，連忙道：「怎麼了？很疼嗎？」

沈傲揉了揉小臂，呵呵一笑道：「疼是不疼，只是不適應了，從前你總是這樣擰我，那個時候你的力氣沒有這般大。」

趙紫蘅臉色緋紅，旋過身去，不讓沈傲看她的臉色：「哪裡有，你胡說。」

沈傲較勁道：「我哪裡胡說，你不但擰我，還天天和我打架呢，不過那時候雖然吵吵鬧鬧，卻很讓人難忘，以後大概是不會再有了。」

沈傲吁了口氣，提起筆來，蘸了墨，隨即凝望了若有所思的趙紫蘅一眼，目光又落回紙上，凝神下筆，那一對在污濁中漸漸蒙塵的眸子，此刻變得格外的清澈，彷彿世間再沒有那個武備學堂的沈楞子，再沒有心狠手辣的蓬萊郡王，只有沈傲，一個作畫的沈傲。那一隻手，保養得並不白皙，卻是靈動無比，隨著眸光的跳躍，將白紙染上色彩。

他突然沉眉，劍眉正中的眉宇處微微皺起細微的皺紋，連帶著堅挺的鼻尖也不由拉長了一些，猶如一個淘氣的孩子，突然露出一絲狡黠的眸光，隨即呵呵一笑，一手挽著下筆的長袖，一手壓下筆去，在紙上點墨。

有時他會深深呼吸，下巴微抬，一雙眼睛去看閣樓木窗外探出頭來的樹枝枝椏，枝椏在風中搖曳，沙沙作響，他不由地吟道：「樹影婆娑恰是豐盈腰肢……」後面的話就聽不甚清了。

趙紫蘅睜著大眼，漆黑的瞳孔隨著沈傲目光落在樹影上，聽他胡說八道，俏臉緋紅，低聲喃喃一句：「將我比作樹，該……」後面一句打字停在貝齒之間，沒有吐露出來，眼睛又落在那張認真忘我的臉上。

趙紫蘅依稀記得，那個時候，他還是少年的時候，也是這般的作畫，也是這樣的認真，只是那時候的她，一心只看他如何下筆，如何佈局，如何用縝密的心思去染出遠近的層次感。可是今日，她有點兒心不在焉，總是走神，看了畫，又忍不住偷偷去瞧沈傲臉上的鄭重模樣，有時候覺得好笑，有時候思緒飛開，等她回過神來，嫣紅的臉上，突然有了幾分異樣。

不知過了多久，樹影從西向東邊斜去，明亮的天空漸漸黯淡無光，沈傲突然吁了口氣，直起腰來，不自覺地用袖子去擦乾了額頭上的汗珠，渾身輕鬆的坐在身後的長椅上。

趙紫蘅探頭去看畫，畫中有個美人兒，站在一處淙淙的流水畔，纖細的腰肢微微挽起，雙手合攏，似要俯身去掬水，整個人盈盈若仙子一般，莊重美麗。

神。

「一點都不像我。」趙紫蘅撅起嘴，可是畫中的人兒也是美極了，讓她一時失了

沈傲在一旁道：「郡主，如何？」

趙紫蘅道：「她哪裡像我？我明明不是這個樣子的，眉宇雖有神似，倒是像我母妃。」

沈傲湊過去一看，不由訕訕笑道：「你不說，還真的是。你且等一等，待會兒就像你了。」

待會兒……趙紫蘅顯然不信，注目繼續去看畫。這時候墨跡快要乾了，窗外的風兒沙沙灌進來一些，整幅畫似乎並沒有什麼變化，只是這時候，那畫中美人的眼睛卻因爲風乾，墨跡逐漸變得越來越濃，沈傲最後點睛的時候，似乎刻意地重重點了一下，四周的墨汁漸漸的聚集在那凹陷處，等到風乾時，立即變得濃重無比。

趙紫蘅一下子被這眼睛吸引了，這眼睛分外的漆黑，卻又顯得分外的明亮，眼眸的深邃處，似乎並沒有盯在淙淙溪水上，好像是盯在河岸，無形之中，一種俏皮之感躍然紙上。

趙紫蘅訝然道：「現在像了，像極了。天啊，原來要風乾之後才像。」

沈傲淡淡一笑，吁了口氣，這種畫法，結合了後世的一種街頭畫法，大致就是經過

物理化學反應之後，整幅畫由於之前的處理，等風乾之後，墨水滴在一起，使人物更加飽滿。

沈傲也是第一次運用，這種雕蟲小技和人玩玩也就是了，實在登不得大雅之堂，若是讓趙佶看到，多半又要捶胸頓足，訓斥一頓。

可是趙紫蘅圖個新鮮，卻是快活極了；圍著畫仔細端詳，又叫又笑，最後才是小心翼翼地將畫收好，珍藏起來，帶著嫣然喜色道：「你這次假如畫得沒有安寧姐姐美，我一定不饒你的。好吧，算你過關了。」

沈傲假裝驚喜道：「是嗎？我過關了，我過關了。」樣子比范進中舉還要喜悅。

趙紫蘅吃吃笑道：「你最喜歡裝腔作勢，方才和你說，不要把我當小孩兒來哄，我……我已經長大了。」

沈傲板起臉左看右看，端詳起來，趙紫蘅很不好意思地回避沈傲的目光，道：「看什麼看？」

沈傲認真地頷首：「確實長大了，可以嫁人了，難怪昨日陛下說起這個，說是你父王一門心思想招婿。」

趙紫蘅羞怯地道：「胡說，我才不嫁人，一輩子都不嫁。」

沈傲道：「這怎麼行？你不嫁，這般嬌滴滴的小美人兒，豈不是暴殄天物？」

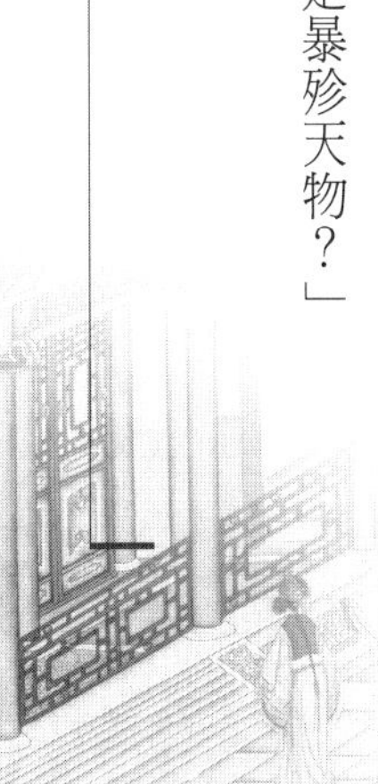

趙紫蘅抬眸與沈傲對視，很有勇氣地問：「那你說，是蓁蓁美還是我美？」

沈傲心想，女人果然都是小心眼兒，蓁蓁的事情，她居然還記得。短暫地猶豫了一下，沈傲才道：「你不生氣的時候就更美一些。」

趙紫蘅反而無所適從了：「你胡說，我才不會這麼容易生氣，只有你惹我的時候。」

沈傲哂然一笑，突然發覺從前的趙紫蘅和現在的趙紫蘅沒有什麼不同，拋去了僞裝，還是那個長不大的小妮子。

這時候聽到外面窸窣的腳步聲，二人都是驚了一下，各自退開了一步，保持了距離，隨即默契地對視一眼，都是失笑起來。

有人走上樓來，老遠就在說：「笑什麼？有什麼可笑的？」

趙宗走上來，板著個臉孔，皺眉道：「怎麼沒人在一旁伺候？人都哪裡去了？」這句話的言外之意是，怎麼沒有人在這裏盯著，萬一姓沈的勾引我家女兒怎麼辦！

沈傲識趣地道：「咳咳……畫作好了，我告辭。」說罷，舉步要走。

趙紫蘅咂舌道：「我送你。」

趙宗攔住趙紫蘅，帶著幾分威嚴地道：「成何體統，孤男寡女豈能相送？女兒啊，連你爹都讀起四書五經了，你也該看看女四書，懂點規矩。」

趙紫蘅道：「送送都不成嗎？爹爹來了朋友不是也要送出去嗎？」

趙宗咳嗽一聲，覺得這份威嚴裝不下去了，只好道：「限你一炷香的時間，爲父等下要教你爲人的道理。」

趙紫蘅拉著沈傲的手道：「我們走。」

趙宗如被蜜蜂螫了一下：「手，手……」

趙紫蘅已經拉著沈傲走了，沈傲還在叫：「晉王，對不住。」

趙宗搖頭跌足：「成何體統，成何體統！」說罷坐下，看到畫筒裏有一幅新畫，立即展開來，一看到畫中的少女，又是跌足長嘆：「成何體統，成何體統……」氣呼呼地坐下，突然想到什麼，又氣定神閒起來，從袖子裏捧出一本書來，搖頭晃腦地讀著：「毋自欺也。如惡惡臭，如好好色，此之謂自謙。故君子必慎其獨也，惟意不必如其心之正，故於獨而必慎以誠……」

趙紫蘅拉著沈傲到了門口，臉色緋紅地鬆手，沈傲苦笑道：「晉王好大的火氣，像想要吃了我似的。」

趙紫蘅道：「你……你下次是不是不敢來了？」

沈傲想了想道：「有什麼不敢的？」

趙紫蘅仰起臉，呵呵地笑道：「我爹會打你的。」

沈傲道：「我皮厚，不怕打。」

趙紫蘅咬著唇，垂下頭道：「其實我爹說得也很對，我們孤男寡女的，這樣見面總是不好，如果我嫁……嫁了出去，以後就再也不能見面了。那個時候，你會想我嗎？」

沈傲苦笑道：「想別人的妻子，好像禮法不容……」見趙紫蘅略帶些失望，隨即一笑道：「騙你的，清河郡主便是想讓我忘記也忘不掉。」

趙紫蘅朝他眨眼道：「我也會想著你的。」

沈傲摸摸鼻子，大是汗顏，這算不算姦夫淫婦？只是不知哪個悲慘的傢伙會做這妮子的丈夫。

趙紫蘅道：「那我們約好，就算是我嫁了出去，你也一定要來看我。」

沈傲道：「這怎麼行？你丈夫會氣得上吊自殺的。」

趙紫蘅滿是不屑地道：「不管他，他死了更好。」

沈傲不由地又笑了起來，盯著她俏皮的臉蛋道：「那不如你隨我私奔吧，我偷偷帶你走，讓你的夫婿再也尋不到你。」

趙紫蘅想了想道：「這樣會被人取笑的。」

咦，她居然還知道會被人取笑？沈傲訕然一笑道：「不管怎麼說，紫蘅，你是我今生最難忘的人……」沈傲注視著她，最後低低地道：「之一。」只是這兩個字輕聲出來，幾乎可以忽略不計。

「我一定會記著你，記著你擰我的手，記著你威脅利誘的模樣。」

趙紫蘅大叫道：「你好記仇，我只是輕輕地捏了一下而已。」隨即道：「好吧，我也會記著你，記著你叫我去給蓁蓁送花，記著你捉弄我。」

沈傲頷首點頭，道：「那我走了。」說罷，旋身出了晉王府，心裏有一種朦朧的歡快，許多的記憶不禁地湧了上來，這時回味這些記憶，讓沈傲感到深深的溫馨。

在門口等候多時的護衛已經給沈傲牽來了馬，沈傲翻身上去，正要走，後頭趙紫蘅追上來，道：「我還有一句話和你說。」

沈傲撥馬回頭，趙紫蘅已經氣喘吁吁地在馬下嬌喘，低聲道：「若是有機會，你能不能娶我？只有你最不討厭。」

沈傲愣了一下，心裏想，只怕再也沒有機會了，世上豈有公主、郡主一齊入門的道理？這件事報到宮中去，肯定是跳腳反對的，天家的顏面還要不要？可是看到趙紫蘅那期盼的樣子，心裏不忍，強笑道：「如果有機會，我一定會娶你。」

趙紫蘅笑了，微暈紅潮一現，拂向桃腮，兩頰笑渦霞光蕩漾，一雙清澈的眸子盯住他，彷彿要將他的話和他的樣子都牢牢記住，重重點頭道：「嗯，你不許耍賴！」

沈傲已經帶著護衛越走越遠，趙紫蘅卻還呆呆地站在門房處，一時呆住了。

沈傲打著馬，不肯回頭，偷偷對一個護衛道：「快看看，郡主還在不在後面。」

護衛立即回頭，咂了咂舌道：「還在，一直看著王爺的背影。」

沈傲道：「那我要不要回眸去看看，以示一下禮貌？」

護衛立即不說話了，心裏腹誹，王爺拈花惹草，居然還問起我來？

沈傲感慨了一下，琢磨著心事，撥馬拐過了一條街角，才回頭去看，街角後頭空蕩蕩的，黃昏的光線照耀在屋瓦上，折射下的光芒更是黯淡蒼涼。沈傲不由地搖了搖頭，失笑了一下，便打馬回家。

幾個妻子正張羅著晚飯，人多熱鬧，每個人都做了一盤點心，就等沈傲回來品嘗，沈傲呵呵一笑，愜意地坐在座椅上，心裏想，人生如此，夫復何求。可是隨即心裏不由自主地想到了趙紫蘅，這時候的她會怎麼想？那一句話是不是當真的？若真是這樣，自己就該死了，自己已經有幾個妻子，而她，思念且爲之相信的，只有自己一人吧！

沈傲嘆了口氣，黯然的神色被安寧捕捉到了，安寧輕輕地笑道：「怎麼？又遇到不順心的事？」

沈傲不自覺地道：「今日撞到清河了，她問了我一件事。」

安寧笑呵呵地問：「她問了什麼，讓你如此心神不屬的？」

沈傲仰起臉道：「你會娶我嗎？」

安寧一時愕然，隨即埋頭去整理碗碟，只是她這樣的尊貴身分，平時哪裡會去做這等活計，一時又心不在焉，手中一個雕花碗失手，朝她腳上砸去，蓁蓁最先看到動靜，忍不住發出一陣驚呼。

沈傲手再快也晚了，輕輕將安寧推開，瓷碗砸在地上，碎裂成數瓣濺開，一片瓦爍飛濺到沈傲要去撿的手上，立即豁開一個口子，鮮血汩汩流出來，流得滿手都是。

安寧嚇得臉色煞白，一下子撲過去，挽住沈傲的手，顯得手足無措。

蓁蓁、若兒、茉兒、春兒也一齊過來，還是春兒最是鎮定，道：「劉勝，快去找大夫。」

沈傲呵呵笑道：「平時都是我欺負人，今日卻被一隻碗欺負了，不成，不成，我太生氣了，劉勝，你去尋一百隻碗來，我要一個個砸了，看它們還敢不敢欺負我。」

安寧蹙著眉，淚水婆娑地道：「都是我不對，我不該……」

沈傲反過來安慰她，朝她露齒笑道：「不，是我不對，不該和你說那個。」

等大夫過來，敷了草藥，包紮了傷口，沈傲又活蹦亂跳起來，安寧拉著他到一處角落，認真地道：「紫蘅就是這個性子，這種話，以前我也想問你，可是……可是……」

安寧羞怯地道：「我問不出，唯有我這個宗室妹妹才有這個膽子說出口。我很佩服她，若是能像她一樣把心裏的話說出來，該有多好。」她拉著腰肢上的蝴蝶結，揉捏了幾下，繼續道：「那我問你，你會娶紫蘅嗎？」

沈傲猶豫了一下，道：「不知道，我當時不忍心，答應了她，可是現在亂糟糟的，無從下手。」

安寧仰起臉來，俏臉分外的嫣紅，朝他輕輕一笑道：「大丈夫怎麼能失信於人？安寧的丈夫，應當是言出必行的男兒。」

沈傲挽著她的手正要說話，身後便傳出鶯鶯燕燕的笑聲，竟發現所有人都來了，在偷聽自己和安寧說話，沈傲瞪大眼睛，學著晉王的樣子，捶胸跌足道：「成何體統，成何體統。」

周若率先蓮步過來：「就知道你打什麼主意，知道安寧妹妹心軟，所以先徵得她的同意。」

蓁蓁狐媚一笑道：「這叫上兵伐謀，我家夫君還懂得迂迴轉進呢。」

茉兒也是失笑：「安寧是最好哄的，這叫知己知彼，先攻陷安寧，再徐徐圖之。」

春兒只是吟笑，抿著嘴不說話。

沈傲立即大聲辯護道：「你們說的，我全然不懂，隨你們怎麼說。」

安寧跺了跺腳，道：「我再不信他了。」說是這樣說，望向沈傲的眼神卻是鼓勵。

蓁蓁道：「夫君就不要浪費心機在家裏了，要娶那個小妮子入門，哪有這般容易？有這心機，不如用到宮裏去。」

沈傲頓感失敗，明明自己沒有心機的，就算有心機，那也只是一丁點，怎麼說得自己好像很狡猾的樣子。

夜裏，沈傲到唐茉兒那兒睡下，唐茉兒睜著眼道：「清河郡主的性子素來愛胡鬧，入了門，不知道會成什麼樣子。」

沈傲抱著她，不說話，心裏自然知道連唐茉兒這樣的女君子也有醋意，女人終究是一樣的。

唐茉兒道：「你為什麼不說話？」

沈傲道：「不會，連晉王都看四書五經了，說明世上任何人都可以挽救，等她真要入了門，肯定要她乖乖做茉兒的門生，教她讀女四書，做一個乖乖的小妻子。」

茉兒淡笑道：「我才不要收門生，我又不是先生。」

沈傲輕撫著她的小腹道：「這叫女承父業，唐老丈人收的，為何唐小先生收不得？不但要收，還要比唐老丈人教得更好，氣一氣他。」

唐茉兒咯咯低笑，不知是沈傲觸到了她的癢處還是被他的話逗笑了，打開他的手道：「他爹是不是很厲害？我聽說，汴京城裏有四害，排名第二的就是他爹。」

沈傲愣了一下，好奇地問道：「第一是誰？」

唐茉兒側身對著沈傲的臉，黑暗中看得不清楚，輕笑道：「自然是我家夫君。」

沈傲立即咒罵：「一定是那些混賬士人罵出來的，難怪上一次晉王打了一個書呆子，我若是撞到了，也打他一頓。」

唐茉兒道：「夫君莫忘了，你也是讀書人。」

沈傲尷尬一笑道：「我不一樣，我是人精，讀書只是我的副業，我的主業是娶妻子，娶很多像茉兒這樣的好妻子，沒有茉兒美的，我看都不看一眼。好茉兒，爲夫最近上火了，我們消消火吧。」

唐茉兒在被窩裏蜷起身子：「不許！去尋你的紫蘅去。」

沈傲急不可耐的無從下手：「這是什麼話，紫蘅是紫蘅，茉兒是茉兒。」

黑暗中，唐茉兒的臉突然湊過來，在沈傲的胸膛咬了一口，沈傲哎喲一聲，便聽到茉兒道：「你記住這句話。」

沈傲埋怨道：「怎麼你們都這樣，動手動腳的。」

「你們是誰？」

「你們就是你們，一般是稱呼說話的對方，通常情況爲第二人稱。專指兩個或兩個人以上……」

「不許轉移話題。」

「茉兒……你是女君子啊，是我最敬仰的妻子，怎麼也這般……」

「這般什麼……」

「這般嬌小可愛，讓人忍不住一親芳澤了。」

「胡說……」

櫻唇被一張大口捂住，鼻息漸漸粗重……

第四十一章 潘朵拉的盒子

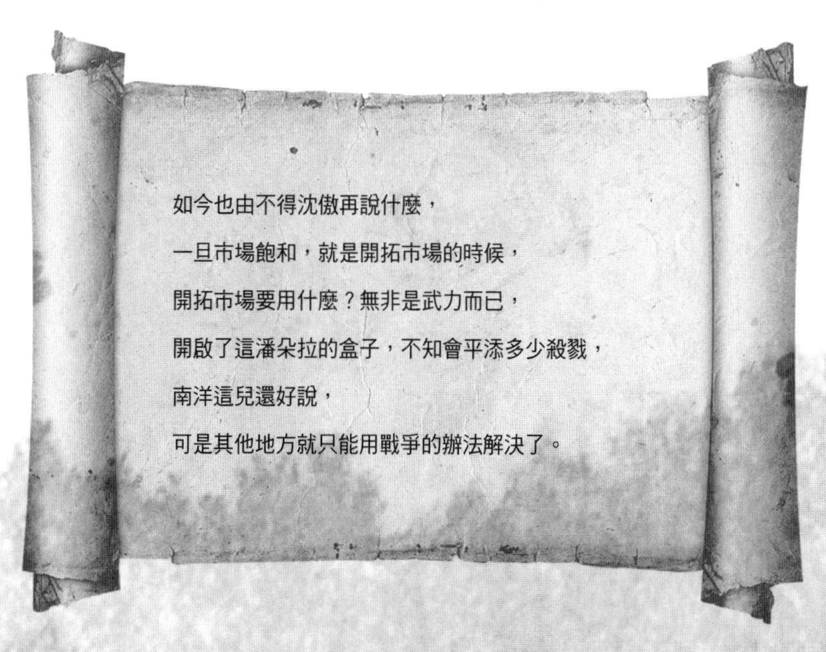

如今也由不得沈傲再說什麼，

一旦市場飽和，就是開拓市場的時候，

開拓市場要用什麼？無非是武力而已，

開啟了這潘朵拉的盒子，不知會平添多少殺戮，

南洋這兒還好說，

可是其他地方就只能用戰爭的辦法解決了。

清早起來，沈傲神清氣爽，任由唐茉兒擺佈穿著公服，昨天夜裏糾纏個不休，可是天一亮，唐茉兒便恢復了知書達理的模樣，挽著端莊的髮鬢，用手捋去凌亂的幾縷髮絲，不忘囑咐道：「中午早些回來吃飯，路上帶點糕點去，騎馬要看路，不要撞了路人。」突然剜了沈傲一眼，又道：「不許拈花惹草。」

沈傲大是冤枉地道：「茉兒先生，爲夫是去武備學堂，全是一群粗漢，哪裡有花草給我拈？」

茉兒臉上嫣紅，道：「誰知道你！」

穿戴畢了，茉兒輕輕湊在沈傲身側低聲道：「紫蘅真要過門了，我就做她的先生，到時候打她的手心，你可不要心疼。」

沈傲聽出茉兒的話外音，喜滋滋地道：「茉兒真好，總是這樣善解人意。」

唐茉兒輕輕咬唇道：「我倒是想做個妒婦，學那房夫人好好教訓你，可是做不來，又有什麼辦法？」

所謂的房夫人，就是前唐宰相房玄齡的夫人，據說有一天早朝已畢，房玄齡卻在朝中徘徊不回家，唐太宗很奇怪，問他，只聽他說，請皇上下旨令他的夫人不要生氣，他才敢回家，太宗聽了大吃一驚，沒想到房玄齡竟怕老婆到這種程度。

於是，爲了替他的大臣出一口氣，太宗就賜給他美姬，房玄齡當然是不敢要的，太宗就要皇后出馬勸說房玄齡的妻子，自然也是碰了一鼻子的灰；太宗大怒，便賜房夫人鴆酒說：「你要活嘛，就不要妒嫉，若要妒嫉，那就飲此毒酒去死吧！」以為這樣就可以嚇倒她的太宗，只見房夫人二話不說，將毒酒接過來，一口飲下。

看到這種情形的太宗，心裏大為驚駭，嘆道：「此等女子我尚畏之，何況玄齡？」當然，太宗並不是真要她死，只是拿了濃醋嚇唬她，沒想到卻嚇著了自己和眾人，而將嫉妒說成「吃醋」的典故也由此而來。

沈傲悻悻然地道了別，走出房去，叫劉勝備了馬，一路騎馬一路想：「若是我撞了房夫人，好好調教一下，說不準又是一個賢淑良婦呢！」說著，得意地笑了起來。

打馬就要到武備學堂，前頭許多人聚攏在一起議論，沈傲好奇，在學堂門口下了馬，問一個在外頭值守的校尉：「怎麼回事？這麼多人聚集？」

校尉道：「蔡家說是去提親，過去了一支提親的隊伍。」

沈傲道：「蔡京那老東西要成親？」

校尉立即咳嗽，道：「是蔡家一個叫蔡行的，要去晉王府。」

沈傲臉上閃露出詫異，隨即道：「這種坊間流言也信？不要理會。」接著滿腹心事地踱步進武備學堂。

武備學堂大致已進入正軌，眼下又是第三期校尉招募，因此教官、博士都是忙碌得很，沈傲到了明武堂，看到周處低頭提筆，正在皺著眉寫東西，雖是教官，夜課他也不能偷懶，要跟著去上，對他這種大老粗，識文斷字真要了他的老命，這半年多的磨礪，總算大體能讀能寫，這時候正在纂寫水師校尉招募的章程。

見了沈傲過來，周處立即拋筆，大咧咧地道：「王爺。」

沈傲笑道：「你忙你的。」說罷坐到自己案牘上，看了沉積多時的公文，一個時辰過去，才發現周處已經悄悄走了，伸了個懶腰，招了幾個博士過來問了話，無非是督促幾句，便道：「明年這個時候，第一批的校尉就要外放了，先放到馬軍司那邊。」

博士點了點頭。接著，沈傲又過問蓬萊軍港和戰船訂製的事，如今大批的錢揮霍出去，蓬萊那兒已招募了七萬工匠日夜趕工，如火如荼，再加上朝廷和沈傲又再三派人監督督促，幾個監造都拍了胸脯，保證年前能夠竣工，大致能先建出七條碼頭來，還有陸上的營房、水寨都可以備齊，停泊千艘大船不成問題。其他的，只能慢慢擴建了。

真正麻煩的是戰船，如今各大口岸不止是戰船，商船也是緊俏得很，那些熟練的工匠在船塢裏是緊手貨，到處都在招募，朝廷要造船，招募起來費勁得很，原本預定年內要造出的船，只怕要再延後一下。

便是水師的招募，也都遇到難題；有本事的，都肯去做水手，畢竟做水手的月錢高些，也沒有什麼性命之虞，而水兵的餉銀再高，也有個頂，且跟著誰的船跑不是跑？何必要吃當兵這口飯。

沈傲只能下條子給戶部敦促一下，教各級官府貼出公示，儘量招募年輕體壯的勞力。其實勞力早就緊缺了，船塢需要人手，出海需要人手，窯廠、種桑、絲坊都需要人手，原本各府各縣的流民都往口岸那邊湧，據說在蘇杭，一座絲坊的規模竟可以達到幾千人，且是家家戶戶作繭生絲，連一些婦人都肯去那裡做活。

大量的絲綢和瓷器都是供應出口的，海貿不斷的擴大，出口量也跟著劇增。與此同時，又因爲大量的出口，使得百業興旺起來，商人們賺了大錢，自然肯多購些綾羅綢緞和瓷器以及各種奢侈品，從前的流民如今成了做工的工人，手裏有了餘錢，也肯購置些東西補貼家用。如此循環，不止是海貿擴大，百業更加興旺發達，商鋪一間間開出來，貨架上急需大量貨物，更多的工房也就應運而生。

工房是最需人手的，肯定又要大肆招募，這樣一來，更多的人變成工人，新加入的工人需求同樣大，最後的結果是，沈傲播下的種子不斷地膨脹，像是沒有停歇似的，將所有的勞力源源不斷吸入進去。

沈傲聽了博士送來的各種消息，也不禁覺得害怕，這般沒有節制地膨脹下去，天知道以後會變成什麼樣子？現在倒也罷了，可是膨脹到一定程度，市場出現飽和，那就該是危機了。到時候，那些工人一旦離開土地，遭遇危機，失去了生計，豈不個個都要餓死？

如今箭在弦上，不得不發，也由不得沈傲再說什麼，他依稀記得，一旦市場飽和，就是開拓市場的時候，開拓市場要用什麼？無非是武力而已，開啓了這潘朵拉的盒子，不知會平添多少殺戮，南洋這兒還好說，大宋曉之以理，再憑著從前的聲望可以談判解決，可是其他地方就只能用戰爭的辦法解決了。

所謂的資本主義，其實就是你死我活，任何阻力都用武力去打開，順之者昌，逆之者亡，用無數頭顱和鮮血去奠基這貪婪果實。

這時，各處的官員和士子也怨言不斷，都說口岸大開，人人只知逐利，不知其他，禮崩樂壞云云。

其實，沈傲也知道逐利已成了時尚，尤其是不少人一夜暴富，更是讓許多人坐不住了。若是以往，某某鄉紳有錢，大家雖然眼紅，卻也不敢說什麼，人家是老爺，你是個佃戶，世世代代都是如此，又有什麼不同？可是現在，你的鄰居，你的朋友，突然之間鮮衣怒馬，從前和你光著屁股堆沙子的傢伙居然住上了豪宅，這時，人的逐利之心也就漸漸打開，各種投機取巧的手法也就滋生。

難怪讀書人捶胸頓足，說禮崩樂壞，人人利欲熏心，少不得又要重複念叨幾句三皇五帝時期夜不閉戶、路不拾遺的舊事，還有人拿著前唐時期的美好來反覆絮叨。

若是有人問沈傲，沈傲只能說：「這是最美好的時代，這也是最糟糕的時代。」其他的，他也不再和人辯駁了。

招募水兵，已經刻不容緩；沈傲聽了博士的話，一時也是沉吟，沉聲道：「一定要徵募到，實在不行，可以放寬限制，此事刻不容緩，下個條子到兵部，和那蔡條說，兵部不能完成定額，本王就殺到兵部去向他要人，還要告訴他，別以爲蔡太師能護得了他。」

博士臉色怪異，頷首點頭道：「那卑下就去走一趟，是不是可以在餉銀方面再提高一些？」

沈傲想了想，頷首點頭道：「可以，斟酌著辦就是，其實最緊要的，還是爲水師弄個花頭出來，這件事我去想辦法。」

玩水師居然還想玩出花來？這句話也只有沈傲才說得出口。

博士頷首點頭，躬身道：「王爺，還有一件事，今年武備學堂第三期招募，報考的又比往年多了很多，足足有十幾萬人，比科舉還要盛況空前，是不是再擴招一些來，水師校尉還在抱怨他們校尉太少，將來水師建起來，人手肯定不夠。」

沈傲淡淡笑道：「水師校尉再擴編一千五百人吧，其餘的，就不必再加了。我倒是聽說，西京府衙門也建了個崇武學堂，挑剩下的，也可以送到那裏去。」

這博士呵呵一笑，沈傲這武備學堂建起來，各路衙門也都留了心思，頗有些效仿的意思，比如泉州，有個泉州船政學堂，西京也有個崇武學堂，還有蘇杭則不是官辦的，是許多商人籌資，辦的是武威學堂。

這些學堂，有官學也有私學，學的都是武備學堂的架構，當然和汴京的武備學堂不能比，武備學堂若相當於太學國子監，他們大概就是各地的私學和官學了。也都是儒武的性質，西京和泉州的學堂朝廷也許可了，將來學生也是放到各軍去的。

唯有那個武威學堂最有意思，學堂由商人籌辦，卻不是叫他們去當兵吃糧，而是學了本事充作護衛，進去的都是些窮苦人家的孩子，出來之後也可從軍，但是大多仍是被商人雇傭了去。

這種風氣，和武備學堂校尉的名望分不開，從前大家只學文，是因爲學武沒有前途，也被人輕視。現在校尉走出去比士子都要讓人高看，不知多少士人要進這學堂，人家還不要呢，如此一來，印象一顛覆，就有人肯去學了。

從武備學堂出來，沈傲打馬直接入宮，到了正德門，門口的禁衛都認得他，只叫沈傲到門洞的蔭涼處等著，通報了就來。接著，楊戩便匆匆過來，遠遠朝沈傲笑。

沈傲快步過去，問：「陛下在文景閣？」

楊戩道：「在太皇太后的宮裏。」頓了一下又道：「上一次你入宮，只見了太后，太皇太后還在抱怨呢！說是和你的情分淡了，正好，今日去給她老人家問個安。」

沈傲點頭，二人一前一後穿過重重宮禁，進了後宮，到太皇太后寢宮去。楊戩先去通報，沈傲才踱步進去，先給太皇太后問了好，才看到坐在帷幔下頭的趙佶正慢吞吞地喝茶。

太皇太后笑道：「若不是官家在這裏，只怕沈傲還不肯來哀家這裏呢！」

沈傲立即道：「上一次入宮，眼看天色不早，怕錯過了宮門落鑰，所以才沒有來，請太皇太后恕罪。」

「罷罷罷，你來不來，哀家也不稀罕。只要肯爲官家效命，見不見哀家都是繁文縟節，不必較真。方才陛下還說什麼來著，對，是西夏公主下嫁，要選駙馬，你是鴻臚寺的，想必知道這件事吧？」

沈傲一愣，看了趙佶一眼，只見趙佶眉宇微皺，頗爲苦惱的樣子道：「微臣剛回來，在家歇了幾日，今日又是先去了武備學堂，鴻臚寺的事還沒過問，還真的一點都不知道。」

趙佶咳嗽一聲，道：「西夏王李乾順的獨子騎馬摔傷，不治身亡，因此只有一女，最是寵愛，據說本要嫁給金國王子，但公主不從，要親自擇婿，李乾順拗不過，也就許了，向各國都發了國書，相召各國王子前去招親。朕的皇子雖多，三皇子最是有才，可是西夏人刁蠻，單憑學問是不成的，最後只怕還是那金國王子奪魁。李乾順只此一女，金夏之間的關係只怕要更進一步了。」

沈傲立即明白了，太皇太后或許還懵然不懂，沈傲畢竟在鴻臚寺，對這種事一眼就能看透。金夏此前早有盟約，可是另一方面，也不是全然沒有防範，這個盟約不過是共同攻守罷了。表面上看，好像危害很大，其實還不至到要命的地步。怕就怕金夏之間因為這一次的聯姻，聯繫更加緊密，更可怕的是，若是夏人肯給金兵借道，金軍便可長驅直入，通過夏境，攻擊大宋各處隘口。

這個可怕的結果，換作是從前自然沒有問題，可是聯姻之後就難說了，聯姻在各國之間盛行已久，已是赤裸裸的外交手腕，可是不同的聯姻，結果又是不同，就比如李乾順，只有一個獨女，就這一條血脈，嫁出去，就等於是將身家性命交給了別人，所以這一次聯姻意義非凡。

從前西夏對金人還有防範，可聯姻之後就不同了。這一次，大宋就算是沒有人娶那西夏公主，也必須破壞金人王子去娶。

也難怪趙佶心憂，那裡畢竟是西夏，不是你說一不二的地方，出了差錯，就是大事。現在大宋的武備雖然已經有了成效，可是還遠遠不夠，憑現在的實力去和金人正面對決，結果如何，只有天知道。

沈傲依稀記得，歷史上的大宋在這時北伐遼國，十萬大軍被契丹人殺得片甲不留，一敗塗地。可是同樣是這些契丹人，在北方卻被金人四處追殺，甫一接觸，立即潰不成軍。現在之所以還可以支撐，是因爲依靠城塞勉強抵擋，覆亡也只是時間問題。

面對如此可怕的對手，若是沒有做好準備，就算能挽回靖康之恥，能守住汴京，可是汴京之外那千里沃土，無數個村莊人家，都要被金人殺戮劫掠。血流成河，伏屍千里，這樣的場景，沈傲只想一想都覺得可怕。

太皇太后淡淡笑道：「一個西夏公主，咱們宗室還真不屑去聯姻，可是官家說事關國家大事，人選肯定也要有，陳國公怎麼樣？他尚未婚娶，也到了要娶妻的時候了。」

趙佶搖頭：「陳國公去，只會讓人恥笑我大宋無人。」

太皇太后又道：「景王呢？據說景王自小好槍棒，或許可以去試一試。西夏人畢竟是蠻夷，聽說他們最敬重的是英雄。」

趙佶還是搖頭：「李乾順好我大宋文化，曾令三百勳貴子弟讀書，這樣的人，也不是莽夫就能得他青睞的，他也不成。」

太皇太后笑呵呵地道：「其實咱們還有個人肯定能獲得他的青睞，可惜他已娶了妻子。」

趙佶道：「是誰？」

太皇太后朝沈傲瞥了一眼，道：「當然是蓬萊郡王。」

沈傲大感尷尬，連忙道：「慚愧，慚愧，想不到微臣在太皇太后心目中的印象這麼好。」

太皇太后板著臉道：「印象倒是沒什麼好不好，只知道你沈楞子最是放浪，哄女孩家卻是很有手腕的。再者說，你是沈楞子，就算不能娶那公主回來，肯定也會把金人王子娶西夏公主的事破壞掉。做好事你靠不住，把好事辦成壞事，你倒是很有幾分心得。」

沈傲瞪大眼睛，不由地道：「太皇太后何出此言？微臣真真是冤枉，其實微臣心地善良，人很好的，或許是太皇太后對微臣沒有深入的瞭解才有這個誤會。不信，你去問官家，我的品格如何，他最是清楚。」

趙佶立即道：「朕可不清楚你的花花腸子，晉王剛剛還來訴苦，說你一個大男人，竟跑到清河的閨房裏去，一個疏忽差點釀成大禍，你自己說，你是怎麼的品格？」

沈傲頓時羞愧得垂下頭，再不敢說話。

太皇太后便笑了起來，道：「像個孩子似地，往後不許這樣胡鬧。」

趙佶也笑：「母后就不必為這事掛心了，反正也是三個月之後的事，朕再想一想。」

太皇太后道：「哀家也不想操心，只是怕官家爲了這個勞神。」說罷，看向沈傲道：「沈傲來尋官家，想必也是有事吧？」

沈傲笑呵呵地道：「太皇太后神機妙算，微臣嘆爲觀止，坊間都說太皇太后最是善解人意，是我大宋百年才出的一個賢后，微臣從前是不信的，我大宋歷代的太后也是不少，端莊賢淑的如過江之鯽，怎麼可能太皇太后一人占了獨魁？今日倒是見識了，啊呀，久仰久仰。」

他嘻嘻哈哈了一陣，隨即向趙佶擠眉弄眼道：「微臣過來，是想和陛下商量水師的事。」

趙佶聽著沈傲胡說八道，逗得太皇太后開心，也是笑起來，道：「你說就是，賣這麼多關子做什麼？」

沈傲道：「水師大致就要建起來了，南洋那邊已差不多，還有北洋、東洋都在招募人手，微臣就在想，水師常年漂泊在外，保持一顆忠心最是緊要。微臣的意思是，水師不能單單效忠大宋，也不能單單效忠朝廷……」

太皇太后皺眉：「不效忠我大宋和朝廷，那效忠誰？」

沈傲道：「自然是皇家和陛下，大宋水師漂泊在萬里波濤之中，心中若沒有一個信念，又豈肯效命？因此微臣過來，便是想請陛下給水師賜名，不如叫皇家水師如何？」

太皇太后開始有些不悅，聽了沈傲後頭的話，不禁笑了：「水師漂泊在外，也是辛苦，哀家聽人說，出海是很難受的，又有風浪，又是顛簸，一次出去就要半年數月，是該好好撫慰。皇家水師？官家，這個名兒好。」

趙佶聞言笑道：「好，就叫皇家水師，朕立即發旨意。」

沈傲鬆了口氣，總算將宮裏這位糊弄過去了，有了皇家這個金字招牌，到外頭還可以糊弄一遍，這年頭能沾上皇家的一個都沒有，水師算是開了先河，那些熱血青年們聽到了肯定吵著要進去，現在先把人招募了再說。

太皇太后哪裡知道，沈傲侃侃而談地說了這麼多，其實就是想打著這招牌去招搖撞騙；若是知道，多半拉出去打屁股不可。此時，太皇太后的心裏對沈傲卻是印象更好，覺得沈傲是一等一的大忠臣，效忠朝廷效忠大宋是好，可是效忠皇家和天子才更直接。

在宮裏寒暄了一陣，沈傲見天色不早，也就告辭出去，心滿意足地打馬回家。

兵部衙門在六部之中說大不大，說小不小，只是和其他各部堂比起來，衙門口大致都是門可羅雀，平時除了一些胥吏出入，是見不到人煙的。

這也難怪，大宋重文輕武，兵部這個部堂裏前頭有個兵字，難免叫人低看幾分。再加上各邊鎮的大老不是太監就是文臣，直接向樞密院負責，便是叫人回來公幹，也是直接去樞密院，對兵部向來是繞路走的。

來這裏的，都是中級的軍官，催問糧草，或者代表邊鎮和各藩司討要個說法，一屁股坐在衙堂裏，茶也不喝，什麼都不要，就是耍賴，然後大聲訴苦，說是弟兄們快餓死了，爲什麼餉銀還不發？又或者說前次剿賊死了這麼多兄弟，爲何撫恤銀還不見來？反正好事找不到兵部，壞事卻準是往這邊來，再加上這些將油子，都是嬉皮賴臉，在樞密院一個個老老實實，來了兵部卻是另一個樣子。

好在兵部的老爺們不管這種雜務，撞到這種人都是避而不出，苦的還是那些胥吏，得和他們好好周旋著。

在兵部做胥吏的，真真是苦不堪言，卻也漸漸麻木了，見人都是三分笑，練就了一副賴皮的功夫，每日清早先去點卯，隨即各行其是，書辦的書辦，站班的站班，伺候老爺的伺候老爺。大致到了太陽高升，才會有一頂小轎子慢悠悠地過來，坐轎子的人是蔡絛。

蔡絛也學了一點蔡京的風格，出門的排場儘量節省，可是蔡絛一般起得晚，不如蔡京那般勤勉，不到日上三竿，也絕不肯到部堂來。

小轎子穩妥地放下，胥吏們一眼就認出了轎子，一個個過來討好地笑道：「蔡老爺來了……」

蔡絛根本不去理會，從轎子裏鑽出來，只是冷冷一笑，隨即道：「部堂裏可好？」

這是千年不變的問話，胥吏們立即道：「好是好，倒是有個武備學堂的博士要見部堂大人，小人們將他安排在客堂，讓他先等著。」

「又是武備學堂！」蔡絛冷笑一聲，怫然不悅地負起手：「讓他慢慢地等著吧，本官先署理了公務再說。」說著撩起紫衣公服，拾級上了幾步臺階，直入衙門。

過了幾處牌樓便是正堂，也即是尚書大人辦公的地方，不過這正堂太空曠，蔡絛還是喜歡在正堂邊的耳房裏辦公，有大事或者有貴客來見，才到這裏來。

一路過去，幾個堂官向蔡絛行禮問安，蔡絛只是朝他們微微頷首，並不多作理會。拐進了耳室，在公牘後坐下，立即就有胥吏端來茶水。蔡絛朝他擺手：「這裏不用你伺候，李侍郎來了沒有？若是來了，叫他來見本官。」

胥吏笑嘻嘻的對蔡絛道：「回部堂大人的話，李侍郎一早就來了，許是在庫曹查驗。」

蔡絛喝了口茶：「叫他過來，本官有話要吩咐。」

胥吏立即去了，過不多時，便有個紫衣公服的老者過來，恭敬的朝蔡絛行了個禮，隨即坐在左下，這李侍郎叫李忠，蔡絛這個尚書是個清貴之身，真正的部務細節還是李忠看著的，況且李忠也是蔡京的門生，用起來也放心。

李忠笑呵呵的道：「下官先恭喜大人了。」

蔡絛挑了挑眉：「何喜之有？」

李忠笑呵呵的道：「令公子昨日去了晉王府做客，不就是喜事嗎？晉王急著嫁女，宮裏中意了令公子，這番做客，豈不是女婿去見泰山，據說晉王那兒也沒有挑剔什麼，禮物也收了，只怕再過幾日，這門親事就算定下了。到時候下官少不得要去府上討幾杯喜酒喝。」

蔡絛捋鬚呵呵笑起來：「八字還沒一撇，仲孫兄就不要說笑了，若是此事不成，傳出去，豈不是教人笑話。」

蔡家一門，太師、尙書都有，偏偏與皇家沒有聯姻，這世上要保住富貴長久，沒有姻親是不穩當的。可是宮裏的幾個帝姬，不是早已下嫁就是年紀尙小，蔡京自知自己沒有了幾年活頭，也爲此事焦急得很。偏偏有個清河郡主，終於讓蔡家有了興致。清河郡主乃是晉王之女，是太后的嫡親血脈，若是聯姻，其地位也不在帝姬之下，能和太后、晉王攀上交情，至少有了一層保障。

蔡行年紀正好，才學也是好的，就是前兩年時運不好，沒有高中。在家裏苦讀，打算來年再考，蔡京也爲他安排好了，郡主駙馬雖說比不得堂堂正正的進仕途，可是對整個蔡家卻是極有幫助。再者那清河郡主相貌極美，與蔡行天生一對，也挑剔不出什麼來。

前些時日，晉王入宮為這事向宮裏遞話，頗有些焦灼的意思。蔡京覷見了機會，便透露了那麼點兒意思進去。宮裏倒是慎重考慮了，大有默許的意思，這才有蔡行攜帶禮物去見晉王一事，晉王見了他，也不知是好是壞，都是晉王妃拿主意。

男大當婚女大當嫁，晉王妃見蔡行彬彬有禮，門第也對得上，據說還擅長書寫作畫，因而也就將禮物收下。接下來，大致就可以上聘禮了。

得知這個消息，蔡府滿門也是歡欣鼓舞，蔡絛今日來值堂，臉色雖然看不出什麼，可是心裏頭還是頗有得色的。

李忠見蔡絛這個樣子，立即道：「這已是十拿九穩的事，只怕宗令府兩三天內就會有消息，再者說，下官和大人說說也就是了，哪裡會四處去亂嚼舌根，肯定不會外傳的。」

蔡絛淡淡一笑：「叫仲孫兄來，是為了一件公務，仲孫兄，武備學堂又來人了？」

李忠立即肅然道：「好像又是為了水師的事，哼，真真好笑，他們武備學堂招募不到人，就督促我們兵部協辦，這事其實也不必理會，應付一下就是了。」

蔡絛和沈傲已經有過幾次交手，知道沈傲的厲害，這時反而理智起來：「該敷衍的還是要敷衍，待會兒你去見他一下，就說兵部這邊會酌情署理。」

李忠應了一聲，道：「下官這就去辦。」

說罷出去了一會兒，過了一炷香時間才冷著臉回來，踏入門檻，便高呼道：「蔡大人，這沈傲是越發沒有王法了。」

蔡絛抬頭：「怎麼？他叫人說了什麼？」

李忠道：「他說兵部這邊完不成定額，就要殺到兵部來向他蔡大人要人，還要告訴蔡大人，別以爲蔡……太師能護得了……」

蔡絛拿筆的手顫抖了一下，眼眸中閃過一絲慍怒，隨即冷笑道：「好大的口氣，家父一再忍讓，他真當我蔡家好欺負？」

李忠道：「要不要不理會？」

蔡絛倚在後椅上，沉默了一會兒：「按著他的意思去辦，不要給他口實。這個人發起瘋來，還真拿捏不住。」

李忠嘆口氣：「倒是便宜了他。」

蔡絛笑著搖頭：「別急，他能依仗的，無非是宮裏而已。說到朝堂，他什麼都不是。等行兒娶了清河郡主，就等於是將晉王拉了過來，晉王在這兒，太后自然也就偏過來了。到時候再治他，官家也未必保得住。再讓他呼風喚雨一下吧，退一步，才能跑起來。」

李忠沉吟一下，眼眸一亮：「蔡大人好算計。」

蔡條擱下筆，舉起茶盞喝了一口，含笑道：「簡在帝心，沈傲會，難道我們就不會？當今，不但要簡在帝心，還要簡在后心才行，他娶了安寧帝姬，我們就把清河郡主拉來，那才是他哭的時候。」

說罷意猶未盡的道：「可是在此之前，誰也不許滋事，不要讓他鑽了空子，他說怎麼辦，兵部這邊照准，招募的告示也立即叫人抄錄出來，送到各路各府各縣張榜貼出去。」

第四十二章 紅顏知己

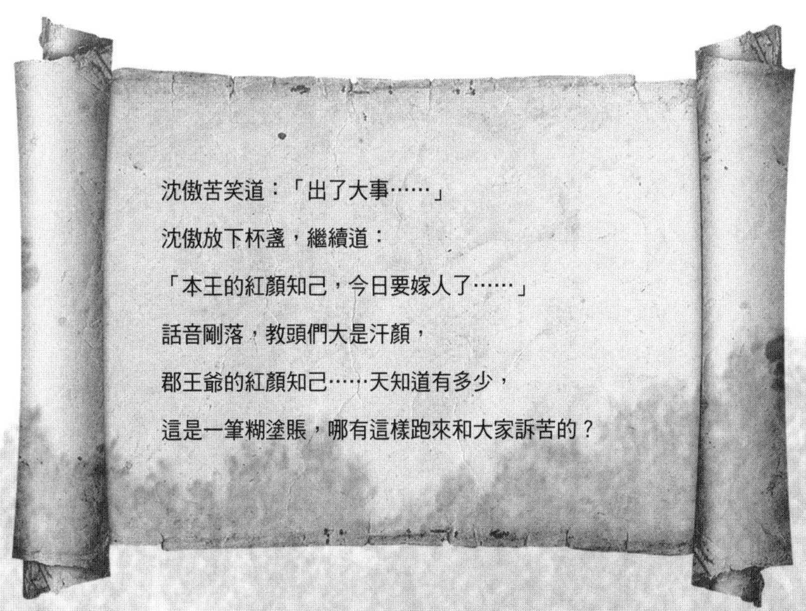

沈傲苦笑道：「出了大事……」

沈傲放下杯盞，繼續道：

「本王的紅顏知己，今日要嫁人了……」

話音剛落，教頭們大是汗顏，

郡王爺的紅顏知己……天知道有多少，

這是一筆糊塗賬，哪有這樣跑來和大家訴苦的？

皇家水師的消息，再加上兵部的鼎立配合，水師的招募終於上了正軌，什麼東西有了個響亮的名號，事情就好辦多了，就如這皇家水師，讓人一聽便覺得眼紅，兵部也是快馬將文告發了出去，廣而告之，效用奇好。

這時候坊間都在流傳一個消息，說是蔡家已經拿了六禮去晉王府，晉王府已經收下，宗令府也有了消息，默許了這樁婚事。只是宮裏卻是出奇的平靜，更有好事者流言，說是蔡攸從前衝撞過聖駕，官家對蔡行素來不喜，卻也沒有反對。

這些流言傳到沈傲耳中，沈傲只是苦笑，默默坐在書房裏發了一會兒呆，沒事人一樣出去繼續做事。

到了傍晚回到家中，劉勝氣喘吁吁的過來，手裏拿著一封信箋：「少爺，少爺，晉王府送來的信。」

沈傲止步，將信接過，對劉勝道：「你去吧。」

獨自一人，在黃昏的光線下展開信來，信裏只有一幅畫，畫中一個少女從窗欞處探出半個身子，外頭是春色滿園，少女的眼眸中只剩下淒苦無奈彷徨，在畫的右下角，一行小字寫道：「君無信，天人隔。」

六個小字文筆娟秀，卻是一下子直擊到了沈傲的心頭，腦子嗡嗡作響，變得一團糟。

那一句承諾，原以爲只是安慰，可是看到了這幅畫、這一行字，沈傲才意識到清河郡主是動真格的。在畫紙上分明有墨水化開的痕跡，或許是清河在作畫時，一滴滴淚水滴入墨中，化作的灘灘墨點。

沈傲深吸了口氣，小心將畫紙摺好，開始梳理起自己的記憶，那個明媚的少女，仰著童真笑容的臉龐，微微翹起的薄唇，還有那一雙眼睛，眼睛清澈明亮，在注視他，一動不動，如煙似波。耳畔有一個動聽的聲音彷彿響起：「若是有機會，你能不能娶我？只有你最不討厭。」而後是一陣銀鈴的笑聲，笑聲蕩漾開，說不出的溫馨。

而現在這個聲音，彷彿在絕望的說：「你不遵守諾言，從此以後，我們只能天人兩隔。」這個聲音，似在嘲諷，更多絕望，斷了肝腸一樣。

沈傲突然喃喃念道：「有機會，我一定娶你；沒有機會，我把你的新郎官幹掉也要娶你。」

失魂落魄的站了一會兒，劉勝去而復返，手裏拿著燙紅的請柬，道：「少爺，方才門房得了一個請柬，是蔡府送來的。」

沈傲回過神，聽到蔡府兩個字，眼眸中閃過一絲殺機：「蔡府，什麼請柬？」

「說是三日之後，蔡公子要和清河郡主完婚。」

「這麼快？」

「門房也問了，那送請柬的人說，親事已經定下，選了幾個吉日，三日之後正適合婚娶，本來晉王的意思是推到三月之後去，可是蔡家卻是不肯，說是三日之後最好，雖是倉促，要籌辦也並不難。」

沈傲冷笑一聲：「蔡京那老狐狸怕有人從中作梗，怕夜長夢多呢，哼，夜短，他這噩夢也會來。」

劉勝一頭霧水：「少爺……」

沈傲接過請柬：「回去和送請柬的人說，到時沈某人一定準時到，備一份大禮給他們。」

劉勝頷首去了。

沈傲譏誚的把玩著手裏的燙金請柬，嘴角輕輕勾起，笑了笑：「三日之後，蔡太師可要提防血光之災。」

將請柬收好，不再說什麼。沈傲就是這樣的人，打定了主意，悶頭去做，其他的，統統都拋到腦後去。

晉王與蔡家的婚事立即傳揚開來，晉王乃是宮裏最親近的宗室，地位之尊崇，超卓絕倫；而蔡家也是望族中的望族，一門之中，既有攬三省位列中樞的太師，更有權掌兵部的尚書；此外，再加上一些子侄也都佔據了部卿的高位，門生故吏遍佈天下。

按照祖制，本來帝姬、郡主多半都是下嫁到勳貴家去，這些勳貴雖然顯赫，卻大多並不入中樞，也省了外戚干政的擔憂；可是趙佶即位，先有沈傲娶帝姬，接著是郡主下嫁，這祖制也就形同虛設了。

新成立的諮政局裡，每日都有數百上千個士子去喝茶，在這兒，說話沒什麼顧忌，只要不涉及到宮中秘事，也無人去理會，這樁婚事大家吵得很熱鬧，大致都是以罵居多，其實對名流來說，罵的人身分越尊崇，越是能彰顯風骨。

不過經過了上一趟事，大家也明白了，這世上誰都可以罵，唯獨那沈楞子卻是沾不得；至於什麼晉王和蔡京又算得了什麼？大爺想罵就罵，他能怎樣？

在一片叫罵聲中，蔡府的婚禮以極快的速度備齊，府邸中已是張燈結綵，各院的主事都已穿了吉服，迎來往送的自然不能少。蔡行一大清早也被蔡京叫了去。

蔡京的兒孫多，一大家子足足上百口人，各房之間也都很生疏。只有蔡絛這一房和蔡京較爲親近一些，蔡行是蔡京的孫子，頗受到蔡京寵愛。

經歷了許多事，吃了很多虧後，蔡行現在已成熟了不少，乖乖地到了正廳去，看到蔡京朝他招了招手：「行兒，過來。」

「是，祖父。」蔡行湊近了一些，這時候的蔡京已是垂垂老矣，比起一年前更顯蒼

老，每說一句話都是氣若游絲，像是隨時提不上來似的，一雙渾濁的眼眸上下打量了蔡行一眼，道：「我老了……」

在以往，蔡京教訓子弟，開口都是過問讀書的事，或者講一些做人做事的道理，這時候冒出這麼一句，讓蔡行微微一愣，繼續洗耳恭聽。

蔡京慢吞吞地道：「我不知什麼時候就要化作黃土，最放心不下的，還是你們。老夫的這些兒孫，除了攸兒，還真沒幾個像樣的。」

攸兒便是蔡攸，雖說馬失前蹄，可是不管是心機還是手腕，在朝中也是數一數二的，只是蔡攸早已和蔡京反目，這時蔡京提起蔡攸，顯得無限的蒼涼。

蔡京接著道：「絛兒呢，雖說孝順，可是做人做事都過於隨心，沒遇到事還好，可是一遇到風浪，也撐不起這麼一大家子。」

蔡京嘆了口氣，又道：「樹大招風啊！所以呢，老夫就是死，也得爲子孫們留條後路；清河郡主乃是晉王的獨女，借著她，太后就肯保全一下蔡家，只要太后在世，蔡家便還能維持，只要晉王還在，也不至到家破人亡的地步。行兒，你在蔡家的子弟裏也是拔尖的人，成親之後，就看你自己的造化了。」

蔡行乖巧地道：「孫兒謹記祖父的教誨。」

蔡京隨即一笑道：「這是好事，哪裡有這麼多教誨？就是和你說說話。對了，那清河郡主刁蠻任性，能忍讓的，你就忍讓一下，多想著蔡家。」

蔡行頷首點頭，說罷笑道：「孩兒這幾日都在練習畫技，倒是有了幾分長進，昨日托人送了一幅畫到晉王府去。」

蔡京淡笑道：「就是要這個樣子，要知道投其所好。還有，你房裏的那幾個通房丫頭，都遣散出去吧，不要繼續留著了，好生顧著這個郡主，就是你的造化。」

這一句吩咐漫不經心，蔡行也不覺得有什麼不捨，幾個丫頭而已，從前閒來歡好一下，現在遣散出去，也沒什麼不捨的；只是想到娶了那郡主，便要一輩子守著一個女人，心裏頗有些鬱鬱不平。

蔡京不用去看蔡行，似乎已料到他在想什麼，不動聲色地道：「女人嘛，哪裡沒有?將來你做什麼事都可以，就是切記不能在家裏放浪，要不叫忠德在城郊備一個外宅也成。這種事，只要不做到明裏去，晉王那兒也不會說什麼。」

蔡行笑道：「這事還要從長計議，孫兒並不急的。」

又說了幾句安慰的話，蔡京才放了蔡行出去。

晉王府這邊是熱鬧非凡，眼看婚事越來越近，本來晉王和王妃都巴望著把清河嫁出去，可是事到臨頭，又有著萬般的不捨。兩個人一手拉著趙紫蘅，這個囑咐，那個安慰，依依不捨。趙紫蘅只是撅著嘴，垂著頭不說話，也不知她有什麼心事。

王妃見她這個樣子，熟知她的心性，一雙眼眸淚汪汪地道：「其實那蔡公子，也是汴京城一等一的才子，琴棋書畫都是精通的，模樣俊俏，性情也好。」

趙宗也跟著說：「是啊，除了姓蔡的名聲不太好，其他的也沒什麼可挑剔的。」

王妃橫瞪他一眼，道：「太師之尊，又有什麼名聲不好？不要胡說。」

趙宗嚇了一跳，縮了下脖子，連忙道：「也是，也是，一切都好，比那姓沈的好。」

趙紫蘅微不可聞地道：「沈傲比他好。」

這句話沒被王妃聽到，卻被趙宗捕捉到了，趙宗的眼睛一下子變得憤怒起來，道：「姓沈的有什麼好？風流成性，還這麼貪玩。」

趙紫蘅又是抿嘴不說話，王妃見她這樣子，便道：「不管怎麼說，再過一日，迎親的人就來了，這個時候誰好誰壞都不算數，到時過了蔡家的門，可不准再胡鬧了。」

王妃說罷，便站起來，朝趙宗使了個眼色，趙宗立即道：「對，對，你好好在這兒待著，待會兒給你送新衣衫來。」

兩個人灰溜溜地走了，趙紫蘅從閣樓的木窗探出頭去，看到二人果然下了樓，立時朝他們背影大聲喊：「沈傲就是好，就是好！」

趙宗回過頭，氣得臉都紅了，要回閣樓去好好理論，卻被王妃拉住，快快地走了。

趙紫蘅氣呼呼地坐回榻上，一個丫頭碎步上來，欣喜地道：「郡主，郡主，快來看，這是蔡公子的畫，畫得真好。」

那丫頭拿了一卷畫飛快過來，交在趙紫蘅手裏，趙紫蘅只展開看了一眼，立即撕了個粉碎，道：「這也叫畫得好？佈局連給沈傲提鞋都不配，著墨更是低劣，這樣的畫，送來做什麼！」

見畫紙給趙紫蘅撕成了碎片，丫頭一下子呆住了，再不敢說什麼，畏畏縮縮地道：「郡主……我聽人說，蔡公子滿腹才學……」

趙紫蘅道：「什麼滿腹才學，他若是滿腹才學，爲什麼是沈傲做了狀元，他爲什麼不來做？真真是好笑！這樣的人，我寧死也不嫁，不嫁就是不嫁。」

丫頭畏懼地道：「六禮都送了……」

趙紫蘅道：「送了就退回去。」

丫頭大氣都不敢出了。

趙紫蘅突然掩面哭起來，雙肩微微顫動，嗚咽地道：「沈傲也不是好人，他是哄我的，他明明不會娶我，卻還滿口答應，你看，我送他的字條，他都置之不理，連個音信都沒有。」

丫頭輕聲道：「郡主……」

趙紫蘅道：「他不來，我就死給他看！」這句話說完，挪開掩面的手，揚起鵝蛋般的俏臉來，淚痕還沒有散去，眼眸卻是堅毅無比：「成婚那天，我就用三尺白綾去自縊。」

丫頭咂舌：「郡主……」

趙紫蘅突然又道：「不成，自縊了舌頭拖得長長的，太不雅觀了，還是準備好一個剪子，等那什麼蔡公子進來，我就先刺他，再刺自己。」

丫頭連忙勸：「郡主……不能啊，到時候王爺和王妃……」

趙紫蘅又打斷她，搖頭道：「用剪子扎心口會不會很痛？我最怕痛了，到時候一時死不了，肯定要遭殃。不成，還是吃毒藥好。」

她又仰起臉來，看著這丫頭道：「你說，吃毒藥好不好？」

小丫頭嚇得花容失色：「郡主，蔡……蔡公子很好的……為何這般想不開？」

趙紫蘅自言自語道：「毒藥會不會很苦？能不能在藥裏放些蜜餞？冬兒，你能不能去幫我打聽一下，要很甜的毒藥！你不去打聽，或是去給父王告密，我饒不了你。」

小丫頭期期艾艾地道：「郡主……」

只是又是話說到一半，趙紫蘅又掩面哭起來：「我不該信那個混賬，我做了鬼，也要天天晚上去嚇他！他騙我，這個薄情寡義的傢伙，我早該看透他，早該不理他，爲什麼要和他有什麼瓜葛？」

哭著哭著，趙紫蘅猛地把淚兒甩乾，厲聲道：「本郡主想好了，就服毒自盡！讓他一輩子都愧疚，一輩子都良心不安！」咬了咬牙，又道：「苦藥也吃，越難受，心裏就越恨他！」

七月的汴京，清晨的涼爽過後，天氣漸漸炎熱起來，沈府，一匹駿馬已經拉到了府邸門口，過了一會兒，沈傲便從裏頭出來，幾個護衛等候多時，紛紛跟過來。

沈傲翻身上馬，吩咐一聲道：「去武備學堂。」

一個護衛忍不住道：「王爺，今日蔡府擺喜宴，昨日不是還說要去道賀嗎？」

沈傲哂然一笑道：「先去武備學堂再說，還有，叫個人到府上去，帶幾罈酒來，我要請大家喝酒。」說罷，沈傲便策馬往武備學堂去。

到了武備學堂，門口值守的校尉立即過來爲沈傲牽馬，沈傲翻身下馬，道：「把幾個教官、教頭都叫到明武堂去。」

明武堂裏，教官、教頭們三三兩兩過來，見沈傲沉著個臉，以爲出了什麼大事，都是挺著胸屏著呼吸一動不動。

這時幾個護衛擺上了酒水，沈傲壓壓手道：「坐。」大家直挺挺地坐下，視線都沒有移開沈傲。

沈傲端起酒盞道：「喝酒！」大家如木偶一樣，沈傲說喝酒，絕對不能打折扣，立即端起酒盞，將杯中之物一飲而盡。護衛又爲大家倒滿，沈傲繼續催促道：「繼續喝。」

如此喝了幾杯，在座人的臉上都有些紅潮了，按說都是大男人，這點酒也沒什麼，可是自入了武備學堂，一向是滴酒不沾的，一年半載下來，酒量都不成了。

見沈傲這個樣子，韓世忠終於忍不住道：「到底發生了什麼事?請王爺示下。」他們從沒見過蓬萊郡王這個樣子，這時大家都做了最壞的打算，莫非是這武備學堂辦不下去了?若是學堂真的辦不下去，大家好不容易掙來的晉身階梯算是完了，朝廷如何打發他們，也是未知之數，心中都不由地黯然起來。

沈傲苦笑道：「出了大事……」

所有人心裏都是微微一顫，面面相覷。

沈傲放下杯盞，繼續道：「本王的紅顏知己，今日要嫁人了……」

話音剛落，教頭們大是汗顏，郡王爺的紅顏知己……天知道有多少，這是一筆糊塗賬，哪有這樣跑來和大家訴苦的?

韓世忠立即安慰道：「王爺，大丈夫何患無妻？更何況，王爺已是嬌妻滿堂，一個婦人罷了，有什麼相干？」

「是，是，婦人而已，不相干的，王爺何必掛懷？」大家紛紛鼓噪，這時有了幾分酒意，反而覺得蓬萊郡王親近得多。

沈傲瞥了韓世忠一眼，心裏想：「這傢伙，難怪在外頭混不開，居然連上官的心意都猜測不出，得，本王的話算是白說了。」於是板著臉道：「此女和別人不同，一想到她要嫁爲人婦，本王便心如刀割，昨夜一宿沒有睡好。」說罷，重重一嘆。

韓世忠原本還想勸慰幾句，這時見沈傲的模樣，一下子不好再說了。

這個時候，周處猛地一拍桌案，霍然而起，高聲道：「既如此，王爺又何必要學女子作態？唧唧哼哼有個什麼用？依我說，誰敢和王爺的紅顏知己成親，咱們就不答應，搶他娘的。」

這周處本身就不是什麼好鳥，滿肚子都是男盜女娼，進了武備學堂，雖說再不敢胡作非爲，可是骨子裏卻還是強盜作風，再說，沈傲是他的恩主又是上官，搶個娘們算什麼？殺人掠貨的事，他也不是只做過一次兩次。

周處一陣喧嚷，水師的教頭也立即站起來，挺著胸脯道：「搶！王爺看上的人，豈能嫁給別人？便是天王老子來了，弟兄們也不答應！」

接著是各科的教頭，連那馬軍教官李清也激動得拍案而起：「沈大人一聲令下，武備學堂五千校尉隨時待命，莫說是搶一個女人，便是攻城拔寨，也決不皺眉！」

沈傲心裏大是感慨，覺得周處很有前途，如此會揣摩上官心意，怎麼從前就做賊了呢？這種人就應當做官！

只是這時候，沈傲只是淡淡一笑，道：「不可，不可，這是本王的事，豈能要讓大家一起擔干係呢？」

韓世忠這時才醒悟過來，立即道：「武備學堂上下一體，咱們只效忠皇上，其他的人，哪裡管得了這麼多？誰敢欺負王爺，讓王爺心如刀割，就是萬死，把女人搶回來，又有什麼打緊？」

這時候更要分外表示一下才夠意思，韓世忠齜牙怒目地繼續道：「王爺，卑下這就去召集校尉，事不宜遲，不能繼續耽擱了。」

沈傲此時再不能惺惺作態下去了，將杯盞中的酒一口喝盡，抹了把嘴，也豪氣起來道：「那就搶他娘的！」

一聲鼓號響起，一期校尉迅速集合，一個個佩著儒刀，昂首挺胸，隊旗也打了起來，獵獵作響，肅殺十足。

沈傲和眾教官、教頭翻身上馬，韓世忠撥馬在隊前來回走動，朗聲道：「蓬萊郡王待咱們如何？」

八百個人挺著胸一起吼道：「恩同再造！」

韓世忠繼續在馬上飛奔著喊：「今日，答謝的時候到了，諸校尉聽令，隨王爺出學堂，搶親！」

校尉們愣了一下，搶親？搶的哪門子親？

只是這愕然也不過是瞬間的功夫，骨子裏的服從令他們沒有過多的猶豫，一齊大吼：「遵命！」

「出發！」

蔡府上下熱鬧喧天，一頂頂轎子和車馬，將整個巷子堵了個嚴實，川流不息的官員魚貫進去，大多數連進正門的機會都沒有，得從側門過去，蔡府也分不開人手來迎接，都是三三兩兩自己去尋了位置坐下。

中門最是熱鬧，時不時有人唱喏：「陳國公到，送金帛五百，玉如意一對。」

「門下省錄事趙毅夫趙大人到，恭送絹五十匹、玉璧一對……」

蔡條穿著吉服，滿面紅光，在中門與一個個身分高貴的高官勳貴寒暄。在以往，如陳國公那般的皇親國戚，雖說沒有挑撥蔡家的必要，卻也不肯和蔡家有什麼牽連的，今日，這些宗室卻都破天荒地過來，臉上堆了幾分笑，道幾句賀。過了今日，蔡家的地位又不可同日而語，只這麼一想，蔡絛便忍不住會心一笑，看到那許多的笑臉，略帶幾分得意。

爆竹聲從門外頭傳出來，門房又報了個喏：「衛郡公石英石大人到……」

石英帶著兩個隨從抬著禮物進來，蔡絛見了他，立即小跑過去，笑吟吟地道：「石郡公，怠慢，怠慢，有失遠迎。」

石英嘴上含笑道：「蔡大人客氣，石某今日來，便是要道賀的。」

蔡絛挽著他的手，熱絡地道：「周國公爲何沒來？周大人與石郡公一向焦不離孟的。」

石英淡笑道：「他呀，他今日身體不適，就不來了，讓我帶一句話來，向蔡府道賀。」

蔡絛大笑道：「這是哪裡話，客氣，客氣。」

正說著，爆竹聲又響起，又有貴客過來，蔡絛朝石英抱了個拳道：「得罪。」便匆匆地去了。

石英臉上帶著譏誚的笑容，也不說什麼，舉步往裏頭進去。

蔡府今日可謂熱鬧非凡，汴京城的貴客大致都來齊了。蔡京坐在後堂裏，聽到那爆竹的聲聲響動，慢吞吞地舀著參湯，難得露出幾許笑容，只是這笑容背後，卻總有幾分疑色。

他喝完了參湯，精神恢復了一些，靠在椅上，朝跟前的管事吩咐：「去問問，沈傲到了沒有？」

管事點了頭，立即去了，過了片刻便折返回來：「還沒有來，早就叫人去催促了，可是到了沈府，說是已經出了門。」

蔡京只是闔著目，不再搭腔，過了一盞茶，他將眼睜開一條線，淡淡地道：「再去問，沈傲到了沒有。」

管事小跑著去，回來時依然稟告道：「還沒有到。」

蔡京嘆了口氣，依舊養神，此後每間隔一下總要問一問，可是管事的回答卻都是沒有。

眼看日頭就要上三竿，蔡京的臉色已經變得越來越凝重：「你親自去京兆府，就說客人太多，恐有不軌之徒趁機滋事，叫他們調一隊快吏來。」

管事愕然地道：「老爺，今日這麼大喜的日子，會不會衝撞了喜……」

蔡京冷聲道：「叫你去辦，你就去！要快！」

管事無法，只好快快地去了。

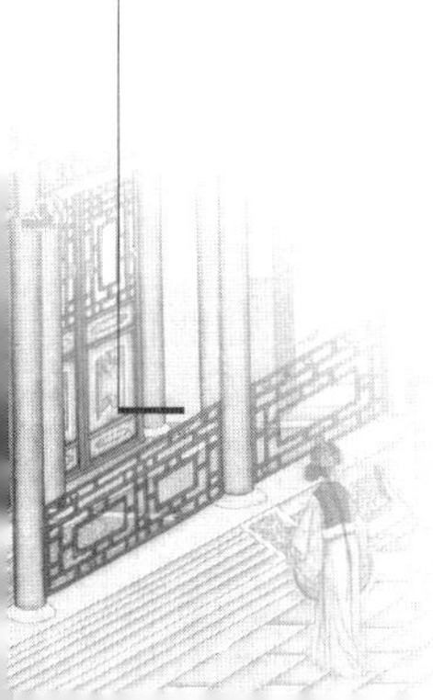

了。

蔡京張眸，眼眸中閃過一絲凶光，坐直了身子，彷彿一隻受驚的山貓，全身都繃緊

京兆府聽蔡府這邊請人過去，也沒有說什麼，立即叫了幾個班頭、捕頭，帶著百餘人過去，只是這些穿著緇衣的皂吏帶著戒尺、挎著刀出現，倒是讓不少賓客皺起眉。京兆府太不懂事了，這裏是什麼地方，也輪得到他們來湊熱鬧？只是礙著蔡家的顏面，也不說什麼。

但門口的蔡絛，臉色有點不好看了，想去訓斥一下，卻被那管事拉住，低聲道：「這是老太爺的吩咐。」蔡絛挑了挑眉，也不再說什麼，繼續去做事。

那管事去向蔡京回報，蔡京的臉色已經有些難看了，又問：「沈傲還沒到？」

管事道：「還沒來，會不會在武備學堂？要不要叫個人去叫一下？」

蔡京搖頭道：「不要叫，可是要小心，府上的隨從都要警惕。」

吩咐了下去，蔡京才疲倦地靠在椅上，道：「沈傲來了，立即知會老夫，其餘的事，都由老二去安排吧。」

管事一頭霧水，疑惑不解地告退出去。

第四十三章 狸貓換太子

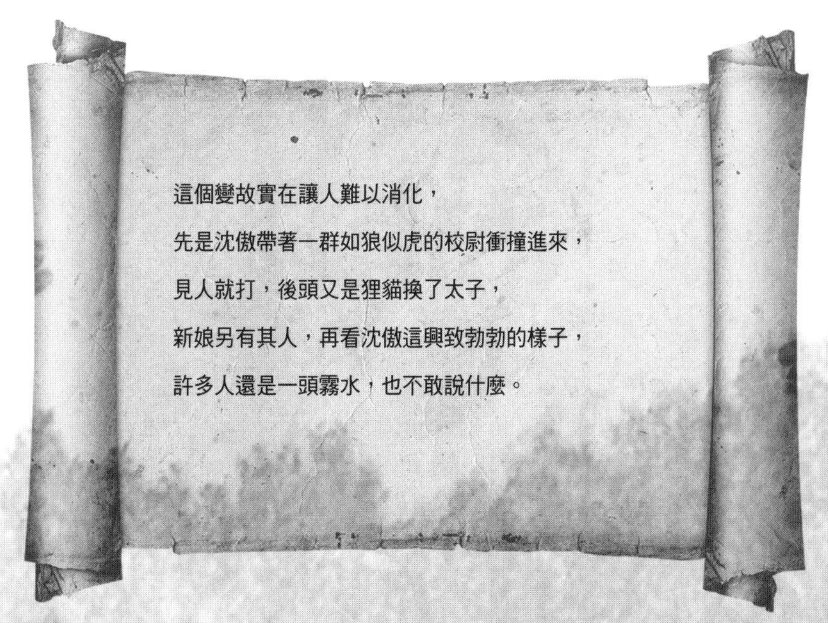

這個變故實在讓人難以消化，
先是沈傲帶著一群如狼似虎的校尉衝撞進來，
見人就打，後頭又是狸貓換了太子，
新娘另有其人，再看沈傲這興致勃勃的樣子，
許多人還是一頭霧水，也不敢說什麼。

整個蔡府亂糟糟的，都在等新郎把新娘子接過來，也有人三五成群地閒扯，低階一些的官員反而口沒遮攔，不像大老們要維持自己的威嚴。

正是這時，有人大叫道：「蔡少爺把郡主迎來了。」

大家呼啦啦地起來，人潮洶湧聲中，聽到鼓樂聲悠揚傳來，過不多時，騎著高頭大馬的蔡行精神奕奕地穿著吉服從馬上翻落，跟在他後頭的，是一頂八抬的紅霞大轎，此後簇擁了許多隨從、丫頭。

大家紛紛湧過去抱拳道賀，蔡行今日躊躇滿志，心裏甚是得意，卻作出一副恭恭敬敬的樣子回禮，口裏盡說著一些諸位抬愛之類的話。

簇擁著新郎新娘進去，一切都已佈置妥當，接下來便是拜天地，拜過天地之後，喜宴才算正式開始。鑼鼓喧天聲中，大家自動讓出一條道來，瞪大眼睛去看那紅色大轎。紅轎落地，蔡行含笑著踱步過去，掀開轎簾，裏頭坐著的，是一個鳳冠霞帔的女子，女子羞怯得不肯出來，蔡行彬彬有禮地躬身，頭探到轎中去，隨即作了個請字：

「郡主殿下，請下轎。」

大家一齊哄笑，都說新郎官還未娶過門就這般客氣，將來肯定是要怕老婆的。

轎子裏的新娘顫抖了一下，有些不情不願地移著蓮步出來，立即有人牽了一根紅繩來，一頭繫在蔡行的腳下，一頭繫在新娘的蓮足上，蔡行在前頭引路，小心翼翼地往前走，後頭被紅繩拉著的新娘，這個時候也只能亦步亦趨。

等到了裝飾一新的正堂，已是過了半盞茶的功夫，賓客們早已等候不及，紛紛道：「快拜天地，拜了天地入了洞房，來年生個公子。」

正堂裏，祖宗牌位已經列好，蔡行的父母也已坐在高堂上，除了幾個穿著吉服的唱禮之人，其餘人都在外頭等著，蔡行用紅繩牽著新娘進去，唱禮之人正要說幾句吉祥話，一個管事匆匆過來，朝那唱禮之人低聲吩咐一聲。

唱禮的人愕然一下，隨即開門見山地道：「一拜天地。」所有的繁文縟節一概省去，這個小小的插曲讓大家一頭霧水，鼓噪了一陣，也就不說什麼了，如何婚娶是人家的事，和自己有什麼干係？

蔡行牽著新娘，望天而拜。

接著唱禮之人繼續道：「二拜高堂……」

「夫妻對拜……」

「禮成……新人入洞房……」

堂外頓時雷動，道喜之聲不絕。

正是這個時候，有人高吼：「且慢！」

這一聲大叫，將所有人震懾住，回眸一看，便見數重門之外，許多蔡府長隨、家人被打得七零八落，沈傲騎著高頭大馬，帶著殺氣騰騰的校尉如潮水一般湧過來。

那些京兆府的快吏竟是束手無策，只敢遠遠尾隨著，手裏拿著戒尺，動都不敢動一下。反倒校尉都是手壓在刀柄上，一副隨時要拔刀相向的樣子，一列列人往裏頭衝，賓客們受這驚嚇，立即遠遠躲開。

蔡絛見狀，臉色大變，立即帶著兩個府裏的長隨，攔住沈傲的馬。

沈傲淡淡笑道：「滾開！」蔡絛不肯挪步，所有的賓客吃驚地看著這一幕，還沒有反應過來。

這時，沈傲一扯馬韁，座下的健馬打了個響鼻，開始向前奔跑，蔡絛這時動也不動了，方才是不肯讓步，現在卻是呆住了，不知該如何是好。好在身後的長隨機靈，一下子將他拉到路邊去，沈傲騎著馬從蔡絛身邊掠過，只差一點點，蔡絛就要粉身碎骨。

這個變故，不知引來多少人的驚呼，待看到來人是沈傲，不管是宗室還是朝裏的官員大臣，此刻都出奇的沉默，誰也不肯站出來。

沈傲打馬直接往正堂去，幾個蔡府忠心的奴僕要攔，也立即被校尉拳腳相加請出去，有些則被沈傲騎馬撞斷了幾根肋骨，在一旁唧唧哼哼。

到了正堂，蔡行勃然大怒，許多往事如走馬燈一樣在他腦中劃過，自從有了沈傲，蔡行就沒有一日好過，任何事都被他壓了一頭，他冷哼一聲，朝沈傲淒厲喊道：「沈傲，你要做什麼？」

沈傲勒著馬已經進了正堂，朝他冷冽一笑，也不打話，直接一鞭子抽下去，這一鞭下手極重，直接落在蔡行的腦殼上，啪地一聲，蔡行捂著腦袋嗷嗷大叫，整個婚宴已是亂糟糟的一團，所有人都嚇呆了。

沈傲指著新娘道：「來人，把新娘帶回去！」

校尉們快步湧入正堂，朝那瑟瑟發抖的新娘衝去，新娘大叫：「救命……」接著拉下頭蓋來。所有人再次驚住了……

這人是誰？

沈傲在馬上，原本還想擺出個招牌笑容給趙紫蘅一個驚喜，這時也是僵住了，新娘不是趙紫蘅，而是一個面色姣好，卻也說不上非常出眾的女子。

這少女大叫道：「我……不關我的事，是郡主……」

沈傲立即醒悟，翻身下馬，在校尉的殺氣和眾人的愕然羞怒之中，突然朝身後的校尉劈頭大罵：「還愣著做什麼？我們是來做什麼的？」

校尉們呆住，周處吶吶道：「搶……搶……」

「搶個屁，我們是來道賀的，道賀！今日是蔡兄大喜的日子，咱們開個玩笑也就是了，過火了怎麼成？快，都把禮物交出來。」沈傲拿出馬鞭，先是道：「沈某人恭賀蔡兄新婚之喜，贈特製牛皮鞭一副，恭祝新人白頭偕老。」

校尉們目瞪口呆，韓世忠吶吶道：「卑下……啊不，韓某人也恭祝蔡公子新婚大喜，贈……贈……」往身上的鎧甲裏掏了一陣，拿出幾枚銅錢來：「贈銅錢若干。」

周處倒是摸出一塊碎銀，說了一陣場面話，最後頗有得色地道：「贈銀二兩。」

校尉們也一起鼓噪，一下子，禮物堆積如山。

沈傲笑呵呵地道：「蔡兄與我相交莫逆，既是同窗，又是好友，現在他已拜了堂，這喜酒我是喝定了，來人，快送蔡兄和新娘入洞房，我等不醉不歸，共謀一醉，好好為他慶賀。」

蔡行看到那新娘，頓時手腳冰涼，一時腦子嗡嗡作響，蔡府其他人也是呆住，一句話都說不出口，郡主變成了一個丫頭，這該如何是好？再加上姓沈的來搗亂，這婚事到底算不算數？

只是不管算不算也來不及了，沈傲一聲令下，立即有校尉駕著蔡行和新娘往洞房那邊去。

沈傲撇了撇嘴，看到所有人大氣不敢出的模樣，大聲道：「他娘的，本王很不高興，蔡府婚慶，本王的好兄弟成婚，為何你們都是這般苦著個臉？怎麼？是不是看不起蔡太師？看不起本王？笑！都給本王笑起來！」

自持身分的大老們當然笑不出，可是其他人也只有笑的份，只是這笑實在苦澀得很。

沈傲走出堂去，所有人自動給他讓出一條道來，沈傲大叫：「來，大家隨我去赴宴，不醉不歸！」

這個變故實在讓人難以消化，先是沈傲帶著一群如狼似虎的校尉衝撞進來，見人就打，後頭又是狸貓換了太子，新娘另有其人，再看沈傲這興致勃勃的樣子，許多人還是一頭霧水。

看到這些校尉凶悍的模樣，驅趕著大家去赴宴喝酒，大家也不敢說什麼，也都赴宴去了。

後堂裏，管事跌跌撞撞地衝進來，高聲道：「老太爺，不好了，不好了！」

蔡京打了個哆嗦，坐直身子，方才也是忐忑不安，可是一剎那的功夫，立即又變得從容自若，道：「慢慢說，不要急。」

「沈傲那廝帶著人來，把小少爺打了……」

蔡京猛擊桌案道：「豈有此理，京兆府的快吏，爲何不阻攔？」

管事道：「沒敢攔，但是二老爺攔了一下，那沈傲直接策馬過去，差點把二老爺撞了，接著直接進了禮堂，劈頭就給了小少爺一頓鞭子，瞧那架勢，倒像是來搶親的。」

蔡京冷聲道：「人被搶走了？」

管事苦著個臉，期期艾艾地道：「這……這倒沒有，不過……新娘不是郡主。」

蔡京氣得手都抖動起來：「這又是爲什麼？」

「小人也不知道，反正揭開頭蓋的時候，不知怎麼的就換了人，看她的身分，應當是晉王府上的丫頭。」

蔡京嘆了口氣，站起來道：「走，隨我去。」

蔡京從後堂出來，到了前院，這裏擺了數百桌流水席，那些坐在席上的官員見了蔡京過來，都是尷尬地起身喚了一聲：「太師好。」

蔡京只是冷著臉，帶著幾個家人走過去，一路上，看到許多校尉坐在席上勸酒歡叫，到了正廳，便看到沈傲正與幾個宗室舉杯喝酒，沈傲眼尖，看到了蔡京，立即站起來笑呵呵地道：

「太師也來了，哎呀呀，快給太師加個椅子，今日蔡府大喜，沈某人少不得要陪太師喝幾杯。」

蔡京本要翻臉，可是轉念一想，沈傲雖是意圖搶親，最後卻又一副道賀的姿態，晉王府丫頭換郡主，如今也拜堂入了洞房，這時候就算和沈傲爭吵，沈傲最多也只是個玩笑開得過火，至於其他的，還能拿他怎麼樣？真要吵翻了天，依沈傲的性子定會鬧將起來，帶刀來赴宴的校尉不下五百人，到時候會是什麼樣的結局，也只有天知道。

蔡京瞥了一眼與沈傲同坐的諸位宗室大老，一個個臉上帶著淒苦之色，可是對沈傲，卻也不得不留著三分客氣，也有幾個宗室和沈傲交好的，居然還是喜氣洋洋的。

蔡京深吸口氣，幾十年的風雨，早已養成了他喜怒不形於色的性子；只是他胸口仍是一股火氣無處發洩，雖然不致當場翻臉，卻也是冷哼一聲，在沈傲身邊落座。

沈傲爲蔡京斟了一杯酒，笑呵呵地道：「太師今日大喜，總要喝上一杯，來來來，沈某先乾爲敬。」

沈傲也是豪爽得很，一杯酒端起，一飲而盡，說罷笑吟吟地看著蔡京。

蔡京虎著臉道：「老夫身體有恙，這酒不能喝。」說罷闔起眼看向沈傲：「郡王爺，你這份大禮，老夫身受，將來定有報效。」

這句話的隱喻只要是人都聽得明白，下頭的宗室王爺裏有幾個是唯恐天下不亂的，一個是郡王，一個是太師，這兩個神仙打起架來，正好隔岸觀火。

沈傲呵呵一笑道：「哪裡，哪裡，蔡大人說笑了。」

酒過正酣，沈傲已是有些醉了，蔡京心情不好，帶著不好的臉色在中途就退走了，幾個同桌的宗室王爺一開始也不好說話，沈傲拼命勸酒，喜滋滋的倒像今日是他成親一樣，這幾個王爺也就放下了矜持，學著沈傲猜枚敬酒，不亦樂乎。

雖然大多數哄笑的氣氛是假裝出來的，可是誰也不介意，事情演變到這個地步，該頭痛的是蔡家人才對。

蔡絛驚魂未定，這時躲了起來，蔡家人除了奴僕，悉數都退席出去。

正是這個時候，一個校尉從洞房那兒趕過來，在沈傲耳畔低語道：「王爺，蔡公子在洞房裏對新娘動粗，弟兄們在外頭也不好勸。」

沈傲借著酒意，猛地拍案而起：「走，鬧洞房去！」

沈傲來這一下，把臉上洋溢笑容的宗室們嚇了一跳，只是很快，大家跟著紛紛叫好：「走，去鬧洞房！」

沈傲打了頭，賓客們見沈傲帶著宗王們一道出來，校尉已從四面八方聚攏過來，大家也都湊這份熱鬧，隨沈傲朝洞房方向湧去。

洞房在後宅，連通這裏的院子一向是森嚴的，大宅子裏，外府、內院是禁忌，尋常的奴僕若是不小心衝撞進去，打死都是常有的事。可是沈傲過來，再加上氣勢洶洶的校尉，更有烏壓壓的賓客，哪裡有人敢攔？於是都直接放了進去。

洞房裡亂糟糟的，杯盞、紅燭灑落了一地，新娘臉上腫了一塊，嘴角溢出血來，縮在牆角低低飲泣。

蔡行臉色猙獰，對這新娘也是打得累了，氣喘吁吁地坐下，口裏還忍不住大叫：「郡主呢？郡主在哪裡？你們……你們串通起來一起害我，一起害我……哈哈……我……」

可怖的臉上，不由地抽搐了一下，哪裡還有什麼自命風流的風采，繼續道：「郡主和姓沈的有姦情是不是？哼，一對姦夫淫婦……姦夫淫婦。」

他不解恨地站起來，走向新娘，狠狠地一腳踹過去，新娘用手去擋，嚇得嗚嗚大哭，口裏討饒道：「姑……姑爺……」

她叫的聲音越大，蔡行打得越是厲害，正是這個時候，洞房的大門砰地一聲被人踹開，沈傲帶著許多人從門外露出來。

大家見到這個情況，頓時也是呆了一下，再去看蔡行那扭曲的表情，已經有人對蔡行生出不少的惡感。

沈傲走進去，上下打量了房間一眼，才與蔡行那雙殺人的眸子對視，漫不經心地道：「這裏好熱鬧，蔡兄好閒情，洞房花燭第一天，就鬧出這麼大的動靜！」

蔡行冷哼。

沈傲上前幾步，目光落在那新娘身上，嘆了口氣道：「打個女人算什麼本事？蔡兄平時也是這樣的爲人嗎？」

蔡行喝道：「干你何事？」

沈傲這時已經有了酒意，淡淡地笑道：「確實不干我的事，我只是想告訴蔡兄，打女人的，真的不算什麼英雄，沈某人就是要教教你什麼才叫真本事！」

他話音剛落，已欺身上去，一腳將蔡行踹飛，這一腳用力極重，蓄意而發，蔡行也沒有任何的準備，被沈傲直接踢到了牆根，才止住了力道。

蔡行這種養尊處優的公子，哪裡吃過這種苦頭？五臟翻飛，咳嗽一聲，一口血便吐了出來。然後，沈傲又衝上去，扯住他的頭髮，劈頭就是一巴掌，喝道：「打女人不是本事，打你這賤男人才是真本事！」

接著又是一巴掌下去，繼續道：「瞎了你的狗眼，連本王的義妹也敢打！今日不打死你，我這個蓬萊郡王還怎麼抬頭見人？」

這一下全場譁然，什麼時候這新娘成了沈傲的義妹了？再看那蜷在角落的新娘，此時也抬起眸來，一雙淚汪汪的眼睛望向沈傲，臉頰雖然一片紅腫，可是止不住流露出一種楚楚可憐的樣子。

大家都是有身分的人，亦不免憐香惜玉，便有人低呼一聲：「打得好！」

蔡行先是被打懵了，繼而變得癲狂起來，淒厲大吼：「沈傲，我和你同歸於盡！」

說罷，便撲了過去，拽住沈傲的腿，張口要咬。

後頭的周處幾個立即大叫：「不好……有歹徒要襲擊王爺，弟兄們，上！」幾十個人轟然衝過去，好在這蔡府的洞房足夠寬敞，這些人原本還顧及蔡行的身分，可是這時候見他要行凶，也就顧不得什麼了，圍住他，下手也是極重，拳打腳踢一頓。

沈傲趁這個機會，狠狠地踹了幾腳他的後背，口裏還不忘道：「看到沒有，這就是打本王義妹的下場，這就是襲擊本王的下場。不服氣，就去告御狀！今日就算是打死了你，也讓你無處伸冤！」

敢在蔡府說這句話的，也只有沈大郡王了；等沈傲抽開身，蔡行已是奄奄一息，身下是一灘夾雜著白沫的血跡，身子還在不斷地抽搐。

沈傲和校尉們的凶狀看在眾人的眼裏，真真是畏懼莫名，便是那些宗王，只怕這一幕印在腦中，一輩子也忘不掉了。好好的喜事，若是救不活，多半要變成喪事，可是沈傲卻是不屑地拍拍手，漫不經心的樣子，不忘道：「什麼東西！仗著蔡家就敢行凶，打了本王的義妹，連本王都敢打，不知死活的東西。」

周處也朝蔡行吐了一口口水，跟著道：「王爺，要不要把他抓到京兆府去，光天化日竟敢行凶，還是對王爺動手，依我看，此人八成是凶名遠播的汪洋大盜。卑下聽說汴京城最近出了一個大盜，凶名金筆書生，據說相貌斯斯文文，卻是十惡不赦之徒，殺人越貨，欺負良善，無惡不做。方才見這姓蔡的小子對王爺義妹的行凶手段倒是頗有相似之處，咱們既是武備學堂的人，又是大宋頂頂有名的良官，爲了天子腳下的治安，吾輩責無旁貸。」

沈傲瞪了他一眼，心裏忍不住想，這傢伙還真是會來事，很有沈某人風格嘛。想著，沈傲淡淡笑了笑，道：「算了吧，得饒人處且饒人，打個半死不活也就是了，現在他這個樣子，要是到時候死在京兆府，難道讓官家給他治喪嗎？」

說罷，沈傲在眾目睽睽下走向新娘，蹲下身子挽住新娘冰冷的手，與新娘深深地對視，沈傲心裏也頗有愧意，道：「義妹，這裏是不能待了，姓蔡的敢打人，你就回娘家去，什麼時候讓蔡京那老東西跪在沈府磕頭才回來。否則……」他冷笑一聲，森然道：「你一輩子就在王府裏住著，誰敢說什麼閒話，蔡行就是榜樣。」

沈傲將新娘小心翼翼地拉起來，扶著她走出洞房。外頭的人看得目瞪口呆，但很快也醒悟過來，紛紛讓出一條道路，更有幾個宗室站出來，高聲叫好。

反正現在蔡行已經拜了堂，妻子是個丫頭，且不管是不是沈傲的義妹，但清河郡主是不能再嫁蔡行了。也不必給蔡家多少面子，方才大家看到蔡行行凶，心裏也頗爲不悅，不管怎麼說，這丫頭也有不少人認識，好像是清河郡主身邊的貼身丫頭，晉王府裏出來的人固然有錯，那也該交回晉王府治罪，蔡行憑什麼這樣打？

沈傲出手，讓這群走狗心悸之餘，更覺得暢快無比，鼓噪了一下，紛紛叫好。

蔡家這時才反應過來，幾個蔡家的長輩匆匆過來，以蔡絛爲首，先是去看了蔡行，再看準備揚長而去的沈傲，臉色鐵青，一時不知要不要發作。

蔡絛呆了一會，才大叫道：「快，去送醫，叫大夫來。」說罷攔住沈傲道：「這個女人不管是不是王爺的義妹，既然嫁到了我們蔡家，便是我們蔡府的人，人，王爺不能帶走。」

蔡絛攔住沈傲的時候，蔡府幾個頭面人物也都帶了許多家人長隨帶棒過來，蔡府家大業大，護院的也是不少，這時候一起湧過來，聚集簇擁在一起，頗有聲勢。

沈傲身旁的新娘已經害怕極了，身子不由地顫抖起來，沈傲緊緊握住她的手，低聲道：「沒事，有我在。」說罷，漠然地對蔡絛道：「蔡大人，本王若是一定要把人帶走呢？」

蔡絛冷笑道：「那就把蔡府上下人等盡數殺絕，人，一定要留下，我蔡家的兒媳已經和郡王沒有干係，是打是殺，也是我蔡家的事。」

沈傲挑不出錯處，這一次在倫常上，蔡絛算占了上風，嫁雞隨雞，嫁狗隨狗；這新娘確實是蔡家的人，他們怎麼處置，沈傲只是義兄，插手的理由也不太充分。

正是這時，有個人咯咯冷笑道：「蔡大人，你這話咱家就不懂了，人，是咱們晉王府的，雖說是嫁了出去，蔡大人這個樣子，豈不是連晉王府都不放在眼裏了？」

站出來的是個老公公，按常理，各家宗室王爺都有些公公伺候，這些人往往成爲王府裏的總管、主事；這位公公姓周，乃是晉王府的內事主事，這一次晉王府獨女出嫁，父母當然是不能來的，便讓周公公陪著過來。這周公公一開始見到狸貓換了太子，也是駭然，一時六神無主，叫了個人回去報信，可是這時想到蔡行方才凶殘扭曲的樣子，心裏反而大爲慶幸，還好嫁出去的只是個奴婢，若真是郡主，遇到這麼個駙馬，誰知道會變成什麼樣子？

本來這件事既然有沈傲出頭，周公公也不打算管，可是蔡條一意要將新娘留下，新娘是郡主的貼身奴婢，在府裏頭頗有地位，與周公公也有幾分交情，所以周公公才站出來，不管怎麼說，這奴婢是不能留在蔡府了，否則鐵定要被打死的。

周公公代表晉王府站出來說話，倒是讓蔡絛一時無言，晉王背後是太后，得罪了沈傲，同時又將太后推到對立面，蔡絛再蠢，也知道是自尋死路，冷哼了一聲，只好站到了一邊。

明眼人一看，這蔡家已是示弱服軟，想到從前的蔡家何其風光，政出一門，無人可擋鋒芒。一個蔡家的走狗走出蔡家這個門，尋常的部堂主簿見了都要笑臉相迎。那時舊黨凋零，流配的流配，罷官的罷官，僅存的幾個，只是像石英、周正這樣的世家大族，就算這樣，都還是乖乖地蟄伏，在朝堂之中，連說話的份都沒有。

再看看現在，罷黜的官員又重新回到朝堂，流配的官員也以各種名義重新有了廷議的資格，石英佔據住了中書省，在三省中與蔡京分庭抗禮，沈傲更是權勢熏天；今日這般的折辱，蔡家竟也只能退步，這背後隱喻著什麼？許多人從前看不清，今日卻是看清了。

沈傲冷冷一笑，挽著新娘，帶著校尉們穿過數道儀門、牌坊，沿途所過，所有人都乖乖讓出道路，看向沈傲的目光，除了敬畏還是敬畏。

沈傲拍著新娘的手背低聲安慰。新娘揩乾了淚，也不再害怕了，半倚著沈傲，低聲道：「奴婢叫冬兒，郡主不肯來，就叫了我……叫了我來，奴婢既怕郡主見罪，又怕……」

沈傲低聲道：「你姓什麼？」

冬兒懵懂地搖頭道：「奴婢不知道，奴婢從小就是做丫頭的，先是在一處富戶家，後來才賣去了晉王府。」

沈傲道：「你就姓沈吧，本王說認你做妹妹，從今日起你便做我的妹妹，以後就住在我那兒，我叫人收拾個閣樓，給你安排個丫頭侍候。你好好住著，誰敢欺負你，就和我這個做兄長的說。」

冬兒淚汪汪地頷首點頭道：「謝王爺。」

沈傲旁若無人地哈哈一笑道：「還叫王爺？」

冬兒道：「謝兄長。」

沈傲牽著她的手，到了門房處，突然轉過頭去，讓後頭目送他的賓客嚇了一跳，以爲沈楞子又要做什麼驚世駭俗的事。

只見沈傲笑嘻嘻地朝他們拱拱手道：「諸位，沈某人先告辭了，下回見。」

「下回還是不要見的好。」許多人心裏腹誹，卻都是蜂擁過去，笑呵呵地抱手道：「王爺走好。」

第四十四章 受命之寶

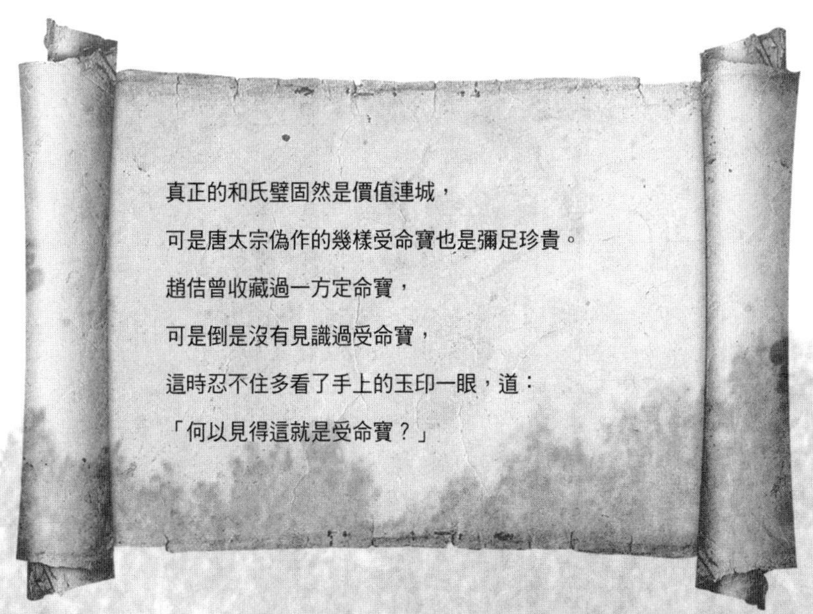

真正的和氏璧固然是價值連城，

可是唐太宗偽作的幾樣受命寶也是彌足珍貴。

趙佶曾收藏過一方定命寶，

可是倒是沒有見識過受命寶，

這時忍不住多看了手上的玉印一眼，道：

「何以見得這就是受命寶？」

沈傲剛剛從蔡府出來，叫人給冬兒預備了一輛馬車，扶著冬兒進了馬車，自己也翻身上馬，卻聽到有人大叫一聲：「沈傲……」

沈傲抬眸向街角望去，看到一個如百靈鳥一般的身影提著裙裾，赤著腳朝這邊奔來。

「紫蘅！」沈傲眼眸中閃露出一絲笑意，隨即策馬奔過去。

空曠的街道上，沈傲及時地拉住了馬，趙紫蘅就在他的馬跟前，揚著俏臉，帶著如春風一樣的笑容，這笑容如棉花糖一樣化開，口裏喘著粗氣，胸口起伏著，艱難地道：「我……我知道你來救我了，我……我就跑過來，累……累死我了。」

沈傲伸出手，趙紫蘅將手輕輕地搭在他的手掌上，沈傲漸漸用力，將她拉上馬來坐在鞍前，雙手穿過她的腰肢拉住轡繩。

上馬的趙紫蘅驚魂未定，繼續道：「我……我以為你不來了，我害怕，就叫冬兒來，冬……冬兒呢？」

沈傲抿著嘴不說話。

風兒襲過，趙紫蘅披在髮鬢後的髮絲向後飄揚，輕撫著沈傲面龐，趙紫蘅咯咯一笑，回眸過來，朝沈傲道：「你為什麼不說話？是不是呆住了，你真是壞死了，既然要來，為何不給我傳個口信，讓我擔心？」

沈傲淡淡一笑，仍是不開口。

趙紫蘅道：「反正我是不做那蔡行的妻子的，要做，也只做你的。你不許笑，我們現在去哪裡？」

沈傲這才道：「郡主，慎言，你看看你的背後。」

趙紫蘅一雙眼睛好奇地透過沈傲向後看，立即咂舌不已，在他們的身後，竟是烏壓壓的到處都是人，賓客們聽到了外頭的動靜，都站出來看，見沈傲和清河郡主這般，真真是無言以對，再想到那蔡行，大致已知道發生了什麼事，卻都鴉雀無聲，誰也沒有說話。

趙紫蘅大是羞怯，大叫道：「呆子，還不快走！」

沈傲呵呵一笑，說罷策馬逃之夭夭。

一路徑往府上去，下了馬，將趙紫蘅抱下來，叫周處等人回去，才引著冬兒出來，趙紫蘅倒是一點也不覺得尷尬，飛快奔進去，大叫：「我去尋安寧，嚇一嚇她。」

冬兒提著裙裾跟上：「郡主……」

沈傲大是無語，沒結成婚，也值得這個樣子？真是讓人開了眼界。隨即哂然一笑，慢慢跟上去。

蔡府這一齣戲，只消一個時辰，汴京便傳開了。據說晉王發了很大的脾氣，車駕都準備好了，大概是要去告沈傲一狀，卻不知怎的，那馬車總是不動，最後灰溜溜地又趕回了馬房去。

其實明眼人都知道，這事要錯，那也是郡主的錯，眼下蔡行已經娶了親，總不能再娶一次；鬧大了，只會把這個笑話延續下去，讓晉王府抬不起頭來。晉王的性子衝動，晉王妃卻是頗有心機之人，這個道理她不會不明白。

倒是宮裏得到消息時卻是最晚的，直到第二日清早，才有人報上來，景泰宮裏，太后發了好一陣脾氣，把宮裏有頭有臉的人都叫了來，就是趙佶此時也生了無妄之災，乖乖地過來請罪。

太后的性子，其實和晉王也差不多，脾氣並不好，除了太皇太后，趙佶和嬪妃們都跪著，她冷哼一聲道：「官家，這就是你的幸臣，咱們大宋的蓬萊郡王做的好事，蔡公子被打得奄奄一息，紫蘅拜天地的時候又沒有看到人，還……還被沈傲騎馬抱走了，咱們天家的臉面，還怎麼擱？」

趙佶唯唯諾諾，一時也是詞窮，好不容易擠出一句話：「紫蘅也是胡鬧，叫個丫頭頂替，讓人貽笑大方。還有，雖說是丫頭，可是好歹也是晉王府出去的，那蔡行說打就打，可見此人性子暴戾，兒臣現在一想，倒是有幾分慶幸，還好紫蘅沒有嫁過去，遇到這麼個人面獸心的人，紫蘅這天真浪漫的性子，肯定鬱鬱寡歡的。」

太后冷笑道：「你就繼續爲沈傲辯護吧，出了這麼大的事，你還向著他？」

趙佶訕訕笑道：「兒臣哪裡還敢維護他？一定給他個教訓，不如朕這就下旨申飭好了。」

「申飭？想得倒是簡單！」太后對晉王最是寵溺的，想到晉王府顏面掃地，此時怒火攻心，啓口道：「剝了王爵吧，給他個教訓，立即下旨，還要讓他閉門思過，往後再敢胡作非爲，哀家絕不饒他。蔡京那兒要撫恤一下，派個人去好好地說，還有那個蔡行，給他賜個侯爵，權當是宮裏的照應。」

趙佶道：「沈傲的王爵是立下大功掙來的，咱們大宋得了多少好處？就如這府庫，若是沒有沈傲，也不會這樣充盈。母后息怒，兒臣心裏是這樣想的……」

太后打斷道：「這事哀家做主了，官家不必再勸。」

趙佶一時無言以對，呆呆地不說話。原本他聽到這消息，對沈傲也發了一通火氣，恨不得立即飛出宮去，當著那傢伙的面給他兩耳光。可是太后這一罵，趙佶反倒又站到了沈傲這邊了。太后一口咬定了是沈傲的錯，趙佶心裏就想，沈傲再胡鬧，會有紫蘅胡鬧？兩個雖然都不是什麼省油的燈，可是太后把罪責都推到沈傲一個人的身上，讓趙佶忍不住爲他辯護幾句。

太皇太后看這一對母子僵著，便道：「其實呢，這事說大也大，說小也小，這般興師動眾，坊間就越喜歡議論，倒不如宮裏這邊揭過去也就是了，可以暗地裏給沈傲一個教訓。」

太后板著臉，惡聲惡氣地道：「不成，沈傲太欺負人了，哀家咽不下這口氣。」正說著，景泰宮的主事太監敬德躡手躡腳地進來，低聲道：「太后，晉王覲見。」

太后道：「請進來。」

趙宗左搖右擺地進來，開口就道：「母后，你要爲我做主啊。」

太后冷著臉道：「跪下說話。」

趙宗見情況不對，看了趙佶一眼，立即乖乖跪下。

太后虎著臉道：「你看看你的家教？只生了一個女兒，也管不住。哀家記得，紫蘅平日還是很聽話的，如此乖巧的一個女孩兒，怎麼就成了這個樣子？你知錯不知錯？」

趙宗訝然，天底下說趙紫蘅乖巧的，只怕也只有太后一人了，其實也難怪，紫蘅進宮，在太后跟前雖然也愛耍下脾氣，但大致還是乖巧的，她大多數都是巴望著太后爲她撐腰，不乖巧怎麼能成？再者說，太后偏著晉王這一房，在她心裏，紫蘅再怎麼胡鬧，多半也覺得不壞，絕不會往壞處去想。

趙宗老老實實地道：「兒臣知錯。」

太后冷哼一聲道：「你也要思過，閉門思過，三個月內不許出門，哀家怎麼會有你這種不爭氣的兒子？將來指不定讓人怎麼笑話呢！」

大罵了一通，趙宗一點兒脾氣都沒有，朝著趙佶擠了擠眼，意思是請趙佶爲他說幾句好話。誰知趙佶心裏有氣，自身都難保，哪裡還顧得上他，只是板著個臉，乖乖地跪著。

太后罵完了，便道：「最壞的就是沈傲，除了他，紫蘅還能跟誰學壞？怪不得紫蘅到哀家這兒來淨說那沈傲的好處，什麼會畫畫，依哀家看，作畫的人，就沒幾個好的。」

趙佶臉色一黑，天知道太后是指著和尙罵禿驢還是指桑罵槐，卻也無可奈何，悄悄地嘆了口氣。

太后繼續道：「一定要重懲，哀家還是那句話，剝去王爵，再發一道嚴厲的旨意去申飭一下，還有一樣，往後他來後宮給哀家問安，就給哀家擋了，哀家不願見他。」說罷，朝趙宗道：「晉王滿意了嗎？」

晉王趙宗面如土色地道：「母后，不可啊……」

太后板起臉來，深深地看了趙宗一眼，道：「怎麼？這樣處置你還不滿意？沈傲固然是壞，可是官家那邊也要用人，好歹他是有功之臣，難不成要殺了他的頭才甘心？」

趙宗苦著臉道：「母后，兒臣不是這個意思。」他眼珠子一轉，無可奈何地道：「兒臣懇請母后，不要責罰蓬萊郡王。」

這一句話，讓殿中之人都是微微愕然，趙佶朝趙宗看了一眼，心裏想，朕這皇弟莫非是轉了性？從前從不肯吃虧的，今日怎麼學會忍氣吞聲了？

太后慢吞吞喝了口茶，又用絲帕擦了嘴，才是慢吞吞地道：「你說，爲什麼不要責罰？」

「這個……這個……」趙宗往四周看了看，顯然正在考慮是否該在大庭廣眾之下說出來。

太后知道他的心意，朝嬪妃們道：「你們都退下去，哀家不用你們陪著。」嬪妃們道了一聲安，便紛紛退了出去。

殿中只剩下太后、太皇太后、趙佶和趙宗，趙宗這才沒有了顧忌，笑呵呵地道：「母后，沈傲這個人也不算太壞，不過是犯了些小過錯，責罰就免了吧，兒臣就當吃了虧，不和他計較。」

太后道：「把你的道理說出來，不要拐彎抹角。」

趙宗連忙道了一聲是，接著道：「實在不敢隱瞞母后，昨日在蔡家門口，紫蘅和那姓沈的小子在大庭廣眾之下……咳咳……那個……那個……兒臣聽了，自然是心有不甘，本來還想著要和沈傲理論理論的，可是轉念一想，紫蘅和他確實相處得極好，說是青梅竹馬也不為過，又遇到這種事，大家都看到二人手拉著手，同乘著一匹馬，鬧出這種事，紫蘅以後還怎麼嫁出去？」

太后聽了，突然也覺得有幾分道理，鬧了這麼一齣，原來那些來提親的，誰還敢再提？有了蔡行的前車之鑒，誰知道下一趟晉王府送來的會不會又是一個丫頭？

這倒也罷了，那沈傲如此兇惡，別人也惹不起。趙紫蘅又和沈傲有了肌膚之親，這是許多人親眼見到的事，就更沒有人肯去提親了。嫁不出去怎麼辦？這才是擺在太后和趙宗面前的難題。

太后淡漠地道：「這些話，怎麼都不像是你想出來的，該是王妃想出來的吧？」

趙宗尷尬地道：「是王妃和兒臣一起想的。」知子莫若母，以太后對趙宗的理解，他還真想不到如此深遠。

太后道：「那你說，該怎麼處置？」

趙宗苦笑道：「到了這般地步，還能說什麼？兒臣就這麼個女兒，從前是含在嘴裏怕化了，小心翼翼的，總不能叫她一輩子待嫁。不如這樣，既然是沈傲那壞小子惹出來的是非，兒臣就吃點虧，把紫蘅嫁了他就算了。現在若是把沈傲的爵位剝除了，紫蘅嫁過去，面子上也不好看。兒臣昨夜輾轉難眠，也想了很多，想起來，那沈傲也沒什麼不好，除了愛胡鬧之外，不管學問、做事還是出眾的。」

他這般說，太后也陷入深思。現在，天家顏面固然緊要，可是晉王這兒也不能薄待，紫蘅這麼乖巧，更不能讓她一輩子待字閨中。

太后看著趙佶淡淡地道：「官家的意思呢？」

趙佶這時卻是反對道：「母后，萬萬不可，安寧已經嫁過去了，再嫁紫蘅，這兩個都是我和皇弟的心頭肉，怎麼能侍候一夫？就算傳開了，也是個笑話。」

趙佶當然反對，本來就嫌沈傲的老婆太多，趙佶至今還耿耿於懷，現在又加上一個郡主，那還了得？這件事，不能有商量的餘地！

趙宗大叫：「皇兄……」

趙佶繃著個臉，就是不鬆口。

太后也跟著勸道：「沈傲的夫人是多了，哀家也看著礙眼。可是到了這個田地，你做皇兄的，看到自己的嫡親兄弟這般為難，又看到紫蘅這麼乖巧的人這個樣子，你心裏就過意得去嗎？官家，哀家這輩子不求什麼，只求你們這一對兄弟能平平安安，一個安生地治國平天下，不要辜負先帝的厚望；另一個呢，也好生地過日子，無憂無慮地做個賢王。現在紫蘅這個樣子，她的事一日定不下來，哀家就一日茶不思飯不想，官家若是但凡有一分孝心，總要體恤一下才是。」

這番話，多少有一點柔情攻勢的意思。趙佶雙肩微微一顫，一時也不好斷然拒絕了，只是趴伏著不動。

太皇太后看到這個局面，心裏也想笑，可是表面上免不得要勸一下：「官家，反正沈傲也有了這麼多個夫人，多一個也不多，又有什麼打緊？再者說了，身爲人子，這孝字卻是罔顧的，你就點了這個頭，皆大歡喜就是。」頓了一下又道：「再說，安寧和紫蘅從前在端王府也是極好的一對姐妹，將來在一起也有個照應不是？」

趙宗就沒這麼客氣了，一把抓住趙佶的臂膀，搖晃著道：「皇兄……我這做皇弟的是胡鬧了一些，可是今日的事，你一定要答應，不答應，我在王妃那邊也不好交……」他說到一半，發現自己說漏了嘴，立即改口道：「愛妃也會鬱鬱寡歡，皇弟更是憂心如焚啊。」

趙佶被纏得沒有辦法，只好搖頭道：「朕先想一想，就算要嫁，也不能輕易嫁過去。紫蘅年紀尚幼，也不急於一時。這個風口浪尖，先是許給了蔡家，又許給沈傲，難免叫人笑話。」

太后沉吟了一下，道：「你說得也不是沒有道理。」接著朝趙宗眨了眨眼，意思是不要再糾纏了。

趙宗笑嘻嘻地道：「皇弟只當皇兄已經應下了。」

趙佶只能捏著鼻子認了。

太后道：「那沈傲還要不要處置？就算不剝去爵位，至少也要下旨意申飭一下才對。」

趙宗大叫：「不可，私下裏說說他也就是了，讓皇兄去說一下，母后還是不要出面的好。」

他這般盡心維護，倒是有幾分自知之明，這個時候下旨意出去，天下人都看著，鬧大了，晉王府的傷害最大，他回去也不好向王妃交差。

趙佶道：「還是申飭一下好，私下裏訓斥和沒有處分一個樣。」

趙宗立即道：「皇兄不可啊，申飭下去，天家的顏面往哪裡擱？私下裏罰他一年半載的俸祿就好了。」接著，帶著乞求的目光望向太后道：「母后，兒臣說的對不對？」

太后沉吟，道：「這樣處罰，太便宜了他。」

趙宗道：「不便宜，不便宜的。」

這一陣扯皮，讓人意興闌珊，本來太后要興師問罪，卻被苦主趙宗攔著。趙佶不敢太維護沈傲，反倒是趙宗維護得更厲害，連趙佶都覺得這樣罔縱實在過意不去。

太皇太后笑道：「罷了，罷了，既然紫蘅要嫁過去，這件事就當沒有發生過。私下裏說一下也好，罰俸就不必了。哀家聽人說，沈傲在外頭做著偌大的生意，又是茶坊又是周刊的，還會在乎這點錢嗎？罰了他，不知道的，還以爲咱們天家刻薄。」

趙佶搖搖頭，不知道該說什麼好，最難的就是家務事，只好吁了口氣道：「兒臣明白了。」

從景泰宮出來，趙佶心急火燎地將楊戩叫來，楊戩正屏息等著景泰宮的消息，看趙佶鐵青著臉出來，心裏大叫不妙，想問又不敢問，就聽到趙佶道：

「去，把那混賬叫進宮來，要快，朕在文景閣那邊等他。」

聽到是文景閣不是講武殿，楊戩鬆了口氣，應了一聲：「奴才這就去。」接著飛也似地去了。

趙佶撐著步履到了文景閣，悶著臉進去，左等右等，還不見沈傲進宮，心裏煩亂不已，站起來又坐下去，如此反覆了好幾次。

沈傲聽到官家召見，心裏也是惴惴不安，立即騎了馬到正德門，楊戩在這兒等著，一見到他，立即朝他招手。沈傲下了馬，將馬交給正德門的禁軍，快步過去。

二人邊走邊入宮，楊戩道：「陛下只怕肚子裏有火氣，你要小心應對，還有，方才咱家聽景泰宮的敬德說，太后和晉王已經不追究這事了，大致叫陛下私下訓斥就是。縱是這樣，你也不能怠慢，總之，沒事就好。」

沈傲頷首點頭：「明白，所以這一趟，我特意帶了一樣寶貝來。」他狡猾地揚了揚手上的一方錦盒：「先移開陛下的注意，再從容應對。」

楊戩咯咯一笑道：「咱家就說你最是聰明的，原來早有打算。」

沈傲朝他一笑，低聲道：「待會兒要不要去太后那邊問個安？太后是不是還在生氣？現在去，會不會碰釘子？」

楊戩猶豫了一下：「脾氣再壞，你也要去，請個罪也就是了。晉王也在那兒，正好對他也認個錯，省得到時候揪扯不清。」

沈傲點了點頭道：「大不了挨一頓罵就是，怕個什麼？」說罷，雄赳赳氣昂昂地加快了步子。

楊戩小跑著追上來道：「蔡家那邊，可要小心，蔡京吃了這麼大的虧，肯定是不會輕易甘休的。」

沈傲撇了撇嘴，深深地看了楊戩一眼，道：「到了這個地步，蔡京敢冒頭，我就敢把他砸下去，今時已經不同往日了。」

到了文景閣，沈傲步入閣中，朝趙佶行了禮，便老老實實地跪著，也不說話。

在以往，趙佶都是叫沈傲坐下說話的，今日卻沒有，不理不睬的樣子裝作在看一幅字帖，沈傲略顯尷尬，朗聲道：「陛下，微臣尋了樣東西，知道陛下一定喜歡，特來獻上，請陛下賞玩。」

趙佶冷哼一聲道：「朕沒這個興致。」說罷，繼續去看桌上的字帖，繼續對沈傲不理不睬。沈傲大是尷尬，舔了舔嘴，也不再說什麼。

過了一會兒，趙佶突然道：「把東西拿來給朕看看。」

沈傲大喜，立即拿出錦盒來，湊過去在御案前將錦盒打開，笑呵呵地道：「陛下請看。」

趙佶故作漫不經心地掃了錦盒一眼，沉吟道：「和氏璧？」

沈傲頷首：「陛下果然見多識廣。」

趙佶淡笑搖頭，將一方玉印取出來，撫摸了玉的紋理，翻開玉印的底座，便看到「受命於天、既壽永昌」八個字，撇撇嘴道：「這是不世出的寶物，怎麼會在你的手裏？」

和氏璧傳爲琢玉能手卞和在荊山發現，初不爲人知，後由文王賞識，琢磨成器，命名爲「和氏璧」，成爲傳世之寶。春秋戰國之際，幾經流落，最後歸秦，由秦始皇製成玉璽。之後玉璽歸於漢劉邦。入唐後卻不知所終了，後世的君王幾經尋訪，卻都不知所蹤。只這一樣寶物，絕對非同凡響。

趙佶仔細把玩，臉色變得莊肅無比，突然抬眸道：「它不是和氏璧。」

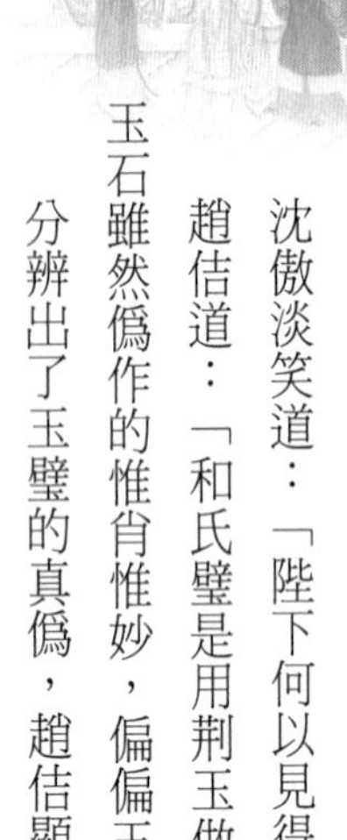

沈傲淡笑道：「陛下何以見得？」

趙佶道：「和氏璧是用荊玉做成，荊玉質地溫和，置於手心，溫而不燥，可是這塊玉石雖然僞作的惟肖惟妙，偏偏玉質上卻是差了。」

分辨出了玉璧的真僞，趙佶顯得興致勃勃，繼續道：「再者，相傳國璽傳入隋宮。隋亡之後，蕭后與隋皇孫政道攜玉璽遁入漠北突厥。此後唐軍入突厥，索回蕭后和皇孫政道，玉璽又歸於唐，直到後晉石敬瑭攻陷洛陽前，後唐末帝和后妃在宮裏自焚，所有御用之物也同時投入火中。從此之後，和氏璧便再無蹤跡，後世尋訪了數百年都無所知，豈是你能尋到的？」

沈傲笑道：「陛下慧眼如炬，微臣嘆服，這玉，確實是贗品。」

趙佶忍不住自得地捏了捏頜下的鬍鬚，道：「拿一個贗品也想來糊弄朕，朕豈是好矇騙的？」

沈傲笑著道：「陛下，微臣萬死。不過，這玉璧雖不是和氏璧，卻也是一件寶物。唐書中曾言：唐初，太宗李世民因無傳國玉璽，乃刻數方『受命寶』、『定命寶』等玉『璽』聊以自慰。陛下可曾記得這個典故嗎？」

趙佶頷首，蕭后和隋皇孫帶著印璽逃入漠北時，有相當一段時期內，初唐是沒有和氏璧的，當時的唐太祖李淵倒是並不介意，唯獨在太宗皇帝眼裏，卻是如鯁在喉，於是命令匠人僞作和氏璧，造受命寶。只是到了後來，玉璽從突厥手中奪回來，才將這些贗品全部廢棄。

真正的和氏璧固然是價值連城，可是唐太宗僞作的幾樣受命寶也是彌足珍貴。趙佶曾收藏過一方定命寶，可是倒是沒有見識過受命寶，這時忍不住多看了手上的玉印一眼，道：「何以見得這就是受命寶？」

沈傲道：「陛下看那底座的章刻，那受命於天、既壽永昌八字之間，是不是有印泥的積澱？」

趙佶認真細辨，果然在縫隙之中有紅泥，只是時間過得太久，早就斑駁風乾，若不細辨，還真是看不出。

沈傲繼續道：「唐時的印泥區別甚大，最主要的是水調朱砂的比例，好的印泥紅而不躁，沉靜雅致，細膩厚重。印在書畫上則色彩鮮美而沉著，有立體感。時間愈久，色澤愈豔。質地差的印泥，印出來則顯得色澤灰暗或淺薄，有的油漬浸出，使印文模糊。陛下仔細看這印泥垢，可分辨出了什麼嗎？」

趙佶亦是心細如髮之人，至少在鑑定古玩上能夠頗有眼色，小心翼翼地從字間的縫中摳掉一點印泥垢，仔細辨認了一下，道：「立時數百年而不腐，確實是印泥中的極品，也只有御用的才有這般色澤。」

沈傲頷首點頭道：「這就是了，不是受命寶，誰又會用這印章？既然有人使用，那麼必然是唐皇的御用之物。陛下若是再不信，可以叫人尋來前唐太宗皇帝時期的聖旨來比對一下。」

趙佶哂然一笑，道：「朕明日試試看。這印璽，你是從哪裡得來的？」

沈傲道：「契丹人送了不少禮物過來，微臣一件件地梳理，發現了這個。那些契丹人只當作是贗品，卻不曾想到，這贗品又是真跡，平白無故便宜了微臣。」說罷，又笑道：「這種東西，不是臣能夠享用的，臣鑒定了之後不敢私藏，立即呈上來請陛下把玩。」

趙佶頷首點頭道：「雖是贗品，也是真跡，你說得倒是不錯。」

這一番對話，漸漸將趙佶方才的怒氣沖淡了，等趙佶將受命寶叫人送到內庫去，這才想起沈傲的前科，此時想要板起臉來呵斥幾句，可是想到人家剛送來了東西，伸手不打笑臉人，再加上拿人手短，只好搖搖頭，苦笑道：「昨日你帶人闖到蔡府去，太胡鬧了。」

只看趙佶的臉色，沈傲便知道這場風波算是壓了下去，立即叫屈道：「陛下，微臣是去給蔡府賀喜的。生怕那邊不熱鬧，還特意請了不少朋友、下屬一道去，好給蔡府那邊添幾分光彩。誰知道後來會是那個樣子，再者那蔡行……」

沈傲嘆了口氣，才又道：「他的脾氣實在太壞了，陛下是沒有看到他當時的樣子，好好的一個新娘，竟拳打腳踢，這還嫌不夠，還想繼續行凶，微臣看他打得太狠，才出手幫了一下，把那新娘認作了自己的義妹，順手輕輕地打了蔡行幾下。」

什麼叫近臣，近臣就是隨時隨地能給皇帝遞話，皇帝也會相信的臣子。沈傲這番解釋避重就輕，著重說的是蔡行，蔡行在趙佶心中印象本就不是很好，聽得他如此暴戾，也不禁皺眉，沈傲又說是順手打了蔡行幾下，就好像是把指頭捏成蘭花狀，在蔡行的腦殼上輕輕彈兩下一樣。

趙佶道：「那爲何報上來的卻是蔡行被打了個半死不活？」

沈傲肅然道：「陛下，本來隨手動他幾下也就是了的，錯就錯在蔡行居然還手。武備學堂的校尉看不過去，於是便動了手。」

趙佶淡然地道：「不管怎麼說，也是你的不對，蔡府也要撫慰一下。這個蔡行也確實不像話，只是如今打成了重傷，也就不予追究了。至於你，就閉門……」

趙佶本想說閉門思過，可是轉念一想，武備學堂要招募新校尉，鴻臚寺也是爛攤子，還有海路、水師都是頂麻煩的事，叫他去閉門思過，倒是便宜了他，辛苦了自個兒，立即改口道：「罷了，此事朕也不計較了，看看太師的意思吧。還有太后那兒，你要記得去請罪。」

等沈傲應下，趙佶突然道：「朕問你，若是金軍借道西夏攻我大宋西陲三邊，宋軍能抵擋嗎？」

突然冒出這麼一句，沈傲倒是不得不慎重對待了，沉吟一下，道：「不能。」

趙佶有些不服氣地道：「何以見得？」

沈傲道：「步軍善守，騎軍主攻。大宋步卒多而騎兵少，金軍儘是策馬控弦之士，若是來犯，西北邊陲到汴京一路，都無地勢阻隔，誰能擋其鋒芒？再者說，契丹人已是被打怕了，金軍的實力，出人意料的可怕，若是沒有三十萬能征善戰的將士，五萬精騎再以舟師爲輔，以作海中策應牽制，微臣以爲，要和金軍一決死戰，只怕是以卵擊石。」

趙佶皺眉，神情凝重地頷首點頭。

沈傲繼續道：「更何況，就算金軍不能全勝，戰爭一起，破壞也是極大，金人深入，只會越戰越強，而我大宋則越戰越弱。」

這個道理，也是這時朝臣們反戰的理由，游牧民族打仗，殺進來便是劫掠，就算不侵佔你的土地，讓你依靠城池堅守住了，可是野外多少府縣村落被他們襲掠一空，對生產的破壞極大，而金人本就不事生產，只以劫掠爲生，最後誰占了便宜，一目瞭然。

趙佶道：「既如此，那麼西夏國公主下嫁，是絕不能讓金人如願了。你退下吧，朕再思量一下。」

沈傲掌著鴻臚寺，上次被趙佶和太皇太后說了個一頭霧水，也關注了一下西夏國下嫁公主的事，只是這時候還是不要發表意見的好，未婚的皇子就這麼幾個，誰也不願意去娶個西夏公主回來，再說，拿他們去和金人王子競爭，多半他們也沒有這個本事，提名誰上路，都是得罪人的事，這個冤大頭暫時不能去做，得先讓趙佶有了腹稿，自己再推波助瀾一下。

從文景閣出來，直奔景泰宮，太后還在和太皇太后、晉王說話，沈傲在外頭先悄聲把敬德拉過來，低聲垂詢幾句，敬德朝他笑呵呵地道：「王爺不必怕，太后火氣已經消了，去問個安便是。」

沈傲才大起膽子，叫敬德去稟告。太后遲疑了一下，原不想見他，倒是一旁的晉王道：「母后，人都來了，擋回去終究不好，還是見一見吧，省得說天家薄涼。」

太后繃著臉，道：「傳他進來。」

第四十五章 伴君如伴虎

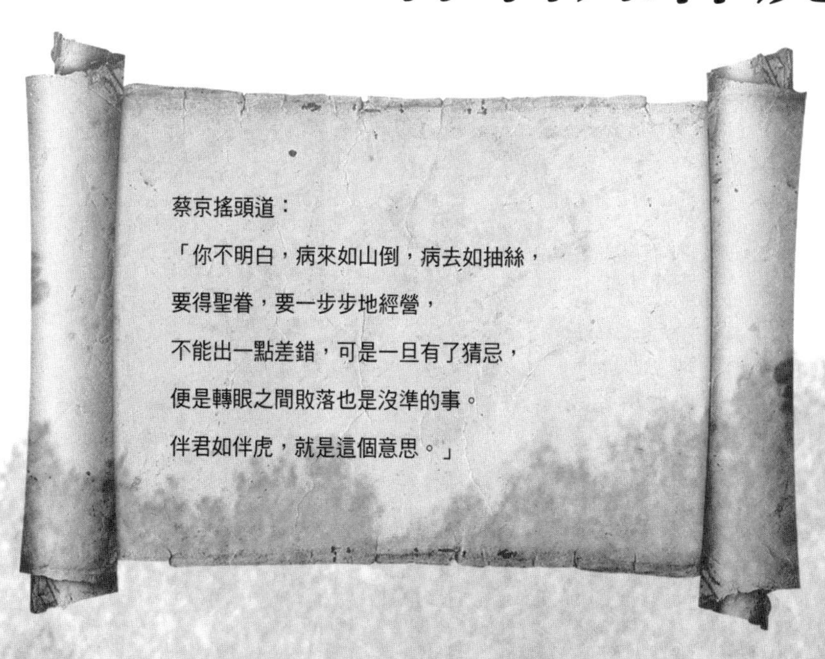

蔡京搖頭道：

「你不明白，病來如山倒，病去如抽絲，

要得聖眷，要一步步地經營，

不能出一點差錯，可是一旦有了猜忌，

便是轉眼之間敗落也是沒準的事。

伴君如伴虎，就是這個意思。」

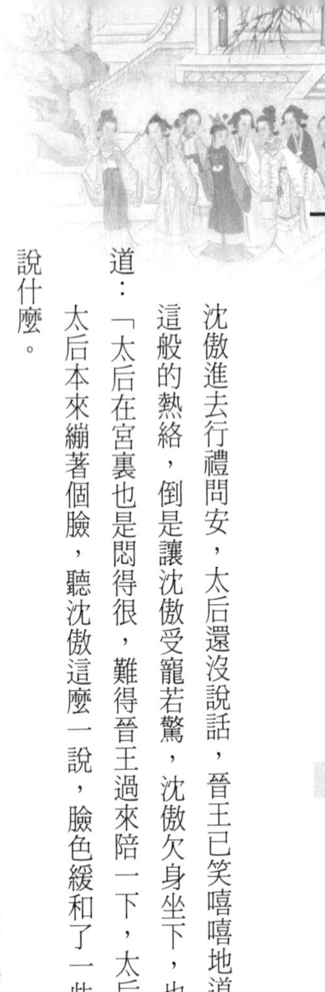

沈傲進去行禮問安，太后還沒說話，晉王已笑嘻嘻地道：「來人，給沈傲賜坐。」這般的熱絡，倒是讓沈傲受寵若驚，沈傲欠身坐下，也不知說什麼好，只是訕訕笑道：「太后在宮裏也是悶得很，難得晉王過來陪一下，太后見了晉王，心情就好了。」

太后本來繃著個臉，聽沈傲這麼一說，臉色緩和了一些，只是依然沉著臉，卻也不說什麼。

晉王呵呵笑道：「是，是，是，往後兒臣一定要多進宮來，陪著母后說說話。」

太皇太后這時也給沈傲臺階下，板著臉道：「沈傲，你知罪嗎？」

沈傲認錯態度良好：「知罪，知罪，萬死難咎。」

太皇太后笑道：「太后，哀家看沈傲既然知罪了，也就罷了吧，他畢竟還年輕，還能怎麼樣？難得晉王和沈傲都入了宮，倒不如打幾圈雀兒牌。」

晉王拍手叫好道：「兒臣也好久沒有陪母后打雀兒牌了，來，來，來，這就叫人上牌來。」

太后只好板著臉道：「難得宗兒陪著，就打一圈吧。」

叫人上了牌，一人各占一個桌腳，先是氣氛尷尬地抓牌出牌，漸漸地，太后上了癮頭，沈傲出錯了一張牌的時候，恰好被她捉到，笑呵呵地道：「沈傲打牌怎麼這麼沒有精神？這麼顯眼的牌也會出錯？」

沈傲見機道：「罪臣萬死。」

太后撇了撇嘴道：「萬死什麼？打葉子牌也是萬死？好好打你的牌。」

沈傲精神一振：「遵懿旨。」

此後氣氛就熱絡了，一直到了黃昏，沈傲才和趙宗一道出宮。趙宗笑嘻嘻地時不時朝沈傲打量，沈傲被看得心裏發毛，忍不住加快腳步。

趙宗便追上來道：「慢點走，宮門沒這麼快落鑰。」

沈傲只好放慢腳步，趙宗才道：「沈傲，你好大的膽子，若不是你勾引……」

沈傲立即打斷：「晉王，有些話要說清楚的好，我與紫蘅，是異性相吸，最多也不過是吸引，何來勾引之說？」

趙宗只好道：「就算是吸引，若不是你這般，紫蘅已經嫁到蔡府去了，什麼事都不會有，現在留下的這個爛攤子，你若是不擔當起來，本王斷不和你干休。」

沈傲頷首點頭道：「這個好說。」他突然發覺，自己好像也不是全然沒有底氣，現在應當不是自己去求晉王，而是晉王求自個兒才是，心裏有了變化，也端起了架子。

二人邊走邊說，一直到了正德門這邊，已經和好如初了，一下子把不愉快的前事忘去。

一日之前，蔡府這邊還是張燈結綵，那新掛上去的漆金匾額，還有那門口一直延伸到數重門去的燈籠，披紅掛綠的彩燈、紅綢，只一夜功夫，就悉數不見了蹤影，門房這邊，一丁點喜慶都不見。

遇到了這樁事，據說老太爺已經臥病不起，這一次，是真的病了，連夜召了郎中過來看，好不容易才緩解了些病情。至於二老爺，一直陪在老太爺那邊，偶爾也會去蔡行那邊看看，看到他的，都知道他現在的臉色鐵青，滿肚子的怒氣，昨天夜裏，有個家人不小心笑了一下，直接被他拉到正堂裏，活活打了四十多鞭子，到現在，人是死是活還不知道。

至於小少爺，遍體鱗傷，據說腳骨也斷了一根，眼看是接不好了，多半要成一個廢人。整個蔡家，從喜氣洋洋到遍地哀鴻，竟只是一眨眼的事，教人唏噓。

蔡條咳嗽一聲，看著幾個兄弟，慢吞吞地道：「該歇的就去歇了吧，這裏有我看著。」

幾個人都是搖頭，更以為蔡條是要討好賣乖，到時候老爺子起來，第一眼看到的就是他，若是去歇了，天知道別人會怎麼編排自己。

四房的蔡斯呵呵一笑，真摯地道：「我們倒不累，就是二哥又要顧著部堂的事，又要照顧父親，還要惦記著蔡行，就怕二哥的身子吃不消。」

蔡絛抿了抿嘴，厭惡地看了蔡斯一眼，也不搭他的話，過了半晌，喝了口茶，才打起精神道：「好好的一個家，怎麼就到了這種田地？」

一個主事過來，低聲道：「老太爺醒了。」

大家都霍然起來朝臥房去，爭先魚貫而入，便看到蔡京半臥在榻上，整張臉都鬆垮下來，氣若游絲地由小婢餵服著參湯，聽到外頭的動靜，瞥了所有人一眼，呼吸局促了一下，搖了搖手道：「絛兒留下，其餘人全部在外頭候著。」

其他幾房的人面面相覷，那蔡斯嫉恨地看了蔡絛一眼，也就乖乖地退了出去。

蔡絛快步到蔡京的榻前坐下，握住蔡京的手道：「父親……」

蔡京臉色逐漸變冷，叫小婢退下，隨即道：「宮裏來人了嗎？」

蔡絛道：「倒是來了一個，撫恤了一下，兒子問這次的婚事，那公公什麼都不說。還有問到沈傲的時候，那公公只是冷笑。」

「不該這樣問，早就知道會這樣的，天家有自己的私心，事情搞成了這個樣子，郡主不會再嫁過來了。至於沈傲，只因這麼一件事也扳不倒他。你就是太不經事了，閉門思過了這麼多年，還是沒有長進。」說罷，嘆了口氣又道：「行兒呢？行兒那邊怎麼樣？」

蔡絛黯然道：「好不容易救了回來，命倒是留住了，只是……」

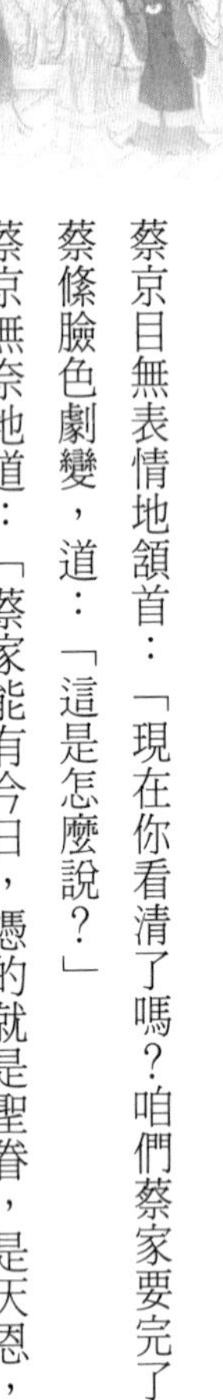

蔡京目無表情地頷首：「現在你看清了嗎？咱們蔡家要完了。」

蔡絛臉色劇變，道：「這是怎麼說？」

蔡京無奈地道：「蔡家能有今日，憑的就是聖眷，是天恩，否則老夫歷經二十年不倒，總攬三省，政敵何其多？還不是被老夫輕易地剪除？」

接著，蔡京又嘆了口氣，道：「悔不當初啊，早知在沈傲羽翼未滿之時就該將他剪除，誰知一個疏忽，竟到了這個地步。」

蔡絛道：「父親爲陛下操心勞力，陛下至不濟，也不會薄涼了咱們蔡家的。」

蔡京搖頭道：「你不明白，病來如山倒，病去如抽絲，要得聖眷，要一步步地經營，不能出一點差錯，可是一旦有了猜忌，便是轉眼之間敗落也是沒準的事。伴君如伴虎，就是這個意思。」

他咳嗽一聲，又道：「事到如今，老夫是沒幾年活頭了，可是你們怎麼辦，怎麼辦？」

原以爲可以靠著清河郡主維繫住蔡家，可是現在看來，是想都別想了，沒了這道護身符，將來會成什麼樣子，才是蔡京張眼想到的第一件事。

蔡京頹然道：「眼下這個時候，唯有兩個辦法，要嘛是請辭，咱們回老家去，這裏的事再也不管了，向沈傲服個軟，或許還能平平安安。」

蔡絛道：「父親是糊塗了，不說姓沈的會不會肯放過咱們蔡家，就說這麼多年，咱們得罪了多少人？又有富可敵國的財富，失去了汴京的聯繫，誰不會眼紅？沈傲能罷手，別人也不會肯罷手的。只怕就只是一個小小的知府，便可讓我們破家了。」

蔡京嘆息道：「你說得也不是沒有道理……到了這個地步，想要做個百姓也不可得了，所以這是下策。上策就是與沈傲拼死一搏，拼了性命，也要和他見個分曉。」

蔡絛緊緊握住蔡京的手，道：「這麼說，父親已有了主意？」

蔡京搖頭道：「再多的主意也沒有用，現在扳不倒他的。只有等，再等等，等時機到了……」

蔡京顯得疲倦至極，吩咐道：「去，把你的幾個兄弟都叫來。」

蔡絛點點頭，出去領著幾房的人一起進來，蔡京先把目光落在蔡斯的身上，道：「老四，你回福建去，到老家管著咱們家的莊子，各房的子嗣也都由你帶去，福建路那兒老夫有幾個門生，你和他們好好地交往，汴京城的事你不要理會，也不要管，安生過日子去。」

蔡斯愕然，以為蔡京要逐走他，立即跪下道：「爹的身子骨這麼差，兒子怎麼能在這個節骨眼上去福建？兒子寧願留在福建陪著爹。」

蔡京沉聲道：「你認我做爹，就聽我的話，叫你去就去，不要耽擱，明日清早就走吧。」

說罷，向另一個兒子道：「老六，你年紀最輕，也是最不經事的，在汴京城裏鬧了多少雞飛狗跳的事，若不是我和你的兄長們護著，誰知道會成什麼樣子？你也隨你的四哥走吧，到了福建路那邊，不要再胡鬧了。」

接著，蔡京的眼眸慢慢闔上，道：「還要叮囑好府上的人，要慎言，有人說起郡主的事，誰要是敢胡說什麼，立即打死。條兒，這個時候你爲什麼沒去部堂？」

蔡條道：「父親這個樣子，兒子怎麼好去？已經叫人去告假了。」

蔡京搖頭道：「不要告假，要沉得住氣，我這把老骨頭一時還死不了，你該去部堂的時候還是要去，省得讓人猜疑。」

蔡斯在下頭有氣，以爲是蔡條說了他的壞話，才被趕到福建路老家去，悶聲悶氣地道：「有什麼可猜忌的？又有誰敢猜忌？」

蔡條拿出兄長的樣子訓斥道：「老四，你胡說什麼？父親的話，咱們照著辦就是。」

蔡斯心想，就是你會討好賣乖，心裏更不以爲然。

蔡京搖了搖手道：「都下去吧，讓我養養神，你們在這兒，反倒讓人不安生。」

接著，幾個兄弟只好一起退出去。

整個蔡府，籠罩著一股肅然之氣，當天夜裏，便有幾個主事指使著下人們開始打點家當，各房也都亮著燈，有人懊惱有人著急，這個時節，汴京的夜裏已經冷了，一層薄霧籠罩在這所大宅邸裏，偶爾有人影提著燈籠出現，都是竊竊私語地說：「老太爺多半是要料理身後的事，看來咱們蔡家，是真的不成了。」

這些話，當然只能在私下裏說，便是府裏的下人，都說老太爺沒有了幾日的活頭。

太師病了，這個消息不脛而走，以至於愈演愈烈。這般的人物，突然就病倒了，教人聽了都不敢信，主政了二十年，也被人厭惡了二十年，更被人巴結了二十年，怎麼說病就病了？

其實在此前，大家就猜測，以蔡京的身體狀況，只怕也熬不了幾年。可是這個時候突然傳出消息，教那些信誓旦旦的人都有些猝不及防。

一開始，只說是得了病，後來，大家都認爲蔡京已經命不久矣了。據說昨天夜裏，城中的幾個名醫都被叫了去，搖頭嘆息的出來，到了早上，宮裏的御醫也去探了病，結果也是唏噓著出來。

正在不少人彈冠相慶的時候，奇蹟卻發生了，一大清早，蔡府門口那頂小轎子風雨無阻穩穩當當的又停在了中門，接著就有人看到幾個蔡府的人攙扶著蔡京出來，蔡京進了小轎子，徑往門下省去。

門下省也傳出消息，說是蔡京仍舊在門下辦公，不過仍是一副病懨懨的樣子。後來有人傳出驚天動地的消息，太師丟在門下省的手帕裏果然有血，是咳出來的。

立即有人梳理出了脈絡，說太師這是迴光返照，是在勉力支撐，他在的時候，尚被人欺負成這樣，若是他不在，還不知蔡家是個什麼光景。所以他拼了老命也要維持，不管用什麼方法都要強撐著，這個時候反而不能告病、致仕。

蔡府也有消息傳出，說是蔡家幾房一路留在汴京，另一路直接坐了漕船，南下福建路老家去。大家已經預感到，蔡京是在爲自己留後路了，在爲蔡家做最後的盤算。

朝堂裏的官員此刻都已經開始謀劃，新黨要改換門庭。蔡京的門生也都突然轉了性子，不管怎麼說，大家都知道，蔡京一倒，就是清算的時候，現在再不未雨綢繆，這官就做不下去了。

朝廷和江湖差不多，最不缺的就是牆頭草，蔡京大把的門生紛紛上疏，俱言新政弊端，對蔡京的國策大加抨擊。更有的直接帶了禮物，往衛郡公、祈國公、沈傲的府邸去，頗有些賣身投靠的意思。

整個汴京城並不見得有什麼不同，唯一不一樣的，就是從前說話的人突然不說了，從前不敢說話的人卻有了底氣。新黨、舊黨鬥了幾十年，你方唱罷我登場，這個節骨眼，又要換一撥人了。

還有的人在流傳，說是幾個蔡京親近的門生去拜謁了衛郡公，蔡京在府裏嘔血三升，一下子人事不省。說的人玄乎，聽的人卻也信，可是嘔血歸嘔血，蔡京終究是沒死，仍舊掌握著大宋的中樞門下省。

蓬萊郡王的府邸，每日都車水馬龍，拜謁的，問安的，遞名刺的都有，恬不知恥的人在名刺上具名門下走卒也是有的，更無賴的就寫：「恩府門下走狗」。

對這些人，沈傲只吩咐擋回去，也不說什麼重話，每日他照常去武備學堂和鴻臚寺，其餘的事一概不管。有人向他提及蔡京的事，他只是愕然一下：「太師原來病得這麼重，若是有機會，小王倒是要去探望一下。」

說是探望，卻從不動身，開玩笑，沈傲就算真去了，蔡京也不敢見他，說不準是諸葛亮三氣周瑜，把人家活活氣死也不一定。

武備學堂招募新校尉，聲勢比以前更大，好在沈傲不必事事親為，都放手讓教官、博士們去運轉。倒是鴻臚寺，這幾日去的挺勤快。

鴻臚寺近來十分熱鬧，南洋諸國的使節要照應，還有契丹人也頻頻告急，請大宋支援。實際支援是沒有的，精神鼓勵卻不能少，對契丹使節的求見，沈傲決不推阻，一向好言相慰，一下說：「請契丹國主放心，我大宋厲兵秣馬，早晚要北上。」接著就沒下文了，至於何時北上，厲兵秣馬到什麼時候，他一概不提。

或者說：「宋遼乃兄弟之邦，唇亡齒寒，遼國不能久安，大宋亦受其害，本王一定稟明陛下，請陛下調撥糧秣、軍械，無論如何，也要讓遼國周全。」

還是沒有下文，什麼時候去稟明陛下，陛下答應了沒有，糧秣軍械打算支援多少，他打個哈哈，就說：「放心便是，本王的信譽超卓，說到一定做到，少待，少待。」這個少待果然是絕妙，一二月的有，十年二十年的也有，所謂漢字博大精深便是如此。

契丹使節拿他亦沒有辦法，可是又不能逼問的太緊，這位沈寺卿的脾氣他是打聽過了的，說翻臉就翻臉，翻臉就動傢伙，動了傢伙還要人的命。他這麼說，也只能這麼耗著，一面對契丹朝廷敷衍，一面在沈傲這兒廝磨。

西夏那倒是有了新的動向，西夏的使節早就到了，希望大宋派個王子去招親。西夏好歹也是大國，既然是招親，當然巴不得去的人越多越好，便是吐蕃，也都派了人去請，反正就是湊熱鬧，能來就是給西夏增色。

所以看宮裏猶豫不決，這西夏使節有些急了，幾番催促，請大宋早日決斷，不管是阿貓阿狗，也得牽一條回去交差了事。

沈傲和這西夏使節打了幾回交道就不搭理了，什麼東西，你家公主尋親，擺明了是走個過場，最終還是要嫁去給金國的，真當大家是白癡啊，大宋沒有參與的必要。

偏偏這位西夏使節也是個楞子，咬定了沈傲在大宋皇帝面前說得上話，見他不理，心裏大叫不好，後來聽了通譯的話，一下子聰明了，備上禮物，親自登門造訪。

就在蓬萊郡王的正殿，沈傲懶洋洋的喝著茶，瞥了一眼這西夏使節，又看了看名刺：「乞里瓦金……什麼刺，這是什麼名字，叫的真繞口。」

乞里瓦金刺正是這使節的族名，被沈傲這麼一通譏諷，使節立即笑道：「在西夏，只有對最尊貴的客人才用族名的，下使叫李永，王爺若是叫的不習慣，就叫李永就是了。」

李永訕訕笑道：「王爺，下使帶來了一些土產，請王爺笑納。」

沈傲來了興致：「本王什麼樣的土產都收過，唯獨西夏國的土產沒有見過，拿來看看。」

李永笑得更是燦爛，拍了拍手，立即有隨從抱著一張繡著複雜圖案的毛氈進來，客氣的道：「王爺，這是敝國上好的毛氈。下使帶了三十條來獻給王爺。」

沈傲上下打量一眼，立時沒有了興致，朝一旁的劉勝道：「去，到時候鋪到地板上去，看這氈子，倒可以做地毯。」

這種毛氈本是用來墊床的，便是西夏國王，用的也是這個，誰知沈傲竟拿來墊腳，李永的笑容瞬間消失了，咬了咬牙：「王爺，你……」

他突然站起來，想要訓斥一下。誰知這時候，六七個沈傲的護衛一下子握住了刀柄，鏘的一聲拔出半截刀來，虎視眈眈的望向李永。

李永一下子沒了脾氣，沈傲的爲人已名揚四海，他做的事，李永也有耳聞，今日若是不低這個頭，說不準人家真砍了你的腦袋，爲了這個客死異鄉，還真划不來。

李永咬咬牙，抱了抱拳：「王爺，下使告辭。」忿然退出去。

從蓬萊郡王府出來，李永越想越氣，回到自己的住處，立即便上了一道國書，大意是說，既然大宋不願意派人參與招親，我等便立即回去覆命云云。這大宋，他是一時一刻都不想待了，從前是別人圍著他轉，如今伸去笑臉，卻被人家一巴掌打回來，既然人家不願意派人，那就走吧。

請續看《大畫情聖》第二輯 四 禍起蕭牆

大畫情聖II 三 利益集團

作者：上山打老虎
發行人：陳曉林
出版所：風雲時代出版股份有限公司
地址：105台北市民生東路五段178號7樓之3
風雲書網：http://www.eastbooks.com.tw
官方部落格：http://eastbooks.pixnet.net/blog
Facebook：http://www.facebook.com/h7560949
信箱：h7560949@ms15.hinet.net
郵撥帳號：12043291
服務專線：(02)27560949
傳真專線：(02)27653799
執行主編：朱墨菲
美術編輯：吳宗潔

法律顧問：永然法律事務所 李永然律師
北辰著作權事務所 蕭雄淋律師

版權授權：蔡雷平
初版日期：2014年7月
初版二刷：2014年7月20日
ISBN ：978-986-352-019-1

總 經 銷：成信文化事業股份有限公司
地　　址：新北市新店區中正路四維巷二弄2號4樓
電　　話：(02)2219-2080

行政院新聞局局版台業字第3595號 營利事業統一編號22759935

定價：280元　　特惠價：199元

國家圖書館出版品預行編目資料

大畫情聖II ／ 上山打老虎 著. -- 初版. -- 臺北市：
風雲時代，2014.04 -- 冊；公分

ISBN 978-986-352-019-1（第3冊；平裝）

857.7　　　　　103003450